異世娘子廚師魂

上

文創風 1274

顧非 著

目錄

序文

顧非

沈睡的時光，隨著書頁翻動，悄然甦醒。在這個時光中，我願邀你攜手，漫步在我筆下的世界，沈浸於一個扣人心弦的故事之中。

我要為你探尋未知的邊界，引領你穿越時空的迷霧。儘管這個世界與我們眼前的現實有所不同，仍有真實的人性與情感。

古代小說是歷史的鏡子，無論是顯貴還是平民百姓，每一個角色都像一顆閃耀的明珠，記錄了背後的滄桑巨變。這些故事承載著人們的感情，傳遞著智慧與道德的啟迪，讓我們能更加理解並感受古人的生活跟思想。

遙遠的古代，承載著豐富而瑰麗的文化底蘊。

在歲月的深處，有一段寂靜而璀璨的底層生活，在那裡，人們背負著艱辛與辛酸，卻依然懷揣著對美食的無盡熱愛。他們是炊煙中的無聲工作者，是街頭巷尾的小攤主，是堅守在餐桌前的食客。

這是一個關於美食的故事，一個底層生活中伴有珍饈佳餚的故事。

在這套小說中，你將看到平凡人眼中的美食，感受他們追求味蕾刺激以及對人生的熱愛。他們或用溫柔的熱湯溫暖心靈，或給予口腔一次次驚喜，用那一道道平凡無奇的飯菜，勾勒出各種人生的滋味與情感的轉變。

在南方邊緣，有一個被山水環抱的地方，那是中國的嶺南地區，以其獨特的自然風光和豐富的文化而聞名。餐桌上，嶺南這片土地的料理也是豐富多彩、獨具特色。

嶺南美食，是一幅精細繪製的畫卷，展現人文風情與自然恩澤的完美融合。每道菜餚都像一朵綻放的花兒，帶著絢爛多姿的色彩與誘人的香氣。這裡的食材豐富多樣，以海鮮、熱帶水果、禽肉為主，吸收了西方技術的精華，加入東方技巧的精髓，烹製出許多令人垂涎欲滴的佳餚。

我生活在這個地方十幾年，從一開始的不能接受，到最後盡情享受這些美食，懷抱這樣的感情，想將此處的料理以小說的形式呈現在大家面前。

第一章　舉家流放

四月末，華南一帶陰雨連綿，天氣比起冬日更加潮濕，連日除了正午時有陽光出現，其他時候總是飄著細霧小雨。

季知節坐在大樹下，望著遠處升起的裊裊炊煙。入目是連綿不斷的山脈，舉目所及盡是荒涼，許是快到地方了，這兩日才見有炊煙升起。

季知節用單手撐著自己的下巴，將身上濕濕的衣服裹緊了些。她到現在都沒想通，自己是怎麼來到這麼個鬼地方的，不過就是在家吃了幾顆荔枝而已，醒來以後就在這裡了。

……也許是噎死了吧。

此處跟她認知中的古代不同，她的記憶裡沒有關於這個朝代的任何訊息，不過原主跟她同名同姓，倒是讓她生出了些親近感。

季知節將頭埋在雙腿間。原主是永昌侯府的嫡女，從小嬌生慣養，被當作六皇子的王妃養，可說是被所有人捧在手心裡。

沒想到先帝突然駕崩，太子江無波不僅被三皇子搶走皇位，更不幸身亡。

三皇子登基後看不上太子一派的人，隨便找了個理由，將太子的親胞弟六皇子江無漾、太子的生母皇后賀媛、親胞妹公主江有清、太子妃李歡等一干人發配嶺南。

永昌侯府季家是貴族世家，加上原主跟六皇子尚未成婚，原本可以躲過一場災難的，然而原主的爹腦子不清醒，指著皇帝的臉罵他上位不正，皇帝氣得命人砍了他的腦袋，季家老少受到波及，在牢裡關押了一陣子後，踏上被流放的路途。

季知節將頭抬起來，視線落在三三兩兩坐著的人身上。除了他們家以外，還有一些過去與三皇子不對盤的人也遭了殃。

眼下最大一片能躲雨的位置被賀家人占據了，一位體型高大的男子正坐在人群中央，飄落的雨滴絲毫觸碰不到他。

此人便是皇后——如今是太后的親胞弟，賀康。

季知節轉頭朝另一處看去，能供躲避的樹都被占走了，只剩下幾棵小樹，此刻，自己正在雨下坐著。

在一群老弱婦孺當中，一道挺立的身姿映入季知節眼簾中，這便是原主喜歡的人，六皇子江無漾。

江無漾將能躲雨的位置讓給孩子跟婦人，任由她們怎麼勸說，他都無動於衷。像是察覺到了什麼，江無漾沒什麼表情地朝季知節看過去，一雙眼眸裡毫無波瀾，很快就轉開了視線。

季知節有種偷看別人被抓包的心虛，不敢再往他那處看去，再次將目光放到賀家人身上。

賀康過去仗著親姊姊是皇后，沒少為非作歹。太子離世以後，賀康不知使了什麼法子，留下了一條命，只是財產多數充公，無法像從前那樣揮霍無度。

即便賀康算是惡有惡報，可因為太子失勢，賀家受到牽連，他心中對賀媛這個親姊姊頗為怨恨，流放路上少有往來。即使花錢從官差手裡買了吃的，也不肯分給賀媛一家半分，有時甚至刻意找他們的碴。

像今日躲雨，原本是江無漾先占了好地方等賀媛過去，不料賀康仗著人多，將他們趕走，要不是賀媛念著往日的情分，拉著江無漾讓他不要動手，只怕兩邊就要打起來了。

季知節撿起一顆石子，無聊地在地上畫起地圖。他們目前所處的位置應當在廣西雲南一帶，只是具體在哪個位置，不得而知。

「官爺，咱們還要趕多久的路？」

這話問出了季知節的心聲，從她穿過來開始，便一直不停地走走走，再加上這當中婦人居多，腳程慢，從京城所在地華京走到這裡，便花了將近兩個月。

原主從小矜貴，何曾受過這種苦，兩個月的時間內一大半病著，就在她來的前幾日，原主便發著高燒趕路，估計要不是自己穿了過來，這具身體也抵達不了目的地。

雨勢漸小，躲雨的人陸陸續續離開樹底下，官差喝了一口水，對著出聲的人說道：「你只管趕路，問這個做什麼?!」

那人無奈地閉上嘴，不敢再吭聲。

「妳剛剛在瞧什麼，是不是又在看他？」

季知節身邊忽然出現一道中氣十足的婦人聲，她的聲音洪亮，絲毫未因缺少食物而顯得疲弱。

「沒有。」季知節將自己畫的地圖用鞋底抹掉，小聲地反駁原主的娘親鄭秋。

她剛才確實看了江無漾，誰知不巧被她發現了。

鄭秋看她不認帳，聲音大了起來。「叫妳少跟他們來往，妳偏不聽，這下好了，咱們一家淪落到現在這個地步，都是他們害的！」

她這番話早已說過無數次，在場的人都知道季知節與江無漾之間的關係，此刻全當沒聽見。

季知節撇了撇嘴，心中暗道：當初太子還未失勢的時候，妳可不是這麼說的。

見女兒這副樣子，鄭秋的火氣頓時上來了。「妳跟他是不可能的，死了這條心吧！」

鄭秋是疼這個女兒沒錯，甚至慣得她囂張跋扈，可是丈夫因為太子而丟了性命是事實，他們全家又跟著倒楣，就算未解除婚約，她也不同意兩人的婚事。

「喔。」季知節淡淡地應了聲。要是原主聽了這話，只怕要哭上許久，不過她對江無漾毫無感情，鄭秋的威脅是多餘的。

「娘……您就少說兩句吧。」一旁的季暉見情況不妙，太陽穴跳得厲害，趕忙拉住母親。要是惹官差厭煩，少不得又是一頓罵。

季知節看了自己這個年幼的便宜弟弟一眼，完全沒想到他竟然會為自己說話。這一路上，季暉幾乎沒跟她聊過，還有點避著她，想起原主那性子，他會這樣也在情理之中。

原主性格驕縱，私底下沒少惹怒季暉，他對這個姊姊是既恨又怕。

「你四姊要是有八哥兒你這麼懂事，娘就心滿意足了。」一聽見幼子的勸導，鄭秋心中雖然有怨氣，仍住了嘴。

他們姊弟的暱稱是按照族裡的排行來的，季知節排第四，季暉排第八，鄭秋都叫他八哥兒，可季暉最討厭的就是這三個字，活像隻鳥似的。

季暉對鄭秋張了張嘴，最後還是什麼都沒說。他憋著股氣，渾身難受得很，想起來走走，可剛一站起來便暈了，整個人搖搖晃晃的。

「我怎麼覺得天在轉，地也在轉……娘，您怎麼跟著轉了？」

話剛一說完，季暉便朝地上倒了下去。

「八哥兒、八哥兒！」

「暉哥兒，你醒醒！」

鄭秋跟季知節立刻湊過去，鄭秋一下子慌了神，一把抱起季暉，眼淚奪眶而出。

途中，她見過太多堅持不下去的人倒下去醒不過來，官差又要趕路，根本不給他們求救的機會，她萬萬沒料到這種事會發生在季暉身上。

季知節前世學過急救，發現季暉一口氣上不來，便想為他施救，但鄭秋力氣大，自己根本無法將季暉從她手裡搶過來。

她只好勸道：「娘，暉哥兒還有得救，您將他放下來，我來救他。」

鄭秋哪會信季知節說的話，眼下只覺得自己的兒子要沒了。

季知節想要掰開她的手，卻完全掰不動，她不禁焦急道：「您要是再不鬆手，他可就真的要沒命了！」

眼看鄭秋完全講不通，季知節著實急了。季暉是原主的親胞弟，自己又占著原主的身體，總不能見死不救吧？

季知節四處張望，最終朝那站得直挺挺的人看了過去。

鄭秋哭聲很大，惹得旁人都看過來，季知節朝江無漾招了招手，大聲道：「表哥，麻煩過來一下！」

自己拉不開鄭秋，換成別人總可以吧。

聽見季知節在叫自己，江無漾明顯愣了愣，一時之間沒反應過來，等回過了神，他就朝自己的母親看去。

賀媛心腸軟，見不得這種事，對江無漾說道：「你過去瞧瞧吧，四娘雖然脾氣不好，但好歹是他親姊姊，發生這種事也會手足無措，她對你的心思咱們都明白，你要是能勸慰她一番，也算是將功折罪了。」

聽了母親的話，江無漾朝季知節走過去。

季知節拉了鄭秋幾回，累得氣喘吁吁，見江無漾過來，便毫不客氣地說道：「麻煩表哥將我娘拉開，暉哥兒還有得救！」

江無漾雖然不明白她要做什麼，但人都來了，也不好什麼都不做。鄭秋力氣是大，可是對江無漾而言根本算不上什麼，他輕輕鬆鬆便將她跟季暉分開來。

已經耽擱了一些時間，季知節趕忙將季暉放平，雙手疊放在他的胸口，為他做心肺復甦術。

鄭秋想掙脫江無漾的束縛，卻怎麼也掙脫不開，她忍不住破口大罵道：「要不是你們，咱們母子怎麼會受這種罪？要是我的八哥兒有什麼事，我讓你們也不好過！」

任憑她怎麼罵，江無漾的表情都毫無變化，默默看著季知節忙個不停。

季知節被她吵得煩躁，回頭喝斥了一聲。「閉嘴。」

鄭秋這才不再說話，轉而哭了起來。

慢慢的，季暉的臉色紅潤了起來，季知節加大施壓的力道，季暉猛地咳了起來。見人醒了，季知節將季暉扶著坐起身，生怕他嘔吐導致窒息。

等季知節再次抬起頭時，剛剛還在她身邊的江無漾，不知道什麼時候已經離開了。

這還是眾人第一次見到流放時倒下的人能再起來，不由得對季知節救人的手法感到好奇。

江有清問道：「六哥，季知節究竟做了什麼，季暉怎麼活過來了？」

她們幾人離得有段距離，只見到江無漾過去拉開鄭秋，他的身子又剛好擋住季暉，季知節做了什麼，她們完全不曉得。

只見江無漾淡淡地說了句。「不知道。」

江有清知道自己的六哥不願意多說，不好再問。從前她就曉得六哥根本不喜歡他未來的妻子，甚至有些厭惡，一提起季知節，他都會刻意裝作沒聽見，可季知節卻常圍著他轉，搞得他不堪其擾。

「四娘，八哥兒他真的沒事了嗎？」雖然季暉醒過來了，但鄭秋還是很擔心。

季知節累極了，隨意往地上一坐道：「人醒了就沒事，他正是長身體的時候，最近吃得不好，缺少營養，才會這樣。」

先是在牢裡被關押了一陣子，又展開艱苦的流放之旅，十歲左右的季暉皮膚被曬得黝黑，臉頰微微有些凹陷，整個人瘦得厲害，跟原主記憶裡的模樣判若兩人。

「好些了沒？」季知節問道。

季暉臉色漲紅，不好意思地點了點頭。

見他無礙，季知節便站起身來，伸手摸向插在腰間綢帶裡的髮簪。

細霧變成了薄煙，越往山裡面走，越能感覺到空氣有多潮濕。季知節的褲腳早已打濕，仍不停地繼續往前走，直到看見一棵果樹，才停下自己的腳步。
原主離家時，將與江無漾訂親的信物髮簪藏在腰間。這是她的寶貝，生怕被人發現，要不是季暉身體不好，她也不會將這東西拿出來。
季知節轉身朝身後不遠處的人喊道：「官差大哥，我就在這裡摘幾顆果子！」
呂茂看著季知節俐落地爬上樹，再看向頭頂上的果子，搖頭道：「這果子不好吃，妳要不要去別的地方找找？」
季知節剛才拿髮簪找官差換了點米，又請求他們准許她在附近找點吃的，雖然換到手的東西不多，但也不好挑剔什麼。季暉要吃點飯才行，再有下一次，她也不知道自己救不救得了他。
「多謝呂大哥。」季知節在樹上應了一聲。可惜的是，環顧一圈之後，她並未發現其他能裹腹的食物。
她用手捏了捏還披著青皮的果子──稍稍有點軟，放在鼻尖下聞，有一股淡淡的清香。「就這個吧，能吃就行。」
呂茂自覺收了人家的髮簪，總要提點她一下。那是嶺南常見的果子，入口咬幾下就成了渣，令人難以下嚥。不過她說得也對，按照他們現在的身分，不好挑三揀四。
季知節拿出一條兜布來，這是臨行前鄭秋給她的。髮簪都已經給了官差，能多帶些果子就多帶些。

她努力朝樹頂爬去。林子裡的樹太密集了，缺乏光照，這樣果子會沒水分跟甜度，還是樹頂結的比較好。以前她去海南旅遊時吃過這種水果，等果子熟透了再吃，又甜又軟，要是能蘸點鹽就更可口了。

摘果子時，季知節捏了捏硬度，儘量不選擇軟的。這果子能放，在路上放軟了就能吃。

等到快把兜布裝滿了，季知節才從樹上下來，看著她那一兜子的果子，呂茂又搖了搖頭。

季知節看見地上掉了些果子，撿起來掰開檢查，確定沒什麼問題，才放在嘴裡咬了一口。雖然沒有以前在海南時吃的好吃，但比起流放路上吃的食物，已是美味太多，她又在地上挑了幾顆外表完好的果子，才打算離開。

呂茂忍不住道：「妳光挑果子有什麼用，這玩意兒吃不飽。」

知道呂茂拿了髮簪所以內疚，季知節笑了笑，說道：「好歹趕路的時候能墊墊肚子。」見自己好說歹說，季知節都像聽不懂似的，呂茂便懶得再開口。

季知節摘的不只是果子，剛剛她瞧見了好些野菜，回去的路上就順手採了。

「山裡的東西千萬別亂動，有毒的太多，說不定吃進去人就沒了。」

「好。」

季知節隨口應道，心想這裡可沒人比她更懂食材了，哪種能吃、哪種不能吃，她都知道。「麻煩呂大哥，等下借點火給我，我熬點粥喝喝。」

呂茂點頭，只覺得這姑娘很傻，淨挑些沒人吃的。

等回到眾人待著的地方，天色已經暗了下來，今天是趕不了路了。

官差囑咐大夥兒吃點東西，明日一大早便要趕路，看見季知節回來，又瞧了瞧她兜裡的果子，忍不住責備起呂茂來。「怎麼摘這種果子？這一咬就跟渣似的，老呂，你有沒有跟人家姑娘說？」

「怎麼沒說，但這小姑娘根本不聽！」

季知節聽見了，笑咪咪地打圓場。「呂大哥說過了，是我自己要摘的，這附近沒什麼食物，摘到能吃的都成。煩勞大哥借下火，我熬點粥給我母親跟弟弟喝。」

她說話客氣，也從未找過碴，官差便未刁難她，朝火堆抬了抬下巴道：「去吧。」

季知節去河邊打了一點水，淘米、洗菜，手腳俐落得很。她換來的米不算多，要省著點吃才是。為了趕路，他們都是吃餅子配水，偶爾才會喝點稀粥——說是粥，其實幾乎是水，沒幾粒米。

估算了一下這幾天需要的米量，季知節想了想，又從米袋裡抓了幾把米，洗好以後在鍋裡煮起來。

第二章　野炊菜粥

鍋子底下的火不小，季知節拿著勺子不停攪動，等米湯開始冒泡，便將洗好的野菜丟了大部分進去。

「妳這小姑娘真不會做飯，菜現在就放下去，等煮好不是都化成水了？」呂茂看她忙碌許久，忍不住說道。

季知節摘的這種野菜跟其他野菜不一樣，本身就有味道。除了鹽，她不好再找官差要太多調味料，想著等野菜化了，粥便會更有滋味。

聞言，她笑著說道：「我這是第一次做飯，不太懂，大哥莫要笑話我。」

呂茂心想也是。他們這次押的都是昔日權貴，哪裡是會下廚的主兒，這小姑娘受父親犯的罪連累，落入這般境遇，實在讓人心生憐憫。

也許是到了飯點吧，一行人聞著粥香，還真是有點餓了，不由自主地朝季知節做飯的地方看去。

季知節忙個不停，在粥煮得稍稍濃稠些時，將剩下的野菜一股腦兒地全扔下去，等水再次冒了泡，就將一鍋粥放到地上燜一會兒。

聞著這股香味，季暉嚥了不少口水，官差每日做的飯，聞起來都沒季知節做的粥香。

等待的時間，季知節洗好幾顆果子拿去給鄭秋，她先咬了自己手上的，一咬開，濃郁的果香立刻在嘴裡爆開。

季暉剛剛聽到了官差說的話，心想這果子不好吃，死活不肯接過去，反倒是鄭秋先咬了一口，接著不敢置信地瞪大眼睛道：「妳在哪裡摘的果子，真甜！」

她說這話時壓低了聲音，生怕被旁人聽見似的。

聽見鄭秋的話，季暉才半信半疑地接過果子吃下，發現果然甜得很。

季知節比了個噤聲的手勢，說道：「這是在樹頂上摘的，比樹下的好吃些。」

鄭秋一聽，一顆心不禁發酸。這個女兒從小有她寵著，哪裡會爬樹，方才定然受了不少苦。她拉著季知節左看右看，見她沒受傷，才放下心來。

她是不滿季知節跟江無漾的事情沒錯，可這畢竟是她唯一的女兒，氣又能氣多久？

季暉道：「等我好些了，我也去摘點。」

即使季暉吃過不少美味的水果，可現在吃的這個卻比以前的好吃百倍。

「樹頂上能吃的果子都被我摘得差不多了，這一兜夠咱們吃上一段時日，你先好好養著，等到了地方，少不了你忙的。」

季暉點點頭，乖巧地聽她的話。

鄭秋見姊弟兩人親近地坐在一起，心中無限唏噓。雖然季暉是男子，不過她這個當娘的更喜愛季知節一些，一偏心之下，導致季知節過去對弟弟不是打就是罵。

她這個當娘的，自然知曉季暉討厭季知節，在流放的路上，季暉也對這個姊姊心存埋怨。

這幾日，季知節的轉變，鄭秋全都瞧在眼裡。這個女兒總是安安靜靜地坐在一邊，不是在地上塗塗畫畫，就是望著天空發呆，如今見她照顧起弟弟，她難免對女兒感到愧疚。

女兒與六皇子兩人確實有婚約，可若是丈夫不要衝動，事情也不會變成這樣。

吃完手上的果子，粥也燜得差不多了。季知節打開蓋子，一股清香的味道瞬間散發出來，不少人都流了口水。

呂茂朝鍋子裡看去，見那粥綠油油，跟長毛了似的，著實讓人沒食慾，只看了一眼便轉開頭。

季知節並不在意，他們一家能吃飽就得了，但她還是象徵性地問呂茂。「呂大哥，要不要吃一點？」

呂茂想起那粥的模樣，覺得驚恐，只道：「你們自己吃吧。」

季知節點了點頭，提著鍋子回到鄭秋跟季暉身邊，將粥盛在碗裡。

看見綠油油的野菜配著綠油油的粥，季暉遲疑地問道：「這玩意兒能吃嗎？」

季知節將碗放在他手裡道：「吃不死你的。」

說著，她自己率先喝了一口。

季知節放的米多，煮出滿滿一大鍋，雖然並不好看，但味道還是挺不錯的。湯水濃郁，野菜的味道又獨特，混合在一起之後口味清爽、口感濃稠，加上又熱呼呼的，熨得人心中一暖。

她煮粥有技巧，放米跟停火的時機掌握得恰到好處，只要差一點點，口感就會不一樣。既然掌握了訣竅，就算沒野菜，這粥吃起來也不會太差，有了野菜，不過是更可口罷了。

見季知節喝起了粥，季暉就閉上眼喝了一口，剛入口，他立刻驚訝地睜開眼睛，隨即喝個不停，一碗粥馬上見了底。

鄭秋瞧他這副模樣，跟著喝起粥來，整個人頓時舒服許多。

她誇讚季知節。「妳這做飯的手藝挺不賴的嘛。」

季暉也朝她豎起了大拇指。

鄭秋好奇地問道：「妳怎麼知道摘這野菜來吃？」這野菜跟著粥一起煮，除了顏色不好看以外，沒其他毛病，嬌生慣養著長大的女兒，怎麼知道這能煮粥？

季知節隨口道：「胡亂摘的，也不知道它這般好吃。」

「我還要。」說著，季暉伸出了碗。

鄭秋不再多問，幫季暉添了碗粥，三個人都喝了不少，尤其是季暉，連著喝了五碗，這段日子以來，他還沒吃得這麼飽過。

等他們一家三口吃完，還剩下半鍋粥。

鍋是官差的，不能一直放在手邊，總要還回去，鄭秋正苦惱著剩下的粥要怎麼辦時，季知節就站了起來，伸手要去端那半鍋粥。

鄭秋忙拉住她道：「妳這是要做什麼？」

這米精貴著，可不能浪費。

季知節說道：「這些咱們吃不完，我給姨母他們送過去。」

鄭秋跟賀媛兩個是表姊妹，所以當初季知節才能跟六皇子訂親。鄭秋一聽就不高興了，道：「給她送過去做什麼，她未必領妳的情。」

她看得出江無漾不喜歡季知節，只是季知節一顆心都拴在他身上。過去她不好多說什麼，但到了這個時候，女兒還要拿熱臉去貼人家的冷屁股，她可不願意。

「今日要不是表哥，暉哥兒怕是命都要沒了，他救了暉哥兒，咱們磕個頭都不為過，半鍋粥算得了什麼？」

雖說急救措施是季知節做的，然而沒有江無漾，她可扒不開自己的娘。

聽她這麼說，季暉覺得有道理，拿起地上的碗筷去洗，準備讓季知節裝粥。

鄭秋原本想說點什麼，但也認為季知節的話有道理，便由著她去。

季知節朝乾淨的碗裡打了粥，朝江無漾等人走過去。

厚重的雲層覆蓋著天空，細細的雨絲從天空中灑落，打在樹葉上發出沙沙聲響。篝火燃起，微弱的火光映照在周圍的樹木上。

季知節的聲音一響起，眾人便抬起頭來，賀媛身邊的江有清冷哼一聲道：「妳來做什麼？」

「姨母。」

當她察覺季知節手中捧著碗時，有點不自在地偏過了頭。

賀媛見來人是她，不禁有些詫異地問道：「四娘怎麼來了？」

江無漾的大嫂李歡帶著兩個孩子坐在賀媛身邊，見到季知節來了，就想給她挪個位置。過去季知節只對江無漾一個人好，對其他人都挺刻薄的，李歡這是下意識的反應。

季知節忙伸出一隻手擋住李歡，道：「嫂嫂這是做什麼？」

這一聲「嫂嫂」讓李歡一愣，季知節也猛然察覺到不妥。原主從前叫她嫂嫂，是認定自己會嫁給江無漾，現在兩家關係成了這般，實在不好再這樣叫她。

「這幾日姨母瞧著精神不大好，我煮了點粥，姨母將就著喝一些吧。」季知節轉移話題，將那碗粥放在賀媛手裡。

賀媛朝遠處的鄭秋看了一眼，猶豫道：「這事妳母親知道嗎？」

季知節笑了笑，道：「就在她眼皮子底下的事，她能不知道嗎？今日也是多虧表哥，暉哥兒才撿回一條命。」

原來是因為這件事啊……賀媛點點頭，招手叫來江無漾。「六哥兒。」

江無漾一張俊臉面無表情，明明季知節就在賀媛身邊，他也像是沒瞧見一般，逕自朝賀媛走過去。

季知節看見這情形，終於放下心來。還好還好，看來江無漾也不喜歡自己。

賀媛將粥遞給江無漾道：「是你的功勞，這粥你喝了吧。」

江無漾卻未伸手接過，看了那綠色的粥一眼，便頭也不回地走掉。他雖然也許久沒嚐過濃厚的粥了，但是這裡還有母親跟小孩子在，他一個男人，怎麼能將這粥一個人喝了？

賀媛知道他在顧慮什麼，深深地嘆了口氣，對著李歡道：「孩子還小，這粥妳們母女幾個分了吧。」

李歡眼裡含著淚，看了懷裡瘦小的女兒一眼，哽咽道：「母親就別推來推去了，這幾日您身子不大好，吃點東西才有力氣，您要是有個三長兩短，我該怎麼跟無波交代？」

聽見大兒子的名字，賀媛頓時紅了眼眶，眼看她們就要哭成淚人兒，季知節忙道：「都別哭啊，粥多得是，人人有份。」

此時，季暉提著半鍋粥跟其他洗乾淨的碗小跑著過來。見著那半鍋粥，賀媛等人才知道她說的是真話。

季知節為李歡打了一碗粥，道：「表嫂，我原想著先給姨母送來，沒想到竟惹得妳們傷心，是我不對，我給大家賠罪。」

見季知節改了對李歡的稱呼，在場的人心裡都明白是怎麼回事。

李歡不好意思地接過碗說：「是我不好，不該提起無波，才惹得母親哭，怪不得妳。」

季暉打了一碗粥，給不遠處的江無漾送過去，他不好意思地撓頭道：「今日多謝表哥。」

江無漾確認其他人都拿到粥以後，才接過了那張碗，淡淡道：「無事。」

看著那碗綠色的粥，江有清的表情古怪。她不喜歡季知節，可人家好心拿吃的過來，就算不想吃，也不好說些什麼。

不只是她，其他人看見這粥都沒食慾，只是神情比江有清好一些。

見狀，季知節笑道：「這粥雖看起來不怎麼樣，但味道還是不錯，你們嚐嚐，粥要趁熱才好吃。」

季暉聽了，忙點頭附和道：「這粥好喝得緊，比我以前吃過的都好吃。」

江有清心裡不服，她什麼好東西沒吃過，這粥怎麼可能好吃？

倒是李歡的大女兒江晚聽季暉說得這般肯定，忍不住好奇地淺嚐了一口，入口米湯濃郁、青菜軟糯，相互融合卻又各有特色，她不禁怯生生地拉著李歡的衣角道：「母親，這粥好喝。」

聽女兒這麼說，李歡也嚐了一口，確實挺好喝的，不禁誇讚起季知節。「四娘何時得了這樣的手藝，竟能跟御廚做的相比。」

季知節不好意思地說：「也是誤打誤撞，沒想到野菜能這般美味。」

大夥兒這才慢慢吃了起來，季知節不好打擾他們，便跟季暉一起離開。

等他們走後，江無漾才喝起粥——是不錯，但比御膳房做的還是差了些。他習慣性地瞇著眼，朝那待在樹下的人看了過去，只見季知節洗了幾顆果子，正跟鄭秋還有季暉分著吃，臉上帶著充滿朝氣的笑容，絲毫不見前幾日的愁雲慘霧。

不知道什麼時候開始，季知節變成了現在這個樣子。江無漾原先對她沒什麼興趣，只是母親喜歡，才依照她的意思訂親。

江無漾向來不怎麼關注季知節，只覺得她跟以前很不一樣，而過去那總是落在自己身上的目光，最近也沒察覺到了。

白天她救季暉的手法，是他從未見過的，還有這煮粥的手藝，一個世家長大的姑娘怎麼可能會下廚，所謂「誤打誤撞」，不過是她的說詞罷了。

江無漾收回目光，專注著喝著碗裡的粥，她變得怎麼樣，與他毫無瓜葛。

一行人坐在樹下喝粥，沒發出一點聲音，半鍋粥慢慢見了底，連平日吃得少的江晚都吃了兩大碗，更別提大人了。

李歡添了小半碗粥餵著懷裡的小女兒江晞，這孩子不過七、八個月大，沒什麼東西能吃，瘦得很。李歡沒奶水，只能給女兒吃些餅子、喝點水，可是孩子還小，哪想吃這些，吃稀粥又不夠，現在有厚粥，她連忙給女兒多餵一點。

倒不是他們不想跟官差買米，實在是買了也不曉得怎麼煮才好。

賀媛將江無漾的碗拿過來，又朝裡面添了一些。

「母親，我吃飽了。」江無漾說道。

賀媛看了他一眼，說道：「連晚姐兒都吃了兩大碗，你一個大男人，只吃一碗怎麼夠。」

聽母親這麼說，江無漾不再多言。

「咱們幾個都吃飽了，剩下來的總不能浪費，也是四娘的一番心意。」賀媛說道：「四娘對你嫂子改了稱呼，便是對你斷了心思，你要是真不喜歡她，娘也不會為難你們。等以後她遇上好人家，咱們再退婚便是，只是目前大家日子都難過，待在一起還能有個照應。」

江無漾沒說話。

李歡在旁替江無漾說道：「娘，以後再說吧，眼下這個情況，他哪會考慮這些。」

賀媛一聽，也不再多說什麼。

等江無漾喝完粥，李歡便將孩子交給賀媛，跟著江有清去洗碗。

季知節吃飽喝足以後，縮在角落裡悠哉地吃著果子。

剛開始，大家在路上多半吃餅子，這還是找官差另外花銀子買的，若等他們給食物，就只能等來一碗稀粥。

起初鄭秋手上的銀子還夠他們買餅子，後來錢越來越少，只能吃官差給的稀粥。要不是季知節拿著髮簪去換米，他們還得繼續喝那種東西。

大夥兒的境遇都差不多，誰都沒想到會走這麼久的路，也只有賀康才能一路上帶著族人吃餅子。

當李歡拿著碗從賀康那些族人身邊經過時，正吃著餅子的人忽然抬起頭，輕浮地朝她吹起口哨。李歡面露慍色，卻敢怒不敢言，拉著江有清加快腳步。

李歡的美是動人心魂的那種，不然門第不高的李家可攀不上太子，要不是李家的財產有限，不能將她贖回去，不然憑她的美貌，再嫁高門也不是問題。

那群世家子弟看著李歡，心都癢得很。以前她是太子妃，他們自然不敢妄想，如今已經改朝換代，行為舉止便毫不掩飾地浪蕩起來。

看著這一切，季知節氣憤極了，但她沒辦法。李歡在路上能安然無恙，靠的是江無漾的武力，不是她出一張嘴罵個幾句就有用的。

季知節恨恨地啃了一口果子，便瞧江無漾朝他們走過去，他一動，那些人便立刻閉上嘴，心裡明白自己這幾個人加起來都不是江無漾的對手。

江無漾接過李歡手裡的東西，不知跟她說了什麼，李歡朝他點頭後，便回到賀媛身邊。

確認李歡安全以後，江無漾便跟著江有清去河邊洗碗。

第三章 小村落戶

河邊的篝火點點，燃著微弱的火光，將周圍的一切映照得朦朧而模糊。

一名男子蹲在河邊，穿著破舊的灰色衣物，臉上毫無表情。他的身材高瘦，五官端正，雙眸深邃明亮，鼻子挺直。

江無漾拿著碗，動作俐落地把碗放入河水中洗了起來。他的手指修長，頭髮凌亂地披在身前，嘴唇乾燥，抿成一條直線。

察覺到有人正看著自己，江無漾的身體頓了一下，而後抬起頭，準確地與季知節對視。

季知節猛地收回視線，躲避的動作有些大，惹得在她身旁打盹的季暉有些不滿，小聲嘀咕著。

她尷尬地咳了幾聲，掩飾此刻不規則的心跳。轉過頭，正好對上一雙純淨的眼眸。

那紮著雙角辮的小女孩，此刻正依偎在李歡身邊。李歡跟江無波生下兩個女兒，一個叫江晚，一個叫江晞，幸虧是女兒，要是兒子，只怕是活不成了。

興許是吃了季知節做的東西，江晚不再怕她，兩隻圓溜溜的大眼睛直愣愣地盯著她看，季知節衝著她笑，江晚也沒避開。

過了許久，季知節才明白江晚不是在瞧她，而是在瞧她手裡的果子，於是笑著朝著她招招手。

小姑娘想都沒想地朝季知節跑過去，兩條小辮子甩啊甩的。這小姑娘有點瘦，五、六歲的年紀，看起來卻跟四歲一般大。

季知節心想，再養養就好了，姑娘家還是肉肉的可愛。

「妳想吃嗎？」季知節拿出一顆果子問道。

江晚倒也不害羞，點點頭，等季知節將手裡的果子給她，她就小聲地說了句「謝謝」，然後跑開。

果子是洗過的，江晚拿在手上問李歡：「母親，表姑給了我果子，您吃嗎？」

李歡憐愛地撫著她的臉頰說：「妳吃。」

她又看向自家祖母，賀媛也說道：「晚姐兒吃吧。」

江晚這才將果子送入口中，等她細嚼慢嚥地吃完一口，就抬起天真的笑臉對李歡道：「母親，這果子是甜的。」

李歡頷首，溫柔地摸了摸女兒的頭髮。

接下來連著趕了幾天路，季知節每日算著米量分賀媛等人吃，終於在米袋快見底時，抵達了歸屬於萊州府的錦城。

萊州府統管十一城，是嶺南第一大州城，錦城是其下一個小城。

錦城出產的瓷器精美，深受華京裡的貴人喜愛，不少商隊常年待在錦城，方便進貨跟出貨。這裡雖然不如萊城其他地方富庶，但百姓們都生活得頗為安逸。

高聳的城牆上懸掛著古樸的燈籠，隨著微風搖曳，散發出淡淡的煙火氣息。一踏入城門，那充滿活力的景象，讓季知節心頭為之一顫。

城內人潮湧動，街道兩旁商鋪林立，琳琅滿目的貨物擺在攤子上，季知節忍不住深深地吸了口氣——他們終於要安定下來了。

直到剛剛，季知節才知道，要在一個地方落戶，必須繳落戶費。

一家三口蹲在府衙門口，數著剩下不多的錢。

季知節知道錢的算法。一個銅板是一文錢，一千文錢穿成一貫，為一兩銀子，十兩銀子能換一兩黃金。

看著鄭秋手上那大半貫錢，季知節有點後悔。早知道當初就先別拿髮簪換米了，說不定還能去當鋪換點錢。不過轉念一想，那些米換來他們幾天果腹，也算是發揮了作用。

落戶費分男女，女子一人一百文錢，男子一人一百五十文錢，他們三人加在一起總共要三百五十文錢。這還不是錦城城內的價格，只是附近稍微好一點的村子，若想在城內落戶，落戶費得翻倍。

這些錢要是拿去繳落戶費，就沒剩幾個子兒了，而人要活下去，免不了要花錢，總不能為了落戶，連買食物的錢都沒了。

鄭秋拿著銅板，不安地對著面前一雙兒女道：「要不……咱們選西平村？」

西平村是錦城範圍內最遠跟最落後的村子，落戶費是其他區域的一半。

看著鄭秋犯難，季知節不好多說什麼。

她有一手好廚藝在身，不愁以後沒飯吃，要是住得離城裡近一點，往後就方便做點小生意了，然而，目前剩下的錢確實不多。

這麼一想，季知節便說：「也好，錢謹慎點花，要是有便宜的小院子，咱們就買一間。」

眼看季知節沒意見，季暉雖然心裡不願意，也只能跟著點頭。

鄭秋很無奈，繳完落戶費之後，想找個地方住，只怕不容易。

等三個人商量好後再進府衙時，其他人的手續已經辦得差不多了，陸陸續續有了新身分，出來時便不像進城時那般憂愁。

賀康等人落戶的地方自然是城內，為家人辦好手續後，他看了賀媛一眼，就頭也不回地離開了。

等賀媛他們辦好落戶手續，剩下的錢也不多了，她問過府衙的官差，那些錢大約還夠買一間院子，於是一群人等著官差辦完事帶他們去看房，要是沒問題，當場便可交地契。

人群散得差不多時，季知節帶著錢上前說道：「官差大哥，我們落戶西平村。」

執筆的官差頭也不抬地問道：「幾個人？」

「一男二女。」

「一百八十文錢。」

季知節將數好的銅板放在桌子上，手裡頓時空蕩蕩的——這就是沒錢的滋味。

官差數好錢，給他們發了戶籍，瞧見站在一旁的賀媛等人，便問季知節。「你們要買院子嗎？」

等會兒他要帶著賀媛他們去看院子，若是要買，大夥兒便一起過去，省事。

「多少錢？」

「約莫三兩銀子。」

西平村的院子不貴，只是他們實在拿不出多餘的錢來，於是季知節說道：「我們不買，請問大哥，西平村裡可有什麼能落腳的地方？」

「村尾處有一處破廟，就是下雨天會漏水，暫時落腳可以，常住只怕不行。」說完，他便收拾好桌上的東西，往裡屋去了。

身上沒錢，只能暫時住在那破廟了。季知節心想，等她賺到錢，再來買院子吧。

她剛想離開府衙，便聽見身後傳來一聲呼喚。「四娘。」

季知節回過頭，見是賀媛叫自己，又聽她繼續道：「你們也是落戶西平村？」

方才他們說的話，都被賀媛聽見了。季老爺子走得急，根本沒給他們母子準備的時間，侯府大部分財物被抄家充公，剩下來的被下人瓜分，他們隨身的飾物也在路上換了吃的。

賀媛於心不忍。季老爺子是因為太子才落得個這麼下場，她又跟鄭秋是表姊妹，實在見不得他們如此。

季知節聽她這麼說，疑惑道：「姨母也是嗎？」

他們手裡應該還有錢才是，怎麼會在西平村落戶？

賀媛點頭，朝她走近了幾步道：「是，還有幾個孩子要養，要省著點才是，你們若也在西平村，咱們兩家也能互相幫襯。」

說著，賀媛遠遠朝鄭秋看了一眼，又道：「咱們打算在西平村買個院子，正巧你們也在，就不必浪費錢了，待會兒選間稍微大一些的，一起擠擠就是。」

「這……」賀媛的意思，季知節算是明白了，許是察覺他們的難處，想提供協助。她倒是沒問題，畢竟這樣總比住在破廟強，只是鄭秋如今看賀媛不順眼，怕是不肯，只道：「姨母帶著表嫂跟孩子，還要照顧我們，會不會太困難了些？」

賀媛拉著她的手輕拍兩下道：「這幾日多虧有妳照顧，姨母很感激。這樣吧，不白給你們住，一個月租金二十文錢，等你們攢夠了銀子，想搬出去住也可以。」

一個月二十文錢？這幾乎是白住了。

季知節不好拒絕，只道：「我跟母親商量一下。」

賀媛點點頭，回到方才站著的地方，對江無漾等人說道：「你們可有異議？」

江無漾沒說話，李歡聽從賀媛的安排，只有江有清不滿地哼了一聲道：「一個月二十文錢太少了些。」

賀媛道：「二十文錢不少了，若只有咱們自己住，一文錢都沒得收。」

江有清只好閉上嘴。

另一頭，季知節將賀媛的話按照原樣說給鄭秋聽。

鄭秋沈默許久後，才對季知節說道：「二十文錢便二十文錢吧，以後咱們出去給人做活，存夠銀子再搬走便是。」

她對賀媛有怨，覺得是他們一家害死了丈夫，要不是為了孩子們，她寧願睡在街上，也不願意跟他們同住一個屋簷下。

獲得鄭秋的首肯，季知節便向賀媛回話。「母親同意了，多謝姨母。」

此時官差正好拿了鑰匙跟地契出來，一行人便朝西平村而去。

臨近晌午，眾人才走到西平村。官差騎著馬，他們都跟在後頭，又有年長者跟孩子，腳程不是很快。

看了兩處院子，賀媛都不是特別滿意，地方不夠大，他們人又多，難免擠了些。

官差喝了口水道：「只剩前面一處，可沒別的能選了。」

最後一處院子的位置有些偏，進出村子比較不便，可季知節一瞧便挺喜歡的。

院子建在上坡，總共有兩間屋子。一間屋子內部空間大，能放下一張大床跟櫃子，甚至能在旁邊放張小桌子，還有個外間，不夠寬敞但是夠長，夠一個人睡。

另一間屋子就小上許多，只能放下一張床，且比較潮濕——許是因為屋子背後有座石頭山，曬不太到陽光之故。

小屋子中間有個茅房，連接著小屋子的一側是廚房，另一側是馬廄，堆了些雜物。

這間院子夠兩家人住了，缺點是離河遠了些。

西平村有一條河，村民們都在那裡打水洗衣，要是在這裡住下，打起水來費勁。

賀媛挺滿意的，畢竟夠寬敞，她問道：「四娘覺得怎麼樣？」

「瞧著挺好，就是離河邊遠了些，以後洗衣跟做飯不太方便。」季知節說出自己的看法。

她進廚房看過，只有兩個灶臺，其餘東西一概沒有，沒有儲水槽，打水的次數只怕增加許多。

這的確是個問題，但是目前沒有哪戶院子比這裡更合適了，賀媛說道：「沒事，明日咱們去買個缸，再由六哥兒去打水，他力氣大，打水不是什麼難事。六哥兒，你說呢？」

江無漾只道：「可以。」

既然打水的人都說沒問題，季知節便答應了，她也確實喜歡這裡。

賀媛用四兩銀子跟官差換了地契，季知節則拿二十文錢給賀媛，算是預付的房租。

原本賀媛不想要，但季知節堅持要繳，大家日子都挺困難的，該給的不能少。

賀媛一家自然是睡大屋子，他們在外間鋪了張涼蓆，江無漾自動自發地拿著行李過去外間，算是有了自己的小窩。

另一個男丁季暉就沒他那麼幸運了。小屋子只容得下一張床，季暉想打地鋪睡，還得縮著腿。

季知節收拾起了廚房。經過大半日，大夥兒都餓了，米袋裡剩下的米還能再煮兩次粥，就先煮來墊墊肚子。

明日要去城裡買點東西，像是米、油跟調味料之類的，鍋碗瓢盆也一個都不能少。想到剩下的銅板，她做生意的心思就淡了。

季知節剛揀了一些用得上的東西，江無漾就打了桶水進來放在她身後，再回到大屋子裡。

水桶不算太大，水可得省著點用，況且也不能總是讓江無漾一個人去打水。

季知節心想要不讓季暉跟江無漾輪流去打水，她朝四周看了一圈後沒找到季暉，便去了馬廄。

馬廄裡，此刻的季暉正一臉不可思議，像是瞧見了什麼不得了的東西，他一看到季知節，便高興地嚷著。「阿姊，妳快過來看，這裡有寶貝！」

陽光透過窗戶灑了進來，照出地上一片陰暗與凌亂，牆壁上掉落的白灰，在角落裡堆成小山。

馬廄裡一半的空間是堆成半人高的草垛，另一半空間則散落著鐵具，季知節走過去，在草垛後方發現兩口完好無損的大水缸。

屋內的人聽見季暉的喊叫聲，紛紛朝馬廄走過來，看見這兩口大水缸時，大夥兒都驚喜不已。缸本身不貴，可是運費高，請牛車將大水缸運回來的費用可不少，這下免費拿到手，他們都很歡喜。

江無漾跟季暉在草垛裡翻找有沒有其他東西，季知節掀開其中一口缸的蓋子，只見裡面滿是枯黃的雜草，她正想著怎麼將大水缸抬出去清洗一番時，身旁伸出一隻修長的手臂，撥開了雜草，露出裡面一疊碗來。

「呀！」季知節驚呼一聲。

江無漾掀開另外一口缸的蓋子，裡面裝著鍋具，東西都被雜草蓋住了，完全沒生鏽。

季暉又在其他地方發現幾張小凳子跟一張小桌子，這些物品藏得很隱蔽，要不是特地翻找，只怕瞧不見。

看著多出來的東西，季知節不由得感嘆道：「這屋子原來的主人藏得倒是深。」

「若是不藏著，只怕早就被人拿去了。」

季知節是自言自語，沒想到江無漾會接她的話，不禁有些詫異。

江無漾連對賀媛她們都很少開口，對上季知節時更是沈默，他對她說話帶來的震驚，比找到這些寶貝還讓她驚訝。

將馬廄的物品都拿出來洗乾淨擺上，空蕩蕩的廚房一下子多了不少東西，季知節的粥也恰巧煮好。

累了大半日，眾人坐在長凳上靜靜喝粥，一句話都不想說。

季知節上午在錦城時買了些鹽，這粥沒了綠油油的青色，看起來讓人有食慾多了。

吃完飯，李歡帶著孩子回屋，賀媛跟鄭秋收拾碗筷跟桌椅，季知節沒看到江無漾的身影，又看了看還剩半缸的水，心想他大概是打水去了。

洗東西用的水，都是他跟季暉去打的。

季暉不好意思總是讓江無漾一個人打水，再度瞧見他出門以後，便提了在草垛堆裡找到的水桶跟在他身後，結果有罪惡感的人換成了負責洗東西的季知節。

然而，季知節路過廚房門口的時候，發現兩個水桶正安靜地放在裡頭，她心裡疑惑，不是打水，是去哪兒了？

接著她朝屋內看了一眼，季暉不在家。

季知節不擔心江無漾，他一身武功，不怕遇見什麼危險，可是季暉不一樣，放在現代，他是還在讀小學的年紀，若遇見事情卻沒應對的法子，該如何是好？

想到這裡，季知節打算出去找人，剛走到門口，便聽見季暉的聲音從不遠處傳來。「母親、阿姊，妳們看，我抓到魚了！」

季暉的腳步很快，臉上的笑容多得像是要溢了出來，他的雙手兜著衣裳，一路小跑過來，生怕懷裡的寶貝掉了。

第四章　判若兩人

季知節走近一看，還真是一條魚，活蹦亂跳的。

鄭秋忙拿個裝了水的木盆過來接著，一放入水中，魚兒立刻游了起來。

看來今晚有好東西吃了。

季暉剛放下懷裡的魚就急忙朝河邊跑去，季知節拉住他道：「一條魚就夠了，不要隨便下水！」

聞言，季暉笑道：「一條哪夠，表哥抓了三、四條！」說完，他一溜煙地跑遠了。

季知節不禁愣了一下。江無漾這麼厲害？

「這麼著急做什麼，要抓魚，連木盆也不拿一個。」鄭秋看著季暉跑遠的身影道。

「我送去給他吧。」季知節說著，一手提了個水桶，一手拿著個木盆，緩緩朝河邊走去。

季知節到河邊的時候，就看見他們兩個人紮著褲腿在河裡抓魚，岸邊放了個小木盆，裡面有五條魚。

江無漾的收穫不小，難怪季暉的勝負慾上來了。看來江無恙明顯比季暉有章法，下手快狠準，只要出手必定會有收穫，而季暉純粹是到處「摸魚」。

季知節看著小木盆裡擁擠的魚，便提著水桶去河裡提了半桶水。按照江無漾這速度，這個小木盆哪裡夠他裝。

等江無漾抓了魚上來，看著多出來的水桶，便朝季知節點了點頭，算是道了謝，將魚丟進水桶裡後，又返回水中。

兩人陸陸續續抓了些魚上來，只是大多數都是江無漾抓的。

待在岸上的季知節見河面清澈，忽然想到還沒見過自己如今的樣子，於是她蹲在河邊照起了鏡子——

柳葉彎眉、臉頰凹陷，一副營養不良的模樣，長相也不算靚麗，是小家碧玉的類型，跟李歡一比簡直是一個天上一個地下，見多了美女的江無漾，怎麼看得上她？

季知節不由得暗嘆，原主真是太瞧得起自己了。

她摸摸一頭長髮，觸感乾枯如稻草，心想以後要多給自己補補，長得圓潤些，氣色才會好，也顯得有精神。

季知節對著倒影做起鬼臉，這一看，倒是嚇壞自己。河上映出的人跟鬼似的，氣得季知節撿了顆石子打亂水面。

這也太醜了！

剛上岸的江無漾被季知節這舉動嚇了一跳，不由得看了她一眼。她一個人蹲在岸邊不知道在做什麼，一下子傻笑，一下子生氣。

此時水面盪起一圈圈波紋，河裡的某樣東西吸引季知節的注意，她輕輕地「咦」了一聲。

「怎麼了？」江無漾走到她身邊問道。

季知節將袖子挽起，露出膚色偏白的細弱手臂。

江無漾輕咳一聲，算是好意提醒她，接著就朝另一邊別過頭去。

然而季知節急著伸手下水，哪裡會注意到他的提醒，不一會兒，她就從水裡抓了東西出來道：「快看，水裡有河螺！」

她的手掌在江無漾眼下攤開，江無漾只好轉過頭來看，只見幾個黑色的螺在她手中。

這東西跟海螺很相似，只是個頭小了許多，江無漾沒見過這種螺，也不懂得怎麼吃。

「石頭下面好像挺多的。」說著，季知節再度蹲下去，在河裡摸索起來。

摸著摸著，季知節覺得自己的衣服有些礙手礙腳，她彎下腰，正要挽起褲腳，就聽見耳邊響起一道聲音。「在哪兒？」

季知節抬起頭，見江無漾就站在她剛剛摸索過的地方，她忽然反應過來，忙放下褲腿，指著他的腳邊道：「就在那兒。」

她怎麼給忘了，這可是在古代啊！

在江無漾彎下腰的那一刻，季知節俏皮地吐了吐舌頭，只是她沒想到，江無漾透過水面的倒影，將她的一舉一動看了個徹底。

江無漾很快就摸了一大盆河螺出來，季暉抓魚抓得累了，見他們兩個待在一起，好奇地過來查看，目光頓時被地上的河螺給吸引了。「阿姊，這東西能吃嗎？」

自從季知節救了季暉以後，他的態度和善了不少，以前總是直呼她的名字，現在也改口叫她「阿姊」。

季知節想了片刻後，道：「這東西叫河螺，沒多少肉，當零嘴還不錯，要是加點辣，味道更香。」

吃了一路的粥，季知節的嘴裡味道全是淡的，現在說起「辣」，口水都多了起來。

一聽不能吃飽肚子，季暉眼裡的光芒黯淡下來，可正在水裡摸索的江無漾動作卻沒停。他心裡覺得奇怪，自己都沒見過的東西，她一個生長在世家的小姐，怎麼會知道這叫什麼，還知道怎麼吃？

三個人帶著滿滿的戰利品返家，李歡正帶著孩子在院子裡玩，江晚看著游來游去的魚，眼睛都快掉出來了。她趁江無漾沒看見，戳了一下魚背，滑溜溜的手感，讓她立刻收回手。

見季知節抱著一盆「石頭」，還往裡面撒鹽，江晚又被吸引住了，拿張小凳子坐在她身邊。

自從吃過季知節的果子，她就再也不怕這個表姑了，覺得表姑的人跟她的果子一樣甜。

江無漾在軍隊生活過一段時間，比起宮裡那些茶來伸手、飯來張口的人會的東西多了些，他想殺魚，見沒有刀具，便去馬廄找了個稱手的鐵器打磨。

賀媛看著他跟季知節為了一日三餐忙碌，不禁愧疚。「活了大半輩子，沒想到還要四娘跟六哥兒來照顧。」語畢，深深地嘆了口氣。

鄭秋偷偷抹起了眼淚，說道：「以往在家中，四娘哪曾做過活，如今為了生活，竟是連生火做飯都會了。」

季暉跟江晚在一旁吵鬧，季知節沒聽見鄭秋的一番話，不然肯定會被嚇一跳。她跟原主的差別實在太大，若被察覺出不對勁，只怕要遭殃。

正在磨刀的江無漾聽見這番話，卻在心裡思索起來。季知節確實很奇怪，像變了個人一樣，要不是大夥兒一直跟她在一起，只怕會以為她被哪個人頂替了。

「阿姊，妳往牠們身上撒鹽做什麼？」季暉跟江晚一樣，拿了張小凳子在一旁坐著。他沒吃過這東西，雖說填不飽肚子，但也好奇是什麼味道。

「吐沙子，放點鹽，牠吐得快。」季知節解釋道。

季暉不知道這些，忍不住敬佩起自己這個姊姊，覺得她懂的實在很多。

「哇，牠會吐泡泡！」看著水裡冒著的泡泡，江晚興奮地叫了起來。

「還要泡一會兒，我去看看表哥有沒有需要幫忙的地方。」

江無漾剛好磨完鐵片，正在用水清洗，旁邊有一條大魚安靜地躺在石頭上。

季知節說道：「我來弄吧。」

住在宮裡的貴人會處理鮮魚？可千萬別浪費糧食。

江無漾搖頭道：「不用。」

說著，他靈活地用鐵片劃開魚肚，熟練地拿出裡面的內臟，再用水將魚肉洗乾淨。

「哇……好厲害，你怎麼會啊？」季知節驚嘆不已。

一個皇子會做這種事，實在稀奇得很。

聽見她的稱讚，江無漾難得紅了臉，他故作平靜地說：「以前在軍營時學的。」

「你說你在軍營當過廚子？」季知節不敢置信地張大了嘴。

「皇兄行事一貫嚴正，不會因為身分高低便對人有差別待遇，所以我曾做過一段時間的伙頭兵。」

聽他提起江無波，季知節愣了一下，尷尬道：「對不起。」

江無漾又拿起一條魚，輕鬆地處理乾淨。

「都過去了。今晚要做什麼來吃？」江無漾轉移了話題。

總有一天，他會親手取下三皇子母子的項上人頭。

季知節輕嘆道：「魚片粥吧。」

看膩了吐泡泡的河螺，季暉盯著處理好的魚，高興地叫道：「今晚有魚吃嘍！」

天色剛暗下來，廚房內的人便忙得團團轉。

江無漾挑出魚刺，再將魚肉切成薄片——這是季知節告訴他的做法，說這樣好吃易熟，還不帶刺，年長者跟孩子吃起來容易些。反正這種魚的刺很大，挑起來也不麻煩。

見季知節在洗河螺，江有清便自告奮勇去煮粥。

廚房裡柴火燒得旺盛，火星伴著「劈啪」聲響冒了出來。沒多久，江有清忽然驚呼一聲，連忙跑離廚房。

正在旁邊洗河螺的季知節抬起頭一看，察覺灶內火勢太大，從裡頭燒了出來，立刻挑出多餘的柴火，在灰堆裡滾了一圈，等火徹底熄滅了才拿出來。

見季知節兩三下就控制住場面，江有清鬆了一口氣的同時，淚水也在眼眶裡打轉，她趕緊轉頭就走。

江無漾處理好魚之後往廚房走去，就看見季知節守在灶臺前挑螺肉。

他問道：「有什麼要幫忙的嗎？」

季知節頭也不抬地說：「差不多了，等粥煮開就能放魚肉下去。」

江無漾點點頭，轉身出去拿魚。

另一邊，江有清哭著回到房間，賀媛正跟李歡逗著江晞，見她哭了，嚇了一跳，李歡忙讓她坐下，問道：「這是怎麼了？」

她這一問，江有清頓時哭得更大聲了，連路過的江無漾都能聽見，站在窗戶邊挪不動腳。

江有清哭得斷斷續續道：「我看六哥跟四娘都在忙，就想去幫忙煮粥……」

李歡驚訝道：「四娘說妳了？」

江有清快速地搖頭道：「沒有，是灶裡的火太大，我嚇到了。」

一聽是這事，賀媛跟李歡才放下心來，江有清繼續道：「四娘跟六哥都很能幹，跟他們一比，我覺得自己好差勁。」

李歡安慰她道：「萬事起頭難，妳從小沒做過這些，自然不如他們。」

「若是六哥就算了，四娘也是侯府出身的大小姐，她能做那些，偏生我就做不來。」江有清嘟囔著。

李歡愣住了。是啊，季知節也是嬌養著長大的姑娘，可她做起這些事來卻是得心應手，跟她一比，其他人什麼都不會。

江有清又道：「我也是怕六哥辛苦，四娘總不會一直照顧咱們，她若是離開了，這些事豈不是全壓在六哥身上？我心想能跟著她學一點，結果卻連生個火都不行。」

賀媛認為江有清說得對。如今的季知節跟大夥兒很不一樣，即使日子過得艱難，她也沒有怨言，該做的、不該做的都做了，甚至做得還不差。

「妳瞧瞧四娘，遇上事情時完全不慌亂，再看看妳自己，就愛哭鼻子，光這點妳就比不了。」

一聽見賀媛的話，江有清霎時不哭了，想了想，她下了地，說道：「我去擺餐具。」

江有清一走，李歡就瞧著她的背影說：「我也不如有清，她還曉得跟四娘比，哪像我，連這個想法都沒有。」

賀媛從她手上接過江晞道：「妳身子本來就弱，照顧好自己比什麼都強。晞姐兒還小，還指望妳奶大她呢。」

李歡苦笑，她哪裡還有奶啊……

江無漾回到廚房，看見季知節正在攪動一鍋粥，還在她手邊發現小半碗螺肉。

他將片好的魚肉拿給季知節，她放在鼻子下聞了聞，確定沒什麼腥味，才將魚肉倒進粥裡，又將螺肉也放進去。

倒完這些料以後，季知節發現江無漾手邊還有一條殺好的魚，似乎不打算交給自己處理，她便收回視線，專心盯著鍋裡的粥。

粥要小火慢煮才好吃，等水開了，季知節就將灶裡的柴去掉一些，只留小火。

弄完這些，季知節就見江無漾盯著木盆裡的河螺發呆。

「剩下來的要怎麼做？」江無漾問季知節。

下午時路過的村民見他們在摸河螺，便說這個不好吃，但是季知節仍舊摸了許多回來。

「先養著吧，明日買些調味料回來炒著吃。」

江無漾看著季知節不說話。她最近總是如此，對食物的意見與旁人皆不相同，像那果子，其他人都說不好吃，她偏偏就要吃。他見江晚吃過一顆，她說甜得很。

這河螺也是一樣，就她一副躍躍欲試的模樣。

江無漾張了張嘴，想問問季知節是怎麼學會下廚的，可最終仍舊沒開口。她跟自己關係不好，又怎麼會說出答案？

這麼一想，江無漾轉身去院子裡。

賀媛跟江有清已經將桌椅擺好，看見他，江有清拉開椅子讓他坐下，道：「六哥休息一會兒吧。」

廚房裡的事江無漾幫不上什麼忙，便在一旁等著。

鄭秋從屋子裡出來，就見他們一家袖手旁觀，季知節則是一個人在廚房內忙個不停。

季暉聞見香味便朝廚房跑去，鄭秋的表情不太好，她瞄了賀媛一眼，也進了廚房。

「好香啊……」季暉深吸了一口氣，口水都要流下來了。

他伸手想揭開蓋子，立刻被季知節給拍開。「馬上就能吃了，去等著吧。」

季暉聽話地向外頭走去。

鄭秋往外面瞥了一下，見那幾人在一起說說笑笑，越發不悅。「妳什麼事都攬著做，這下倒好，跟老媽子似的伺候別人一大家子。」

知道鄭秋不滿意，季知節勸道：「都是做飯，也就是做多做少的事罷了。」

鄭秋不這麼想。「妳以前哪裡會做飯，連碗麵都下不好，母親也是心疼妳，為了一個男人做這些，他心裡卻未必有妳。」

季知節輕笑了一聲，問鄭秋。「母親是覺得我現在好，還是以前好？」

鄭秋仔細地回憶起來。在華京時，季知節驕縱得很，仗著身分高貴就耀武揚威，連個朋友都沒有，遇上事情還總是哭哭啼啼。

然而自從到了嶺南，她就像是變了個人一般，不再哭泣，應變能力好得很，人也變得開朗多了。

江無漾見季知節還沒出來，想去問問有什麼需要幫忙的地方，可剛走到門口就聽見鄭秋的聲音，便不好再上前。

「妳現在是挺好的，只是——」

季知節打斷鄭秋的話。「現在好就行。我早就想通了，他心裡沒有我，我心裡也未必有他，我跟他的緣分早就在出華京的時候斷了。」

確切地說，應該是在原主離開時沒了。

「現在我只想好好活下去，讓暉哥兒健康長大。咱們正住在人家屋簷下，身上剩的錢哪裡夠生活？您瞧瞧這缸裡的水、切好的魚、抓來的螺，哪樣不是他做的？我只是做了幾餐飯，母親就覺得我辛苦，那人家挑水砍柴的不累嗎？還是您希望暉哥兒去做？」

聽見她的回應，鄭秋說不出話來。看著這滿缸的水，要是真換成兒子來挑，她也心疼，最後只得重重嘆息道：「妳長大了，母親說不過妳了。」

鄭秋轉身從廚房出去，在門口見到江無漾，她的表情一陣尷尬，還是江無漾先開了口。

「我來看看有什麼幫得上忙的。」

季知節的聲音從裡面傳出來。「粥煮好了，表哥幫我拿出去吧。」

江無漾朝鄭秋點了點頭，大步跨了進去，季知節看著鄭秋走遠，小聲地說道：「剛才母親的話你聽見了吧。」

江無漾不打算騙她，並未否認。「是。」

「我母親說話就是那樣，你別太往心裡去。」

「嗯。」江無漾從她手裡接過那鍋粥，應了一聲。

第五章　力圖振作

餐具已經擺好，江有清瞧見季知節，忙走過去拉她。

雖然以前大家相處得不怎麼樣，不過江有清現在挺欣賞季知節的，她說道：「四娘，坐我旁邊吧。」

季知節在她身邊坐下，剛一掀開鍋蓋，一股魚香就湧了出來，大家許久沒有吃肉，光聞就覺得美味。

「這粥裡沒放什麼調味料，只撒了些鹽，味道雖然不是上等的，但吃起來還是不錯。」季知節說著，給季暉舀了一碗粥。

魚片滑嫩，在粥裡煮過也沒散開，季暉迫不及待地嚐了一口，被燙得齜牙咧嘴。

季知節又給賀媛跟鄭秋各舀了一碗道：「這魚表哥處理過，沒有刺，也不怕卡在喉嚨。」

她正要給李歡也舀一碗，卻被身邊的江有清攔住道：「我來吧，妳累了一天，好好吃頓飯。」

江有清拿過她手中的勺子，幫剩下的人都舀了一碗。

賀媛欣慰道：「清姐兒這模樣才像是長大了，還有四娘，妳比起我們這些人可厲害得多了，這手藝是怎麼學來的？」

這話嚇到了季知節，她生怕自己漏陷，小心地說道：「哪有可學的，不過是生活所迫罷了。」

賀媛笑著說道：「還是四娘聰明。」

季知節不敢再接話，專注著喝著碗裡的粥。這魚片粥色澤白淨，散發著誘人的香氣，它不像一般米粥那樣黏稠，甚至能看到細小的米粒。

粥上鋪滿鮮嫩的魚片，均勻薄透、肉質鮮美，魚肉的顏色潔白如玉，微微泛著潤澤，每一片都飽滿且有彈性，入口即化。

魚香是這碗粥最令人難以抵擋的誘惑，濃郁的鮮香散發出來，混合著魚的鮮味跟米的清香。

一咬下去，綿軟的米粒在口中碎了開來，釋放出絲絲甘甜，鮮嫩的魚片則在舌尖上融化，絲毫不膩口，細細咀嚼之後，魚肉的鮮香充盈於口中，令人陶醉。

飯桌上一時沒了說話聲，大家全專心地品嚐著魚片粥，江晚在喝了一口李歡餵的粥後，自己也拿湯匙喝起來。

季暉快速地解決掉一碗粥，又給自己舀了滿滿一碗，埋頭苦吃。

至於季知節，她倒是不怎麼餓，一碗粥剛剛好。

見江無漾已經吃得差不多，季知節又為他添了一些。季暉這個年紀小的最少都得喝兩碗，他一個大男人才喝一碗可不正常——他總是寧願自己餓肚子，選擇先讓其他人吃飽。

瞧著碗裡多出來的粥，江無漾愣了一下，才又拿起湯匙。

賀媛將這一切都看在眼裡，在心裡默默嘆了口氣。縱使季知節有心，可江無漾的心思不在情情愛愛上，一日未報仇，他就放不下心中的執念。

待眾人紛紛停下動作，季知節便對賀媛說道：「明日我想去趟錦城，姨母可需要帶什麼東西？」

鄭秋驚訝道：「妳去城裡做什麼？」

「去添置些物品。」米快吃完了，還要買些調味料回來，得進一趟城才行。

「可問過要如何進城？」賀媛有些擔心。

季知節點頭道：「問過了，村口有輛牛車，每日辰時都會從那裡出發，酉時從城裡回來。」

她剛進村時就向村民問過了，昨日在河邊也看過牛車返回，想來回村時不會超過下午六點。

見她準備充分，賀媛只好說道：「讓六哥兒陪妳去吧，有他跟著妳，至少安全一些。」

季知節同意道：「也好。」

這段時日累積下來的疲勞，終於在洗了個熱水澡之後消除乾淨。

季知節坐在院子裡，用布裹著濕潤的頭髮擦拭。這一頭長髮快到腰部，洗起來也費勁，要是有機會，她定要修剪一番。

她正想著，就聽見院門外傳來微弱的腳步聲。她洗澡花的時間久，等其他人都洗好了才去浴間，這個時段大多數人都睡下了，還會有誰來？

季知節神經緊繃，目光死死盯著院門，直到看見江無漾的身影，她才放下戒備。

他提著兩桶水，瞧見院子裡的季知節時，也有些驚訝。

季知節問道：「這麼晚了還去打水？」

江無漾應了一聲，逕自朝廚房走去，將水倒進大水缸。

季知節跟在他身後進了廚房，發現缸裡的水只剩下一些，不禁有些臉紅。她洗澡比較費水，看來日後要節約點才是。

灶上的火還燒著，鍋裡不斷冒著白煙，江無漾坐在灶前，又添了些柴火，想起另外那條魚，季知節心下了然，從廚房退了出去。

瞧他那架勢，應該是要煮魚湯。

重新坐回椅子上，季知節抬頭看著天上的星星與月亮。

在她的記憶裡，江無波是在江無漾眼前死去的。三皇子為了讓江無漾痛苦，當著他的面取下江無波的頭顱，這對他來說是無比痛苦的回憶。

看著李歡跟她的孩子們，江無漾怎麼都忘不了當時江無波的模樣。

他是悔恨的，總覺得要做些什麼，才能彌補她們母女。如果當初死的是他，或許她們就不會這麼傷心了，所以他事事都以他人為先，不為自己考慮。

季知節正想著，江無漾就從廚房裡出來了，他沒看她，逕自朝大屋子走去。

裡頭正傳來賀媛逗弄江晞的聲音，江無漾站在門外道：「母親。」

「進來吧。」

門內傳來賀媛的說話聲，江無漾才打開門進去。

大屋子內雖有一張大床，但其實睡不下三個大人跟兩個孩子。兩個孩子還小，賀媛年紀較大，李歡身子又虛弱，江有清便自告奮勇睡在地上。

此刻她正蹲在地上鋪薄被，江晚在她身邊幫忙，一副要跟著她睡地上的架式。

看江無漾端著碗過來，賀媛心裡明白，對李歡說道：「妳的身子太弱了，沒什麼東西能補的，就喝點魚湯吧。」

江有清從江無漾手中接過魚湯，聞了一下，感覺跟今日季知節做的魚不是一個味道，便問道：「這是六哥自己做的？」

「嗯。」

「嫂嫂，快嚐嚐六哥的手藝。」她可沒吃過自家六哥做的料理呢。

李歡不忍辜負江無漾一番心意，只好道：「無漾費心了。」

魚湯還是熱的，李歡輕輕舀了一勺湯吹涼，湯剛入嘴，她的面色就凝重起來，嘴裡的湯吞也不是，不吞也不是——太腥了！

一想到江無漾花了心思煮魚湯，李歡只好將湯嚥進肚子裡。

江有清好奇地問道：「六哥這湯好喝嗎？」

李歡硬著頭皮道：「尚可。」

江有清看著碗裡的湯說：「這湯的顏色怎麼瞧著怪怪的？不過嫂嫂還是多喝一些，補補身子。」

「好。」

李歡喝了第二口，哪知湯剛下肚，就猛地反胃起來，她將碗放下，朝茅房飛奔而去。

所有人都愣住了。

江有清率先反應過來，她嚐了一口湯，道：「太腥了。」

賀媛嘆了口氣道：「也是難為你們了。」

一個難得做，一個難得吃。

江無漾面無表情地將魚湯端走，季知節先是被衝出來的李歡嚇了一跳，接著看見江無漾手上的湯時，心裡就有了底。

將廚房的門關上後，江無漾心中的怒氣越發大了，他將魚湯倒在潲水桶裡，一不小心手滑，將碗摔在地上。

他頭一次覺得自己沒用。大哥臨走前交代他要照顧好大家，可自己卻連大哥的妻女都照顧不好。

季知節聽見了廚房的響動，透過門縫看見地上躺著裂成兩半的碗。

「魚湯不是這樣做的。」

江無漾聽見季知節的聲音，又恢復了沒有表情的樣子，他回過頭，就在門縫間看見一雙清澈的眼眸。

見他看向自己，季知節推門進去說道：「魚肉腥，直接下水味道不好。」

江無漾只是默默聽著，一動也不動。

季知節在水桶裡挑了一條不大不小的魚，說道：「做湯用的魚要鮮，鯽魚還不錯，只是小刺多。」

說著，她拿起江無漾磨好的鐵片，俐落地劃破魚肚、刮好鱗片、清洗乾淨，一氣呵成。

江無漾覺得比起自己，她的動作更加迅速敏捷。

鐵鍋裡沒放水，被燒得冒出煙來。季知節道：「魚煎過會更好些，只是眼下沒油，味道沒那麼香。」

將魚放進鍋裡後，魚皮瞬間收縮了起來，季知節從灶裡拿出一些柴，怕大火將魚煎焦了。

待一面煎得差不多了，季知節就稍微放點水進去，讓魚肉變軟，再將魚翻面煎。等這一面也煎得可以了，她就倒入些熱水，湯汁立刻變白。

接下來的工作不難，她將鍋鏟遞給江無漾，說道：「等湯煮開，再撒點鹽就能起鍋。我睏了，先回去歇息了。」

看著季知節離開的背影跟鍋裡冒出的熱氣，江無漾突然覺得，目前的生活好像也不是一團糟。

收拾好地上，江無漾重新拿了張碗出來。

「無漾，對不起。」李歡滿懷歉意的聲音從他身後傳來。

「我想替大哥照顧好妳。」江無漾道。

聽他提起那個人，李歡立刻紅了眼眶。

江無漾將新煮的魚湯放在她面前，李歡不禁愣住了。這跟剛剛的湯完全不一樣，湯色潔白濃郁，香味飄了出來。

「是四娘做的。」江無漾說著，打消了她的疑慮。

李歡笑了。「總覺得她是我們之中最嬌氣的，沒想到卻成了成長得最快的一個。」

江無漾沒說話，算是默認。

李歡接過他手中的碗道：「我不認同母親的話，人總是要向前看，過去的事情就讓它過去，你也要好好活下去，四娘是個好姑娘，錯過就沒了。」

江無漾想起下午季知節對鄭秋說的話——他們的緣分早就在出華京的時候就斷了。

見他不說話，李歡便從廚房退出去。
江無漾看著窗外的月光。他做不到放下一切，遺忘仇恨。
第二日，季知節起得稍稍晚了些。許久沒有睡得這麼踏實，唯一的不好就是床板太硬，讓人身體痠痛。
看了一圈，發現沒人在家裡，季知節不禁感到奇怪。
等漱洗完畢，才瞧見江無漾從外頭回來，她不好意思地說道：「又去打水了？」
「嗯。」
打水是個難題，一個人要打的水得滿足兩大家子的用量，確實辛苦。
「你瞧見暉哥兒了嗎？我讓他跟你一起去。」
江無漾將水倒進大水缸裡，說道：「他去河邊抓魚。」
「怎麼沒看到其他人？」
「洗衣服。」
江無漾說話簡明扼要，說完轉身又去了河邊。他今日要去城裡，得提前把缸裝滿才行。
季知節回屋子時經過廚房，發現後頭的雜草實在長得太高了，有時間要去拔草才行，否則等天氣熱起來，蚊子可是會很猖狂的。
等季知節去了河邊，就看到鄭秋、賀媛跟李歡正在一起漿洗衣服，江有清則帶著兩個孩子看季暉抓魚。

大人的衣服都破破爛爛的，更別提孩子了。季暉正是長身體的時候，袖子顯得短了，褲腿更是露出了腳踝，至於江晚穿的衣服，袖子捲了幾圈都不合身。

季知節心想，要趕緊賺錢才行……

一見到季知節，季暉便朝她揮手道：「阿姊，我摸到好多河螺！」

季知節往旁邊的水桶一看，發現果然摸到了很多，都快要小半桶了，她想起了什麼，對季暉說道：「你將這些洗好，等阿姊回家給你做好吃的。」

辰時之前，季知節與江無漾抵達了村口，一輛牛車已經等在那裡。

瞧他們眼生，趕車的牛大郎問道：「你們是新搬來的？」

「是啊，大爺，您拉車多少錢？」季知節問道。

「一人一趟一文錢。」

季知節拿出兩個銅板給他，跟江無漾坐在牛車後頭。今日只有他們兩人搭車，時間一到，牛大郎就趕車出發。

「大爺，您這車什麼時候回來？」季知節問道。

「一般酉時回來，今日只有你們兩個，要早一點或晚一點，跟我說一聲就成。」

「多謝大爺。」

牛大郎瞧江無漾長得俊朗，但從上車起便沒說過話，便問季知節。「這位郎君是妳什麼人，可有婚配？」

季知節一聽就知道這大爺想給江無漾介紹對象，便笑著回答。「他是我表哥。」

「我有個女兒，瞧著跟這郎君年歲差不多，要是覺得合適，郎君可要去見一見？」

季知節見江無漾的臉色越來越黑，噗哧笑出聲來，說道：「只怕大爺心思要落空了，幼時長輩已給我倆訂親，過些日子便會完婚。」

牛大郎覺得可惜，不過他仍為季知節高興。「娘子真是好運氣，找的郎君俊俏，以後生的孩子定然好看。」

「多謝大爺美言，以後咱們多生幾個。」季知節故意對江無漾說道。

「咳。」

江無漾難得出了聲，牛大爺瞧他不好意思，就不再拿他打趣。

季知節見江無漾耳根通紅，無聲地笑了。

「大爺，待會兒見了。」

季知節跟牛大郎聊了一路，兩人甚為投緣。

她得知牛大郎原本有個兒子，不僅娶了媳婦，還給他生了個孫子，只是前幾年村裡發生土崩，他的兒子被埋在下面，連屍體都沒找到。

最後牛大郎的兒媳婦跟人跑了，留下孫子，現在靠他女兒照顧。村裡人都嫌棄那孩子是拖油瓶，不敢娶他女兒，他才逢人就介紹她。

牛大郎不希望女兒太辛苦，每日趕著牛車往返城裡賺點費用，只是西平村太窮困了，坐牛車的人不多。

到了錦城已經快要辰時，此時嶺南的天氣有些熱了，日頭大，坐了一路的車，季知節有點口渴。

進城驗過身分之後，她在城門口看見了一個茶鋪，便道：「表哥，咱們喝點茶再去買東西吧。」

江無漾點了頭。

光顧茶鋪的客人很多，都是趕著進城做生意的，季知節找了個角落，點了壺便宜的茶水，不一會兒小二就提了茶壺過來。

「你們聽說沒有，新帝剛上位就讓十三州給他送賀禮，孟家為了這事，差點急破了頭！」

季知節倒茶水時聽見另一桌的人閒聊，她瞧江無漾垂下眼眸，就將茶杯放在他面前道：「喝一點吧。」

「可不是，咱們萊州府哪有什麼珍貴的寶物，不就是瓷器跟布疋？誰知賀州府連忙將布疋送進了華京，這不是明擺著怕咱們跟他們搶嗎？」

「這事一出，孟二公子就來了咱們錦城，想趕製出新瓷器快些送進京，可這新窯製出來的東西啊，卻是一個能用的都沒有！」

「竟然有這種事？」

「是啊，你說這事巧不巧？」

季知節一邊聽旁人聊天，一邊喝了口茶水，可才剛入口，她的眉頭就不自覺地蹙在一起——茶水苦澀，特別難喝，她頓時覺得自己的兩文錢白花了。

第六章　茶水秘方

昨夜鄭秋將自己的銅板拿了些給季知節，她才有錢出來。

季知節瞧著江無漾沒什麼表情的臉，他倒是一副無所謂的樣子。

想了想，季知節叫來小二，問道：「小哥，你們掌櫃的可在？」

「掌櫃的人在店內，請問姑娘有什麼事？」小二不知道她要做什麼，但既然付了錢，就是貴客。

「你們這茶水也太難喝了，我有一個秘方，想跟你們掌櫃的做個生意。」

小二一聽是來砸場子的，頓時不客氣地說道：「姑娘說的是哪裡的話，咱們這間店在錦城裡開了數十年，可是頭一回聽人說茶水難喝。」

在隔壁聊天的那桌人正好聽見小二的話，紛紛議論起來。

「姑娘說話好大的口氣，這茶水雖入口苦澀，但跟錦城其他茶水攤的相比，已是好上許多。」

「這位姑娘想必是外地人，咱們這個地方氣候濕熱，喝的叫涼茶，退火用的，都用中藥熬製，味道便差了些。」

季知節笑了笑，說道：「我喝過許多種涼茶，還是第一次喝到這麼難喝的。」

「妳這姑娘也太狂妄了吧？」

「我倒是想看看妳這姑娘煮的茶水有多好喝！」

眾人為這間店打抱不平起來。

「苦草、黃芩、連翹、板藍根。」

當季知節說出這幾味中藥時，小二的臉色瞬間變了。每個茶鋪的茶水配方不盡相同，也不讓外人知曉，有些甚至是祖傳配方，她卻輕輕鬆鬆說了出來，讓小二心頭一顫。

江無漾也是一臉詫異地看著她。

小二面色一凜，對著季知節恭敬道：「姑娘，請隨我去店內。」

剛才還在為這間茶鋪說話的客人呆住了。難道這姑娘真的有本事？

一進店內，便見一位身穿長衫、蓄著八字鬍的中年男子站在櫃檯前，神色凝重地撥著算盤，見小二帶著兩個人進來，他便往外看了一眼道：「外面還有位置，怎的帶人進來了？」

小二附在他耳邊將方才發生的事情說了一遍，掌櫃趙立德便客氣地問季知節。「敢問姑娘如何知曉我這涼茶的配方？」

季知節笑著說道：「喝出來的，只是不曉得各種材料的分量而已，不過試幾遍大概就知道了。」

此話一出，趙立德就緊張了起來。

他不是茶鋪的主人，只是協助管理幾家茶鋪而已，上面還有個大老闆。最近涼茶的生意淡了些，天氣漸熱也不見好轉，他急得不行，生怕自己被炒魷魚。

情況原本就不夠好了，結果連用的東西都被旁人知曉，要是被大老闆知道，飯碗可真要保不住了。

「姑娘這是？」

「我沒其他意思，只是想跟掌櫃的做個生意，我手上有個配方，做出來的涼茶比現在的可口許多。」

趙立德解釋道：「姑娘怕是不知道，咱們這涼茶清熱解毒，只有好喝可不行。」來喝這茶的人，也不是只圖著解渴。

季知節說得很肯定。「我這涼茶的功效，保證只多不少。」

「口說無憑，姑娘怎知自己的方子究竟是好是壞？」

早知道掌櫃的會這麼說，季知節回道：「試試不就知道了？」

趙立德朝小二使了個眼色，小二就領著他們去廚房。季知節見材料齊全，便開始熬起茶來。

她前世熬煮過不知道幾次涼茶，自己研製出了幾個配方，隨便煮，味道都比這個好得多。

趁小二低頭查看灶內火勢的空檔，江無漾低聲問她。「可有把握？」

他看四周都是窗，要逃不難。

季知節笑了笑，道：「表哥放心吧。」

聞了聞用得上的草藥，季知節心想材料的品質倒是不錯。她不會用古代的秤，便對江無漾道：「表哥幫我秤一下草藥吧。」

江無漾點頭。

「苦草、黃芩、連翹、板藍根各五錢，菊花一錢、金銀花二錢、甘草三錢。」

待江無漾陸續秤好，季知節就將材料放在乾鍋裡炒了幾下，再朝鍋中倒入適量的熱水，先用大火燒開，再用小火慢煮，直至缺了大約一碗水的量，她才將火給熄滅。

「這就好了？」小二不敢置信地問道。他全程都在旁邊看著，季知節並未用什麼特別的材料，都是茶鋪裡常用的那幾樣。

「可以了，叫掌櫃的來看看吧。」

等趙立德過來的時候，季知節將方子寫在紙上，包括製作方法跟用水量等。

趙立德打了碗茶水淺嚐一口，嘴裡頓時漫著一股清甜——這哪是涼茶，簡直如同糖水一般，他詫異地問小二。「真的就用了那幾味草藥？」

小二很肯定地點了點頭。

季知節對小二說道：「小哥可以將這涼茶拿去給外頭的客人嚐嚐，若是他們也說好喝，那就沒問題了。」

小二朝趙立德看了一眼，見他點頭以後，才打壺涼茶走出去。

季知節剛才沒喝多少茶水，現下有些渴了，她打了兩碗茶水，一碗遞給江無漾。茶水還有點燙，季知節吹了幾下才喝，一入口，便是記憶中那熟悉的味道。

江無漾喝了，只覺得清新香甜，與剛才的苦澀完全不同，好喝許多。

季知節悄悄地觀察起外面的情況，就聽喝過茶水的客人紛紛讚美。

「這真是那姑娘做的？太不可思議了！」

「我沒喝過這麼好喝的涼茶……」

其他客人一聽，都要求小二給自己倒一杯，一壺茶很快就見了底，不少喝過的人催著再來一壺，沒喝到的人甚至願意花錢嚐嚐。

見到這場面，趙立德心中有了數，他客氣地說道：「不知姑娘這方子打算怎麼賣？」

「先付五兩銀子，此後這涼茶每賣出一份，咱們便二八分成，等過了三個月，這方子便與我再無關係，之後不論掌櫃的怎麼賺錢，就都是自己的了。」

「五兩銀子？」趙立德有些驚訝。

「是，要是合作得好，我還有方子可以繼續給您。」季知節說道。

趙立德不禁為難。五兩銀子不是小數目，要是賣得好便罷，賣不好可是要賠本的。

「要是掌櫃的不答應，我也不強求，這方子拿去其他茶鋪賣，總有會人收的。」說著，季知節便要離開。

喝過季知節茶水的客人見她出來，紛紛稱讚。

「姑娘妳這手藝真是不錯！」

「想不到姑娘年紀小，手藝可出眾了！」

他們誇得季知節不好意思起來。涼茶還是小意思，要是吃過她煮的菜，豈不是要將她捧上天了？

眼看季知節走出門，趙立德忙道：「姑娘留步。」

季知節知道五兩銀子到手了。

趙立德重新將他們兩人請了進去，道：「姑娘說半年後這方子便不再收取任何費用，可是真的？」

「是，掌櫃的可以先試試方子，等天氣再熱些，其他方子比這個更好賣。」

趙立德牙一咬。五兩銀子他拿得出來，要是店內的生意火了起來，說不定大老闆給自己漲的工錢不只這個數。

「成交，我去領錢來，姑娘且等等。」

「煩勞掌櫃的換成銅板給我。」

片刻後，趙立德拿了五貫錢出來，一手交錢一手交方子。

趙立德仔細看起方子——雖說加了幾味草藥，但整體用量比起從前少了些，加的水也比原來多，這樣一看，成本反倒降下來了。何況按照這茶水的品質，售價漲一點無妨，就算要分成也不虧。

在心裡計較一番之後，趙立德問季知節。「姑娘貴姓，以後怎麼來取錢？」

「我姓季，掌櫃的喚我四娘便可，每日來不方便，我每隔三日來一趟，您看如何？」

趙立德點頭道：「季姑娘何時來都成。」

「多謝掌櫃的了，以後麻煩將銀錢都換成銅板，用起來方便些。」

季知節坐在麵攤上的時候，臉上還帶著傻笑，只差沒把「懷裡有錢」這四個字寫在臉上了。

麵還沒來，江無漾問她。「妳怎麼知道掌櫃的一定會收妳的配方？」

「我昨日在街上看了一圈，發現錦城裡有一部分茶鋪的旗子標記相同，方才那鋪子也是。我猜測他上頭還有大老闆，見他愁眉不展打著算盤的時候，就確定他因為業績不好而心情苦悶。」

「妳不怕他三日後不分錢給妳嗎？」

季知節笑了笑，道：「拿到五兩銀子，怎麼說都是我賺了，日後分不分錢都沒關係，等他們嘗到了甜頭，再想要從我這裡拿方子，可得將從前欠的給補上。」

她手上的方子跟食譜多得很，先解決眼下的困難再說。

見季知節想得透澈，江無漾便不再多說。她比自己厲害多了，不過一個上午就賺到五兩銀子，只怕過不了多久就能搬出西平村。

熱騰騰的麵端上來了，看著湯上面漂浮的油脂跟蔥花，季知節差點感動落淚，兩三下就將麵給解決了。

這麵的味道一般，可勝在勁道。

見江無漾麵才吃了一半，季知節心想，不愧是從小受到良好教養的皇子，即便許久沒碰到油脂，也不會像自己一樣狼吞虎嚥。

季知節向店家打聽。「老闆，請問錦城的房子大多落在什麼價位，我們倆是外地人，想在此處買房。」

江無漾吃麵的動作停頓了一下，隨即恢復過來。

已經過了午時，老闆不是很忙，聽季知節發問，索性坐在她旁邊的位置上道：「你們兩人從什麼地方來？」

季知節也不避諱，直接道：「華京。」

「唉唷，華京可是個好地方，怎麼跑到錦城來了？」老闆的目光在他們兩人之間飄移。男的長相俊朗，掩蓋不住身上的尊貴氣質，再看看季知節雙眼明亮，透出一股靈動，活像富貴人家的公子帶著心愛的姑娘私奔一樣。

「華京再好，也要看跟誰在一起不是？」

季知節這話一出，老闆就更加確定自己的想法，對她說明起來。「錦城不算繁華，房子差不多二十兩銀子左右，要是在城東那邊，房子就貴一點，要三十兩銀子。」

「城東比較貴？」季知節不解。

「那邊有許多窯廠，來往的商人多，商人不缺錢，買得一多，房子價格也就上去了。」

季知節點了點頭，看江無漾吃完麵了，便對老闆甜甜地道了聲謝。

江無漾將幾個銅板放在桌子上，便跟季知節一起離開。

從麵攤出來，季知節便把身上的錢都交給江無漾。他有功夫在身，要是有什麼狀況，也能應付得過來。

下一次進城是三日後，她要備夠三天的食材，米、麵跟油斷不能少。

精米三十文錢一斗，一斗約十三斤，夠一家人吃上幾天，又買了兩斤麵粉，四十文錢。

一斤五花肉二十五文錢，季知節讓店家多切了點肥肉，這樣能煉點油。肥肉比瘦肉便宜五文錢，店家便為她多切了一些。

肉攤旁邊有賣雞的，季知節想了一下，最後挑了四隻老母雞，共花了六十文錢。

見店家將雞腳砍下來後直接丟棄在一旁，季知節便撿起雞腳問道：「老闆，您這雞腳賣嗎？」

店家本來就要丟掉雞腳，見季知節要，便將放雞腳的桶子拿出來道：「妳要多少自己拿便是，送妳。」

雞腳雖然沒什麼肉，但是用來煮湯挺好的，李歡天天吃魚湯只怕會膩，不如換個口味。

季知節拿走七、八隻雞腳，向店家道謝。

看江無漾大包小包的，自己卻空著手，季知節不好意思地想幫忙提東西。

誰知江無漾躲開她的手，大步朝前走去，她只好作罷。幸虧帶著他出來了，不然這麼多東西，她一個人可拿不回去。

季知節又買了些鹽跟香料，花了十七文錢，她沒想到會在這裡見到辣椒，有了辣椒，能做的菜又多了。

家裡沒青菜，光吃肉也不行，她便買了些葉菜跟能放得久一點的馬鈴薯跟蘿蔔，一共八文錢。

想起家門口有一塊空地，自己種點菜也不是什麼難事，就買了菜種子，花了三文錢。

路過鐵器鋪時，季知節想到還要買把刀，不然用鐵片做飯不方便。她挑了一把厚重的、一把輕便的，花了一百二十文錢。

臨走時，季知節瞧見江無漾正盯著一柄長劍看，她忽然想起他從前也有一柄劍，跟了他許久，卻在出宮時被人搶去……

兩個人最後手上滿滿的都是東西，眼看時間快到了，便準備回城門口等候牛大郎。

路過一家點心鋪時，季知節聞到一股香味，是新鮮糕點剛出爐的味道。

來到這裡以後，她還沒聞過這麼香的氣味，不由得有些動心。看著店門外排起長龍，她也想買來嚐嚐看。

季知節讓江無漾在一旁等她，自己過去排隊，等了莫約半炷香的工夫，終於輪到她。

「姑娘，你們家的點心怎麼賣？」

「三十文錢八個，每個口味都不一樣。」賣糕點的姑娘說著，打開一盒給季知節看看。糕點做得相當精美，只是八個就要價三十文錢，比米跟肉都貴。

季知節心一狠、牙一咬，一口氣買下十六個，花了六十文錢。

排隊耽誤了些時辰，到了城門口時已經超過時間，好在牛大郎等了一會兒，才讓他們趕上。

「大爺……不好意思，晚到了。」季知節累得氣喘吁吁。

牛大郎倒是無所謂。「今日沒人坐車，等一等你們也沒關係。」

江無漾放下手裡的東西，又接過季知節手裡的放在車上，牛大郎瞧見了，哈哈大笑道：「妳這郎君對妳倒是不錯。」

季知節也不害羞。「不對我好，那對誰好？」

到了這個時候，江無漾終於確定她對自己是真的沒感情了。

晚霞染紅了天空，手中有了錢，心裡踏實不少。

季知節打開包著點心的盒子，一股香甜的味道瞬間冒出來——有綠豆糕、紅棗糕、杏仁酥、荷花糕、芋頭糕、酥皮糕、芝麻糕、花瓣糕，做成八種花朵的樣式，栩栩如生。

她拿了個酥皮糕放在嘴裡咬了一口，香鬆酥脆，有些許碎屑掉下來，果然是能讓人大排長龍購買的程度，有幾把刷子。

季知節將盒子遞給江無漾，另外用油紙包了兩塊杏仁酥給牛大郎。「大爺，這兩塊糕點您帶回去給家人嚐嚐。」

牛大郎哪裡吃過這種高級點心，連忙拒絕道：「品香閣的點心可貴了，姑娘自己留著吃吧。」

「東西就是給人吃的，大爺今日辛苦，哪能讓您白等，不過是兩塊糕點，沒事的。」

季知節心想，品香閣的糕點雖不錯，但比起自己做的還是差了點，要是她也開一家點心鋪，豈不是能大發利市？

「那就多謝娘子了。」

第七章　引發懷疑

江無漾拿著盒子卻沒吃，季知節便拿了塊綠豆糕放在他手裡道：「累了一下午了，先吃點東西墊墊肚子，等飯做好還要一會兒呢。」

見他吃起綠豆糕，季知節便好奇地問道：「大爺，品香閣的點心賣得這麼貴，怎麼買的人還這麼多？」

錦城不算富裕，點心比肉都賣得貴了，還有這麼多人排隊，那要是賣得便宜一點，豈不是賺翻了？

「姑娘有所不知，品香閣是孟家的產業，手裡的配方傳了百年，其他店鋪做出來的都不如他家的好吃，所以有閒錢的人就愛去買一點來嚐，實在沒錢的，就不吃了。」

「孟家？」季知節微微睜大了眼。剛才茶鋪的客人也提到孟家，不知道是不是同一戶。

「這孟家的老爺是萊州郡守，孟郡守育有兩子，大公子為官，掌管州府事務，二公子則管理各城的鋪子，城中不少店鋪都是孟家的產業。」

季知節點頭道：「原來如此。」

看來那茶鋪也是孟家的了……季知節皺眉。從古到今都是民不與官鬥，不然只怕惹上麻煩。不管她開茶鋪或點心鋪，都會跟孟家對上，還是算了。

下車時，牛大郎不肯收他們的錢，說點心的費用比車資貴上幾倍。他不收錢便罷，甚至還貼心地將他們送到家門口。

看見他們手裡滿滿一堆東西時，兩家人都驚呆了。

「阿姊，妳發財了？」季暉不敢置信地說道。

季知節一笑，還真是發財了。她將盒子遞給他道：「拿去吧。」

「竟然還有點心！」季暉的鼻子靈敏，隔著盒子就聞到了香味，打開盒子一瞧，糕點種類繁多，令人眼花繚亂。「這是真的還是假的？」

聞言，季知節裝模作樣地要拿走他手上的盒子。「不吃就還給我。」

季暉怎麼可能還，他拔腿就跑，直到跑遠了，才蹲在地上拿出來吃。

江晚一直跟在季暉身後，眼饞地看著他手上的點心，季暉將盒子放在她面前，江晚就拿起一個糕點跑到李歡面前跟她一起吃。

季知節拿著雞腳去了廚房。飯已經煮好了，是江有清按照季知節說的比例煮的，成品有模有樣。有了第一次的經驗，第二次用火時熟悉許多，明顯進步了。

瞧季知節從外頭進來，江有清興致勃勃地問道：「今晚做什麼吃？」

季知節晃了晃手裡提著的雞腳道：「河螺雞腳煲。」

這還是江有清頭一回聽到這種料理，河螺就已經沒什麼肉了，再加上雞腳，她實在想像不出是什麼味道，不過只要是季知節做出來的飯菜，味道都不會差。

「那我幫妳生火。」

季知節點點頭，轉身準備將其他物品都拿進來，做菜要有調味料才好吃。

李歡正在外面幫忙整理買回來的食材，她問江無漾。「這些東西花了不少錢吧？」

江無漾點頭應了一聲。「是。」

李歡小聲地問他。「你出門花錢了沒？」

「沒有。」江無漾實話實說。

李歡責備地看了他一眼道：「昨日母親可是給了你錢的，你怎麼能什麼都指望四娘？」

江無漾想到吃麵的時候，他用的好像也是季知節的錢，便回了句。「她用不著。」

更何況，她也不是愛計較的人。

李歡剛想再說他兩句時，就見季知節從廚房出來，只能瞪他兩眼，心道這孩子怎麼跟一根木頭似的。

季知節原本瞧見李歡跟江無漾在說話，一見到自己，他們就沒了聲，不過她也不在意。

只見江無漾忽然從懷裡掏出東西往她這邊扔，等季知節接到手裡，才發現是她的荷包，裡面的錢碰撞出極大的聲響。

李歡懷疑自己出現了幻覺，怎麼這麼像銅板的聲音，四娘他們有這麼多錢嗎？

收好荷包，季知節走到馬廄裡，瞧著地上的四隻老母親犯了難。雞要找個住處才好下蛋，院子裡沒有合適的地方，只能將牠們暫時安置在這裡。

「要是有個雞籠就好了……」季知節小聲嘆道。

「什麼樣子的雞籠？」

季知節不知道江無漾跟著她一起進了馬廄，還聽到她說的話。

「四四方方的籠子，只是比平日見的要高一些，這樣打掃時方便一點。」季知節對他解釋起來。

「妳畫一個，我看看。」

季知節在地上找顆石頭畫了起來。她不太會畫畫，就隨便畫了個六邊形，再畫了些隔間，又在下方加了些支柱將雞籠墊高，順道畫了一個接盤。「有了這個接盤，再往裡面放點沙子，就好打掃啦。」

江無漾一臉認真，邊聽邊點頭，像在努力學習。

等餵過雞，季知節就回廚房做菜。

今天終於能吃肉了。

季知節洗了雞腳，剁掉雞指甲後焯水，季暉已經將河螺洗乾淨，可以直接拿來用。

切了兩片生薑放在水裡，將雞腳放入去腥；五花肉改刀，肥肉集中在一起放好，等會兒吃完飯好煉油，另一小塊瘦肉則單獨拿了出來。這五花肉挑得不錯，肥瘦相間，吃的時候既有油水，又不會太膩。

改好的五花肉放入熱水裡，煮好之後能放上兩天。

雞腳一焯好就拿出來過涼水，季知節又撒了點香料在五花肉上，繼續熬煮，香氣漸漸往外飄散。

肉還要煮一會兒，季知節便先料理起雞腳。

河螺控乾水分，切了點肥油煉油，放入蔥、薑、蒜爆炒河螺，炒得差不多時，加點熱水進去，接著放入幾根雞腳，再放點辣椒跟香料。因為有孩子在，她不敢放得太多，只是稍稍提味。

為了等會兒給李歡做湯，季知節單獨留下兩根雞腳。

等待大火煮開雞腳跟河螺的時間，季知節見五花肉快煮好了，便拿出來切成薄片，打算跟辣椒一起做道農家小炒肉。

見沒什麼青菜，她想洗點白菜，沒想到江有清將白菜搶走，自告奮勇去洗了。

江無漾原本跟在江有清後頭進了廚房，看著滿缸的水，他什麼話也沒說，轉身離開了。

進了大屋子，江無漾就見李歡正在跟賀媛說著什麼，賀媛朝他招了招手，喚他過去。

「今日的錢未動？」

「沒有。」江無漾將那兩百個銅板拿了出來。

賀媛不打算把錢收回去，只道：「今日你們在外頭遇見了什麼？」

江無漾毫不隱瞞地說出下午發生的種種，賀媛聽完以後，朝外頭看了一眼，確定沒旁人在，才小聲道：「我覺得四娘跟以前很不同，像是被人奪了舍。」

「奪舍？」李歡驚呼一聲，又立刻捂住嘴巴。

江無漾的想法跟賀媛不謀而合。跟過去比起來，季知節的各種行為舉止都很怪異，性格變化先不談，不論是做飯的手藝或提出涼茶的方子，都不可能是原本的她。

李歡小聲道：「要不要告訴姨母？」

賀媛搖頭。「我瞧她對你們姨母跟暉哥兒都挺好的，不像是壞人，要是告訴你們姨母，最後卻猜錯，反而落不著好。」

李歡覺得也是，新的季知節不管對誰都客客氣氣、體貼細心，自己也挺喜歡她的。

「六哥兒，你得記住，此事千萬別跟別人提起。」賀媛囑咐道。

江無漾點頭。

賀媛從袖子裡拿出半塊玉珮，這是江無漾跟季知節訂親的信物，當初一分為二，她一直沒動它，就是怕將來江無漾用得上，只是現在這個情況，該退親就該要退親。

「等你找到合適的機會，便將這個還給四娘吧。」

賀媛剛想把玉珮給江無漾，就被身邊的李歡給攔住了。「母親，若是將這個給無漾，他轉頭就還給四娘，您教他們母子幾個如何在這裡住下去？這玉珮不如先由我收著，等無漾考慮好了，再跟我拿。」

聞言，賀媛覺得有道理，將玉珮給了李歡。

江無漾默默看著那半塊玉珮，終究什麼都沒說。想來嫂子不會輕易將玉珮給自己吧……

廚房那頭，季知節將辣椒切好，用五花肉的肥肉煉出了點油，加點生薑去腥，等薑稍稍有點焦了，再將白菜放進去，最後撒點鹽，香氣撲鼻。

白菜出鍋，還差一道農家小炒肉。這跟炒白菜的步驟相同，唯一不同的是炒肉放了醬油。

江有清將菜端出去，喊道：「吃飯了！」

季暉正跟江晚在院子裡玩，早就被香到不行，聽見能吃飯了，他連忙跑到廚房裡，趁著洗手的工夫，眼睛一個勁兒地往鍋裡瞟。

見到季知節往清水裡放雞腳，季暉問道：「阿姊，這又是什麼？」

「小饞貓，不是給你的。」季知節輕輕地笑了。這是要為李歡燉湯用的。

季暉端著河螺雞腳煲，今日的菜就數它最香，聽見自己不能吃另外一道菜，也不怎麼傷心，手上這個能吃就行。

今天中午季暉喝了江有清熬的白粥，跟自家阿姊煮的相比，簡直是一個天上一個地下，他吃沒多少就停下了。

此刻聞到河螺雞腳煲傳來的香味，季暉再也忍不住，蓋子一掀開，立刻用手捏了河螺起來。

「還燙著呢，急什麼？」季知節說道。

一個河螺燙得在手心裡翻來覆去，季暉卻是怎麼都不肯鬆手，使勁地吹，用小木籤一挑，螺肉就全出來了。

這小木籤是昨日季知節用撿來的小樹枝做的，將一頭磨尖洗淨，用來挑螺肉正好。下午李歡也照著這個方法做了一些小木籤放在家裡，心想總會用得上。

季暉顧不得螺肉在嘴裡發燙，又朝鍋裡伸出手，含糊道：「真好吃，我從來沒吃過這麼好吃的東西！」

江有清聽他這麼說，也好奇究竟是什麼味道，便挑出螺肉來嚐嚐——經過久煮，螺肉依舊富有彈性，傳來絲絲辣味與醬香，又透著雞腳的香氣，確實美味。

見江有清一句挑剔都沒有，其他人便知是真的好吃。

江晚也想吃，只是她年紀還小，不懂怎麼將螺肉挑出來，只能眼巴巴地望著自己的母親。

李歡正抱著江晞，想給她餵幾口飯，可江晞不知怎麼了，一直不肯張嘴，李歡便沒留意到江晚的眼神。

就在此時，一隻修長的手將用小木籤插好的螺肉往江晚面前一伸，江晚一雙眼睛頓時滴溜溜地望著江無漾。

她其實挺怕這個小叔叔，只盯著他的手，不敢伸手去拿。

一道輕笑聲響起，季知節將江晚抱起來放在自己腿上，說道：「好了，你自己吃吧，我來餵晚姐兒。」

說著，她挑出一塊螺肉餵進江晚嘴裡，江晚毫不猶豫地咬了起來。

江無漾收回了手，看著小木籤上的螺肉，思索了一番，最後還是自己吃了。

這頓飯，季暉吃得最香，正是長個子的年紀，在流放的路上總是忍著，今日胃口大開，足足吃了三大碗白飯。

賀媛吃不了多少，也吃不了辣，只吃了點白菜。不得不說，季知節的手藝是真的好，連白菜也炒得很香。

「唉唷，這是誰家的小娘子，做飯這麼香！」

院門外忽然傳來很大的說話聲，將正在院子裡吃飯的人都嚇到了，好在季知節反應快，將江晚放在凳子上，朝院門走過去。

江無漾不放心，也跟著一道去了。

打開門一看，是一個大約四十多歲的婦人，帶著一個幾歲大的孩子，手裡還拿了張碗。

季知節不解地問道：「大娘這是……」

林美香倒也不遮遮掩掩，直接道：「我家是你們家下頭那戶，你們這飯菜實在是太香了，搞得我這孫子吵鬧著非要吃上，這才來打擾。」

季知節瞧那孩子躲在婦人身後，模樣有些膽怯，便笑道：「我們正好在吃飯，進來一起吃吧。」

林美香也不客氣，帶著孩子進了院子，瞧了桌上的菜一眼，見到那道河螺時，她驚訝道：「這螺能吃？」

她在西平村生活了大半輩子，大夥兒都知道那玩意兒又硬肉又少，就算是煮來吃，也有一股腥味，實在難以入口。

「您要不要嚐嚐？」

季知節將幾個河螺放在自家的碗裡拿了過來，林美香一臉嫌棄，倒是她身後的孩子扯著她的衣服輕聲道：「奶奶，就是這個味道。」

林美香握緊那孩子的手，不耐煩地說道：「吵什麼，這東西能好吃嗎?!」

孩子頓時癟了癟嘴，滿臉委屈。

季知節蹲在地上，用小木籤將螺肉剔了出來，要讓那孩子拿著，可他膽小，不敢伸手接過去。

倒是江晚，看著季知節拿了螺肉要餵旁人，立刻從凳子上下來，小跑著朝他們過去，張嘴就將那螺肉吃了。

林美香帶來的孩子看傻了眼，隨即「哇」的一聲哭起來。

「妳這孩子，怎麼還護起食來了？」李歡連忙將江晚帶走，嗔怪道。

季知節見那孩子哭得淚流不止，就將手中的碗遞給他道：「你拿回去吃吧，若覺得好吃，明日再來就是了。」

林美香寵孫子寵得緊，見他一哭，無奈道：「行吧，先帶回去嚐嚐，要是好吃，咱們明日再來向娘子買一點。」

孩子一聽，馬上不哭了。

林美香不好意思地說道：「多謝娘子了，明早我再把碗拿過來。」

季知節答應了。

等他們離開，這頓飯也吃得差不多了，季暉默默埋頭苦吃，硬是將螺給吃完了，還好那婦人沒買，不然可不夠他吃。

大家都吃完以後，季知節跟賀媛商量起來，表示想將他們住的屋子給買下。

「分家？」賀媛驚訝道。

聽到這個字眼，院子裡頓時雅雀無聲。

季知節有些緊張地說：「倒也不是這個意思。」

賀媛安靜地等候她的解釋。自從知曉季知節今日賺了錢，她便想到了這一點，只是沒想到這孩子連一刻都不願意等。

「我賺了些銀子，心想姨母也不容易，既然我們都住在屋子裡了，不如買下來，姨母也好多點錢在身上。」季知節說得真切。

鄭秋一聽，驚訝道：「妳哪來的錢?!」

季知節頓了一下才說道：「等會兒我單獨向您解釋。」

賀媛問道：「妳打算怎麼買？」

「當初您買這院子總共花了四兩銀子，那就兩家各半。」

江有清擔憂地看著母親。季知節不過出去半日，便帶了這麼多錢回來，令她既喜又驚。喜是替季知節高興，驚是怕母親同意兩家人分家。她以前覺得季知節很蠻橫，並不喜歡她，可最近相處起來，感覺她跟從前很不一樣，若分了家，就不知道往後該怎麼相處了。

第八章　無本生意

賀媛沈默了一會兒，回道：「咱們占著大屋子，你們住著小屋子，各半不太公平，就算一千五百文錢吧。」

季知節思考了一下，點點頭道：「也行。」

接著又聽賀媛繼續說道：「我瞧妳的手藝精湛，有沒有考慮支個攤子？」

賀媛的話說到季知節心坎上，她確實想開個攤子，等攢夠了錢，再去錦城裡開間餐館。

「是有這個打算，村口再往下一點，是幾個村子的必經之路，我打算在那裡先賣點吃的。」季知節說出自己的打算。

賀媛順著她的話說道：「攤子要開起來不容易，買東西要花不少錢，這錢妳先收好，等真的賺錢了，再給我買屋子的錢也不遲。」

季知節覺得賀媛的話也有道理，買食材跟調味料要花不少費用，而且目前還不知道自己的料理合不合本地人的口味，謹慎些也是應該的。

她隨即頷首道：「好，聽姨母的。」

燭光搖晃，映得屋內人影時不時晃動。

「妳老實跟母親說，這錢究竟是怎麼來的？」鄭秋看著床上幾貫錢，心中忐忑不安。

「今日路過茶鋪的時候，發覺他們的茶不好喝，便將以前喝過的方子賣給他們，還做了交易，以後憑這方子賣出去的茶，都能與他們分成。」季知節揀些重點說給鄭秋聽。

鄭秋聽過以後臉色才好了些。「他們真的會分妳錢？莫要被人騙了才好。」

「開店講究的就是信譽，若是真的沒拿到分成，一個涼茶方子賣五兩銀子也值了，當然，能有分成最好。」

「以前喝過的什麼涼茶方子？可別等人家試過以後覺得妳騙他們。」鄭秋又道。

「母親放心吧，就是以前喝過的，我也不記得是哪種，隨意寫了一個，店家也是試喝過才給了銀子。」季知節打著馬虎眼。

季暉坐在地上的蓆子上，雙手趴在床邊，看著那幾貫錢喃喃道：「阿姊……這是真錢嗎？」

聞言，季知節抓起銅板放在他手上，頓時叮噹一片響，聽得季暉臉上笑開了花。

季知節輕輕拍著他的頭道：「等阿姊下次去城內，就給你買冰糖葫蘆回來。」

第二日，季知節起了個大早，進去廚房漱洗。

昨夜她想將那幾貫錢給鄭秋保管，可鄭秋說什麼也不肯收。

在季知節強烈要求之下，鄭秋才將原先給她的銅板拿了回去，又說她以後做生意要用錢的地方多著，不肯拿她賺來的錢。

季知節向鄭秋保證，要是自己缺錢就會找她拿，鄭秋才肯收下。

也不知是不是太興奮，季知節整夜沒睡好。靠自己的力量賺了錢，她才有一種在這裡定下來的感覺，不然總認為自己是這陌生世界的一縷遊魂。

在現代，季知節是個孤兒，當初收養她的孤兒院院長姓季，她才跟著對方姓。院長說想要她過好每一個季節，才為她取這個名字。

後來季知節長大，離開了孤兒院，跟著人學廚藝。她在做料理方面有驚人的天賦，年紀輕輕就獲得了世界級廚神獎，在現代吃穿不愁，忽然間到了這裡，剛開始還有點不適應，幸虧日子一天過得比一天好。

廚房缸裡的水是滿的，季暉還在睡，那打水的就只有某人了。她已經起得夠早了，想不到江無漾更早。

灶上洗乾淨的碗還在滴水。這湯碗是給李歡用的，臨睡前她交代江有清給李歡拿碗湯過去，心想江無漾是男子，由他照顧李歡不方便。沒想到江有清顧頭不顧尾，湯碗隔天早上才洗不說，洗的還另有其人。

出了廚房，季知節才發現馬廄的門是開的，她頓了一下，還是走了過去。不知道那些雞有沒有下蛋，若是有蛋，給孩子蒸個蛋吃也好。

果然，一進馬廄就瞧見江無漾的身影，他一身粗衣麻布衫，雖然穿著打扮跟過去有很大的差距，但氣質依舊卓爾不群。

江無漾背對著自己，季知節看不見他在做什麼，不過此刻他應該一樣面無表情吧。

聽見腳步聲，江無漾轉過身子，季知節頓時呆住了，不敢相信地說道：「這……這是你做的？」

江無漾應了一聲。「是。」

眼前是昨日她畫的雞籠，沒想到才過了一夜而已，竟然出現了，要不是江無漾就在身邊，她還以為自己有了「神筆馬良」的技能。

看著他眼下的烏青，季知節一顆心微微觸動，問道：「一宿沒睡？」

「睡了一會兒，睡不著。」江無漾老實道。

如今他很少真的睡著，只要一閉上雙眸，皇兄臨死前的場景就一幕幕在眼前回放，夜裡安靜，他甚至能聽見皇兄用微弱的聲音叫他快走。

四隻雞在籠子裡咕咕叫個不停，季知節進來的時候，江無漾正在為雞鋪乾草，此時草上乾淨得很，也沒瞧見雞蛋。

季知節正有些發愣，就聽見江無漾出聲說了句「在那兒」，像是知道她要找什麼一樣。她沒反應過來，疑惑道：「什麼？」

「右邊籠子的下方。」

按照江無漾說的，季知節果然在籠子裡找到三顆雞蛋，原先碰巧被雞給擋住了。

季知節拿出雞蛋，開心道：「兩顆給晚姐兒蒸蛋，一顆留著晚上給表嫂打進湯裡。」

要是有米酒或紅糖就好了，用來為女人補身體最合適，下次去城裡時要買點回來才行。

還有，瞧江晞那小臉瘦的……要不，留顆蛋黃給她？

聽季知節話裡的意思，竟是要將雞蛋全留給李歡母女，江無漾不禁問道：「妳不吃？」

「我不吃，她們太瘦了，要補補才行，何況孩子年紀小，沒什麼東西能吃，雞蛋正合適。」

「那季暉呢？」江無漾冷不防問道。

季知節回道：「暉哥兒的年紀要大一些，雞蛋是營養，但他比其他孩子強壯不是嗎？他還能吃肉，等雞蛋多了，他再吃也不遲。」

江無漾頓了一下，道：「雞蛋要多少錢，我付給妳。」

他們目前吃的、喝的都是季知節買來做的，他實在覺得不好意思，做雞籠也是為了讓自己過得安心一點。

季知節一聽，笑了聲道：「只是幾顆雞蛋而已，表哥別介意。」

江無漾抿著唇不說話，他給不了季知節什麼，她想要的他給不了。

季知節繼續道：「表哥若真心想付錢，也不是不行，過段時日，我想支個攤子，到時請表哥給我打下手。」

她是認真的，若是想擺攤子，沒幫手可不行，這裡的人就數江無漾最好用，何況他的刀工不錯，有他在，自己能輕鬆許多。

「行。」江無漾想都沒想就答應了，至少這樣他能補償她。

季知節將雞放了出來，這才發現雞籠另有機關。她畫圖的時候沒考慮雞進出是否方便，江無漾做的時候在側邊加上一道暗門，不用時能闔上，打開時則會落在地上，剛好能當作坡道，讓雞上上下下進出。

她不禁感嘆，江無漾的手藝也太厲害了，堪稱一流。就算不是皇子，他也能過得很好。

看見草垛上放著一把生鏽的鋸子，季知節問道：「你難道是用這個做的？」

「是。」

「木頭呢？」

「昨夜去砍的。」

季知節不得不讚嘆江無漾的執行力。

兩人將雞籠抬出去，又在頂上蓋了些木板，這樣就算是風吹不著、雨淋不到了。

「想吃什麼？」費了力氣，季知節倒是有些餓了，問起了江無漾。

「都可以。」

「吃麵食吧，刀削麵、拉麵、麵疙瘩湯？」

聽完這幾個選項，江無漾正想回答，沒想到季知節立刻說道：「都可以。」將他要說的話搶先說了。

江無漾頓時愣在原地。

「算了，我自己看著辦吧。」

說著，她綰起頭髮就要去廚房。反正他總是回答「好」、「都可以」，問了也是白問。

頭髮這麼長，做起飯來很不方便。季知節身上沒什麼飾品，每次都是綰起來再用一根小木棒固定，還好原主的頭髮細軟，不然這小木棒哪裡受得住。

「季娘子在嗎？」

剛走到馬廄門口，季知節就聽到有人喊自己，定睛一看——喔齁，怎麼這麼多人？

收起差點驚掉的下巴，季知節連忙走到院門邊，隔著門看向站在外頭的五、六個婦人。

「這是……」來到這裡後，她還沒見過這麼大的場面，不禁有些訝異。

動靜太大，江無漾也走了過來，問道：「何事？」

門外的人都是住在附近的小娘子們，有些是在西平村土生土長的，有些是從外面嫁進來的，哪裡見過江無漾這麼俊的郎君，一時之間均紅了臉。

膽子稍大些的多看了他幾眼，膽子小的只一眼便不敢再看。

季知節摸不著頭緒，面對江無漾的問題，只能茫然地搖了搖頭。

其中一位年紀稍長的婦人瞧著他們，笑著說道：「娘子跟郎君莫怕，我們不是壞人，只是早上洗衣的時候，聽惠娘說妳做的吃食很好吃，便想來找妳買一點回去嚐嚐。」

「惠娘？」季知節一臉疑惑。她非常肯定自己不認識叫這個名字的人。

另一個婦人解釋道：「她是林美香的媳婦，昨日林美香從妳這拿了些河螺料理，惠娘說從未吃過這麼可口的吃食，說得我們心癢，便一起來尋妳了，想問問妳方不方便？」

這一說季知節就明白了，原來是那婦人的兒媳婦宣傳的。

理解她們的來意後，季知節打開院門道：「只是一些小零嘴，姊姊們想吃，隨時都方便。」

這聲「姊姊」叫得甜，見季知節還梳著姑娘頭，她們就又瞄了她身邊的郎君一下。

「也不白吃妳的，咱們商量過了，從妳這裡買點回去跟家裡的人一起嚐嚐，需要多少錢？」

季知節沒考慮過錢的事，河螺是季暉跟江無漾去摸的，不需要本錢，辣椒與香料倒是貴了點，所以也不能不收費。

思索了片刻以後，她說道：「第一次跟姊姊們見面，不好意思收貴了，三文一盤吧，收個香料錢得了。」

三文錢買份吃食不算貴，婦人們都答應得痛快，有人問道：「那大約什麼時候能來拿？」

「傍晚吧，要先去河裡摸，回來還要養一段時間，晚飯時差不多就好了，煩勞姊姊們來的時候帶著盤子，我這裡沒太多能裝的東西。」

這不是什麼難事，婦人們都應了。

季知節讓她們晚上來的時候再付錢就行，婦人們沒停留多久便走了，臨走前還多看了江無漾幾眼。

見狀，季知節心道：讓他做幫手可真是明智之舉，畢竟「美色」誤人啊！

送走了這幫人，季知節就朝江無漾深深一鞠躬，道：「辛苦你了。」

江無漾知道這是要他去摸螺，不禁臉上一紅，咳了一聲道：「沒事。」

五、六個人需要的量不小，光他一個人摸不行，季知節走進屋內，發現季暉那小子還在睡覺，不禁踢了他一腳。

季暉嚇了一跳，忙從地上爬起來，驚慌失措地四處張望。「怎、怎麼了？」

直到看見季知節站在自己面前，他才鬆了口氣。

季知節神秘一笑，道：「來活了。」

等季暉被季知節趕著跟江無漾出了門以後，她才悠哉地做起早飯。

將麵粉倒了半盆再加點溫水，慢慢用筷子攪拌，直到麵粉充分吸收水分，形成一個黏稠的麵團。

麵團取出放在檯面上，用手掌按壓，然後用雙手揉搓麵團，直到表面光滑富有彈性。揉好的麵團放入碗中，用濕布蓋住，靜置一小時，讓麵團醒一醒。

接下來暫時沒事，季知節便走到河邊，想看看他們螺摸得怎麼樣了。

卯時剛過，在河邊洗衣服的人還挺多的。以往來的時候河邊沒什麼人，就算有，也只是幾個人路過，哪像現在，十幾個人圍在一起洗衣服。

難怪惠娘的宣傳效果這麼好，這場面堪比村口的大媽聚會。

「我還沒見過這麼好看的郎君呢。」

聽見她們的說話聲，季知節的目光落在那正在摸螺的人身上。果然，好看的人不管穿什麼，都掩蓋不了自身的光芒。

這些婦人比剛剛在院門口見到的年紀要大一些，上了歲數，膽子也大，說什麼話都不怕被人聽見，此刻江無漾已經害臊到連脖子根都紅了。

季知節走過去，甜甜地叫了一聲。「表哥。」

她這一出聲，江無漾便詫異地抬起頭，季暉更是將剛摸到的螺掉回水裡。

季知節朝江無漾使了個眼色，拿出帕子輕輕替他擦著額頭上的冷汗，問道：「累不累？」

見江無漾的臉色沉了一分，季知節在心裡狂笑，可她還是一副嬌羞的模樣，道：「累了便回去歇一歇吧。」

他們兩個人一起摸螺的速度挺快的，不一會兒工夫，就有了半桶。

江無漾緩緩地離季知節遠了一些，道：「無事。」

季暉小聲對著她說道：「阿姊，妳吃錯藥了？」

只見季知節瞪了他一眼，低聲道：「小孩子懂什麼，沒看見那些人瞧你表哥的眼光嗎，萬一看上了他怎麼辦？」

季暉見是一群年紀大的婦人，便道：「不會吧。」

真是個傻孩子！季知節挑眉道：「她們家中就不能有適齡的女兒？」

季暉想了想，點點頭。六表哥跟阿姊有婚約，怎麼能另娶？於是他大大地扯著嗓子喊道：「姊夫，這兒還有螺呢！」

他一喊完，季知節額頭上頓時冒出三條線，江無漾則是手足無措。

季知節想的不是自己跟江無漾有婚約這件事，而是他終究是皇子出身，怎麼能娶小村姑娘？雖然眼下落魄，但日後可不好說，若是將來飛黃騰達，娶個富貴人家的小姐也不為過啊……

「原來成婚了。」

「我瞧著不像，那娘子還梳著姑娘頭呢！」

「是不是剛訂親？」

「我之前聽牛大郎說咱們村來了個很英俊的郎君，跟個甜美的小娘子訂了親，莫不是他們？」

不得不說，季暉這話有效果。跟牛大郎的話這麼一湊，就不會再有人打江無漾的主意了。

季知節臨走前特地囑咐他們別拖太久，早些返家吃飯。

等她回去的時候，家裡的人差不多都起來了，只有李歡還帶著江晞在睡覺。

賀媛沒見到江無漾，而鄭秋只知道早上季知節叫季暉起床，並不知曉人去了哪裡。

瞧季知節從外頭進來，賀媛便問她有沒有看見江無漾。

季知節將早上的事情說了一遍，江有清頓時來了勁，她沒想到生意還能這樣做，吵著等一下要洗螺。

「等他們嚐過一遍，以後想吃還會再來家裡問的，到那時候就得漲價。」季知節說道。

「要漲價？」鄭秋覺得不行，三文錢已經算貴了。

第九章　正經收入

季知節解釋道：「螺本身雖然不值錢，卻是表哥跟暉哥兒下水抓的，要洗也需要人手，讓人幹活就得付費。今天我跟表哥已經說好了，以後支攤子的話他要去幫忙，我自然得付工錢給他。賣螺做的吃食也是一個道理，既然是做生意，就要工錢不是？」

聞言，鄭秋不說話了。

江有清問道：「六哥答應了？」

季知節點頭道：「答應了。」

「那我也要去。」

賀媛看了她一眼，道：「妳去不是添亂？」

江有清眸裡的光芒頓時暗了下去。

「怎麼會呢？有清挺厲害的，有人願意幫我再好不過，怎麼會是添亂？」

聽見季知節的話，江有清的表情亮了起來，她一蹦一跳地跟著季知節進了廚房道：「我幫妳生火。」

她現在不怕進廚房做菜，只是沒季知節這麼能幹，很多事都還處在學習的階段。

將醒好的麵團取出來搓成長條，分割成小塊，每塊大約雞蛋大小。將其壓成薄餅，薄度大約零點二、三公分，撒上一些麵粉疊放在一起，形成一塊小磚，用刀切成一、兩公分的塊狀，切割時將刀微微傾斜，這樣切出來的麵會有弧度，顯得好看。

江有清將水煮沸，季知節的麵瞬間切完進了鍋，完全來不及讓人看清她是怎麼切的。

等麵煮熟的這段時間，季知節開始準備麵湯。每個碗裡放入煉好的豬油，吃起來才會香，加入少許醬油，再放入少許熱水放涼，這樣便不會太燙。

麵煮得差不多了，就放些青菜在鍋裡燙熟，快出鍋時再撒點鹽。每個碗裡放一點麵跟青菜，剛好分完一鍋。

季知節讓江有清去叫季暉跟江無漾回家，她剛走到門口就瞧見他們進來，剛好趕上吃飯。

見兩人的褲腳有些濕了，賀媛讓他們先去換衣服，免得著涼。

麵一人一碗，然而等江無漾換完衣服出來以後，就看著面前的一大碗麵陷入沈思——他的分量比其他人的多上許多。

季知節見江無漾不動筷子，便對他說道：「煩勞表哥待會兒打點水回來，要洗螺。」

「好。」江無漾這才動起筷子。

「季娘子。」

麵剛吃了一半，門外就響起林美香的聲音，由於院門敞開著，她便進到院子裡。

季知節放下筷子走過去，見林美香手上拿著昨日的碗，碗已經清洗乾淨，便笑著從她手上接過碗道：「辛苦您跑一趟了，真是抱歉。」

這話倒是讓林美香不好意思起來。「季娘子客氣了，原是我的不是，昨晚也是我家孫子吵鬧，才貿然上門的，虧得季娘子心腸好，未與我們計較。家裡的人吃過了，娘子的手藝是真的不錯。」

「謝謝大娘誇獎。」

「我家惠娘逢人便誇讚季娘子的手藝，有的人便想嚐嚐，娘子可要多做一些。」

「該謝謝惠娘才是，今早已有人來訂了。」

林美香有些遲疑地說道：「我也想向娘子買一點，我家那老頭子昨日沒吃盡興，想再吃些。」

季知節笑著說：「有，螺多著呢。」

見她答應，林美香便放心了，問道：「多少錢？」

「大娘要吃就送一份給您，也是多虧了妳們，才有這幾筆生意能做。」

林美香一聽，臉上頓時露出喜色，朝季知節道了聲謝便走了。

「那大娘擺明了就是想占便宜，四娘為何不收她錢？」江有清有些氣憤地說道。

「這位大娘瞧著便不好招惹，她既有心想要白吃白喝，若是拂了她的意，讓她在外頭嚼舌根，四娘以後想做生意就難了。」李歡解釋道。

季知節將碗放在桌上，點頭道：「有一部分也是為了惠娘，省得她在婆家不好做人。」

江有清這才不再多說什麼。

等早飯吃完，季知節攔住想回去補眠的季暉。「今日一個都別想跑。」

洗螺可是大工程。在石頭下生長的河螺，最不缺的便是泥沙，要賣錢讓人吃進嘴的東西不能馬虎，得一個一個洗乾淨，邊清洗邊等牠們吐沙。

賀媛與鄭秋去河邊洗衣服，其他人則留在家裡洗螺。

家裡只有兩把毛刷能用來洗螺，數量不夠，季知節跑去牛大郎家借，只是牛大郎進了城，家裡只有他女兒牛妮在。

等季知節說明來意，牛妮二話不說便將毛刷拿給她。牛妮長得很標緻，要不是得照顧姪子，上門說親的人只怕會踏破門檻。

牛大郎家裡養了幾十隻雞，季知節過去的時候，正好見到牛妮在撿雞蛋。

季知節想問牛妮雞蛋賣不賣，但見她在忙，實在不好打擾。她想等還刷子的時候再問，要是賣的話，還能給孩子們買一點補補身體。

螺一洗就是一天，一遍洗不乾淨，又用清水洗第二遍。

這段期間季暉坐不住，撒腿跑了，等他再回來的時候，手上又多了小半桶螺，氣得季知節差點罵人。這小子一天天的淨不幹正事，怕螺洗得不夠是吧？

見季知節一臉鬱悶，季暉乖巧地坐在她身邊，委屈地說：「我也想吃炒河螺嘛……」

季知節拿這個弟弟沒辦法，道：「還少得了你的？」

獲得她的保證，季暉露出了笑容。

午飯季知節沒空做，只簡單地熬了粥，大人跟孩子都能喝，再蒸了蛋淋上醬油，還挺香的，連江晞都就著粥吃了一大碗蒸蛋。

李歡見小女兒的胃口終於好一些了，高興得很。下午賀媛帶著兩個孩子午睡，她洗起螺來都更有勁了。

臨近落日，這些螺才徹底洗乾淨。

今日的螺多了些，季知節怕腥味過重，切了點薑片先焯一遍水，看著白沫浮上來，又過了一遍清水。

這次洗螺費了不少水，眼看缸裡面的水就要見底，季知節正要去叫季暉打水，就見到江無漾提著水桶回來。

他從夜裡就開始做雞籠，早上摸螺、下午洗螺，傍晚還要挑水，根本沒闔眼休息，卻一句怨言都沒有。

「妳六哥夜裡有睡覺嗎？」季知節問江有清。

江有清往灶裡添了把柴火道：「睡吧，就是睡得不太安穩。」

何止是她六哥，嫂嫂跟母親夜裡也時常會驚醒，有時她甚至能聽見嫂嫂的啜泣聲。

江有清心想，既然她聽得見，那六哥也一樣。六哥從小耳朵靈敏，聽見嫂嫂哭，心裡一定比她更難受，好幾次她半夜偷偷溜去外間看六哥，卻沒見到他的人。

季知節搖頭道：「他那副樣子，只怕是熬不久。」

是人就需要休息，不休息就會生病，只是江無漾得的是心病，尋常的藥治不好。

江有清托腮陷入沈思，過了一會兒後問道：「有沒有什麼吃了就能讓人睡著的東西？」

季知節笑道：「還能有什麼，一醉解千愁唄。」

說完她就愣住了。嗯，這個主意倒是不錯。

兩人聊著聊著，時間過得挺快的，等婦人們上門時，炒河螺剛好出鍋。不知道他們吃不吃辣，季知節辣味的做得少，不辣的多。

聞著滿院的香味，有人說道：「聞這香味就知道好吃！」

這句話惹得其他人全都笑了起來。

除了早上來訂炒河螺的人以外，還有一些沒見過的生面孔，他們是跟過來湊熱鬧的，沒想到會這麼香，當下便決定買一點回去嚐嚐。

家裡頭做的菜就是那幾樣，早就吃膩了，何況他們可沒吃過用這種方式煮的河螺呢！

季知節特地先留了三份，一份給自家人吃，一份給林美香，還有一份等會兒要送給牛大郎。

她先給訂了炒河螺的人打了幾份，幾位婦人當場嚐了嚐味道，直誇好吃，說還要再買一份，讓季知節留著，她們馬上回去拿盤子過來裝。

其他人瞧鍋裡的東西越來越少，都要季知節幫忙留一點，趕回去拿盤子。

「讓讓……讓讓！」

人群中忽然出現一道洪亮的聲音。

季知節一聽，馬上朝李歡使了個眼色。今日人多，怕季知節忙不過來，李歡便在旁邊幫忙收錢。

收到季知節的暗示，李歡點頭進了廚房，將林美香那份炒河螺拿了出來。

季知節對林美香笑得客氣，說道：「大娘來了呀。」

「我來取下午訂的那份吃食。」

林美香拿碗裝了炒河螺就要走，不知哪個人出聲道：「林大娘，妳還沒給錢！」

只見林美香趾高氣揚道：「季娘子不收我錢，要妳多管閒事！」說著她便大步離開了。

等林美香走遠了，方才那名出聲的婦人才對季知節道：「季娘子怎的不收她的錢？」

季知節回答道：「我是感激她兒媳婦替我宣傳吃食，還請各位姊姊們莫要介意。」

那婦人聽罷，搖搖頭道：「倒不是介意這三文錢，而是擔心季娘子。這林大娘是出了名的欺善怕惡，妳今日感激她，不收她的錢，等下次她再來，妳若是收了錢，我擔心她撒潑。」

有一位婦人聽了，跟著說道：「林大娘那口子經常對她動粗，她打不過，心裡又急，只能對她兒媳婦惠娘動手，惠娘心腸軟，受了欺負也不說。」

「她兒子不管管嗎？」李歡聽了心裡直發怵。

「哪裡管得住，林大娘趁她兒子不在就打兒媳婦，被發現了又呼天搶地說要去死，可是做兒子的，哪有讓母親去死的道理？」

「我們也是怕季娘子以後受到欺負，記得避開她就是。」

「多謝各位姊姊提醒，往後我們會注意的。」季知節應下。

既然有這種事，那她可得避著些。

很快的，鍋子裡的炒河螺就清空了，有些人沒買到，就嚐了其他人買的，最後跟季知節訂了明天的分，還有怕搶不到，先付了錢的。

今日總共賣出十九份炒河螺，又收了明日的七份訂金，共計七十八文錢。

季知節既開心又充實，錢雖然不算特別多，卻是她在這裡正經的第一份收入。

吃晚飯的時候，季知節說道：「今日大家都辛苦了，現在我將錢分給大家。」

季暉一頭霧水。「分錢？」

「嗯，今天一共賣出十九份炒河螺，收了五十七文錢，表哥和暉哥兒抓螺跟洗螺，工錢各十二文，有清與表嫂各拿六文錢，我拿大頭出了香料錢，收二十一文。」

說著，她將分好的錢放到眾人面前。

李歡跟江有清對視一眼，都不敢伸手去拿，李歡面露難色道：「幫妳是情理之中，怎麼能拿錢？」

更何況，他們一家現在吃的、喝的都是季知節的，怎麼好意思拿工資？

江有清也說道：「是啊，妳算得這麼清楚，倒顯得我們不知分寸了。」

季知節笑道：「幹活拿工錢是應該的，我要是沒賺到錢便罷了，有了錢就要算清楚才是，再說了，自己手上沒錢，想買點東西都不行，不管怎麼說，總要為孩子考慮才是。」

親兄弟明算帳這個道理，季知節還是懂的，她不想因為錢的事讓大家鬧翻。

李歡朝江晚看去，她這身衣服是撿人家遺留下來的，衣服不合身，她就改小了再給女兒穿。還有江晞，她還小，穿得隨意點還沒事，等稍微再大點，可不能一直如此。

季知節說得對，沒點錢在身上不行。

為了加強他們的決心，季知節佯裝生氣道：「若是不肯收這個錢，明日起我可不敢再找你們幫忙了。」

李歡率先鬆口道：「罷了，算是怕了妳，這錢我收下了。」

見李歡收下那筆工錢，江有清便不再堅持，也將錢收了，倒是江無漾仍舊一動也不動，盯著錢發呆。

季暉瞧他們都有錢了，便問季知節。「阿姊，我的呢？」

其他人這才發現季暉面前沒錢。

季知節輕笑一聲道：「少不了你的，只是你還小，錢先讓母親保管，將來留著娶媳婦用。」

說著，季知節將季暉的工錢交給鄭秋，囑咐道：「母親要給他收好才是，莫要被他哄騙了。」

此話一出，除了季暉以外，大夥兒都笑了。

看著季暉洩了氣的臉，季知節特地拿出一枚銅板給他，說道：「這是阿姊獎勵你的，咱們家暉哥兒可真是太厲害了，是阿姊的好幫手。」

沒人不喜歡聽別人稱讚自己，季暉的雙眸亮了起來，不好意思地說：「謝謝阿姊。」

季知節叮囑道：「錢財不外露，你要收好。」

聽了這句話，季暉重重地點頭道：「我曉得。」

吃過晚飯，季知節就神秘兮兮地將江無漾叫到一旁說道：「我帶你去瞧個好東西。」

江無漾不曉得季知節在搞什麼名堂，只好跟著她出去，這一幕正好被收拾桌子的李歡看見，對賀媛笑著說道：「以前倒是沒發現無漾對四娘這般有性子，他們這樣相處下去，母親可是要準備禮金了。」

賀媛一聽，朝那兩人看去——現在六哥兒，只怕是配不上四娘了。

江無漾跟著季知節走到牛家，是牛大郎開的門，他看見他們兩個人的時候，有些詫異。

此刻牛家人正在吃晚飯，季知節歸還白天借的刷子，又給了他一盤預留的炒河螺。

牛大郎挺不好意思的。他今天返家時聽說有戶人家河螺煮得特別好吃，一盤要三文錢，比他拉車還貴，他想嚐嚐，但又是吃不起。沒想到那是季知節做的，還給他們送了一盤來。

季知節說道：「我來是有事想找大爺。」

牛大郎連忙請他們兩人進門。

一進院子，江無漾便訝異不已，只見滿院子都是雞籠，裡頭全是雞。

牛大郎的孫子沒見過季知節跟江無漾，但是他吃過爺爺帶回來的糕點，他從沒吃過那麼好吃的點心。這孩子不怕生，走上前去拉著爺爺的袖子，要吃他手裡的炒河螺。

見有客人在，牛妮壓著聲音喝斥道：「大壯。」

牛大壯被她嚇到了，往後退了一步，沒想到踩到了江無漾的腳，牛妮不禁帶著歉意道：「對不起、對不起。」

江無漾朝她輕輕地點頭，示意無事。

待看清楚他的臉之後，牛妮頓時愣在原地，直到牛大壯拉著她撒嬌，她才回過神來，知道自己失態，紅著臉低下了頭。

「季娘子有什麼事只管說就是。」牛大郎將手上的炒河螺給了牛大壯。

牛大壯拉著牛妮走遠了，走的時候牛妮還嘀咕著。「就你最會吃。」

「也沒什麼，就是想找大爺買些雞蛋。」季知節說明來意。

聞言，牛大郎笑了，說道：「沒事，娘子想要，隨時來拿就行。」

牛妮在家養了幾十隻雞，最不缺的就是雞蛋，村裡其他人想要蛋，也是直接到他們家來買。

「你們的雞蛋怎麼賣？」季知節問道。

「鄉親們來買，一文錢一顆，娘子要幾顆？我送給妳。」牛大郎說著就要裝給她。

第十章 一舉兩得

季知節看向存放雞蛋的地方，相較於雞的數量，雞蛋並不是特別多，於是她問道：「大爺這蛋可是有其他人收？」

「是，村裡每隔五日便會有人來收雞蛋，按斤秤，一斤十文錢。」

季知節換算了起來，一顆雞蛋大約四十公克，一斤大約是十五顆。她說道：「給我十顆吧。」

過來的時候，季知節拿了個袋子，裡面放了一些米，這樣裝蛋的時候就不怕碰碎了。

她剛想拿錢給牛大郎，卻被一旁的江無漾搶先，季知節看了他一眼——原來他想用剛拿到手的工資付錢。

牛大郎連忙擺手表示不敢收。「你們送的食物可比雞蛋貴，我哪還能收錢？」

季知節笑了笑，道：「大爺就收下吧，往後還要常來您這裡買雞蛋，您這麼客氣，以後我可是不敢來了。」

「這、這……」牛大郎半晌說不出話來，臉色漲紅。

許久後他才道：「算了，就收你們五文吧，抵了這炒河螺的錢跟點心錢，以後娘子來再正常收費。」

「多謝大爺。」

牛大郎將多餘的銅板還給江無漾，江無漾接過銅板，又從季知節手裡拿過裝雞蛋的袋子。

見狀，牛大郎真心為季知節感到高興，心想這郎君真是個會疼人的。

江無漾知道季知節此行不光是為了雞蛋，不然她也不會叫上自己。

果然，季知節又問道：「大爺，您家的雞怎麼賣？」

聽到這個，牛大郎嘆道：「現在雞不好賣，養得多了，價格就會下來，販子來收的時候，十文錢一隻。」

「比城裡賣的可便宜多了。」季知節在城裡買的雞一隻要十五文錢。「怎麼不到城裡去賣？」

「就算去了，買的人也不多，來來回回的耽擱時間，有時候我只拉幾隻去賣而已。」

也是，城內離西平村遠，不太方便。

季知節心裡有了打算，向牛大郎告辭後，與江無漾一同朝家的方向走去。

直到他們兩人走遠，待在院子裡的牛妮才問牛大郎。「那兩人是哪戶的？」

「剛搬來沒多久。」

「怪不得我瞧那郎君眼生得很。」

牛大郎知道女兒的心思，只道：「可別想了，他們訂了親。」

聞言，牛妮不再多說。

夜空下，兩個人肩並肩在路上走著。

季知節問道：「我想在村口賣鹽焗雞跟白斬雞，你說我跟牛家買雞怎麼樣？」

「可以。」

雖說江無漾不懂這兩種雞怎麼做，也不曉得好不好吃，但向牛家買雞倒是行得通。城內賣的雞比較貴，運過來還需要成本，不如在村裡買。

季知節點點頭，她也覺得可行。「一隻雞花多少錢買才合適？」

「那兩種料理妳打算賣多少錢？」

季知節想了一下。一隻雞能分成四份賣，一份賣八文，半隻的話賣十五文，整隻賣三十文。「一隻雞賣三十到三十二文吧，調味料錢大約每日五文。」

江無漾知道季知節是想幫牛家。「可以先試試用十二文一隻的價格跟大爺買，這樣比城內的便宜，又比販子收的貴，若是妳的料理賣得好，往後跟他收雞的價格一隻能提一文。」

季知節算了算，覺得不錯，便應下了。

江無漾比別人突出的優點就在這裡。平時沒什麼話講，但要是有事找他，他不但能跟你商量，還會提出自己的建議。

季知節決定先試試每日能做出幾隻雞的料理，再看狀況調整收購數量。

回家以後，季知節將雞蛋放進米缸，等過幾日要去錦城的時候再跟牛大郎提買雞的事。

今日確實累了，季知節睡得很沈。

睡得好，起得也早。

季知節一出門就見江無漾從外頭進來，手裡還提著桶子。她以為他提的是水，走近一看，才發現是一桶螺——他已經將螺給弄回來了。

訝異之餘，季知節立刻朝他豎起了大拇指。

江無漾不懂這是什麼意思，就聽她說道：「雞都還沒起來，你就幹完活回來了，莫非你是神仙轉世，都不用睡覺？」

聽到她這麼說，江無漾別開頭道：「睡不著而已。」

季知節沒別的意思，只是覺得他這樣身體會吃不消。她勸道：「我知道你還記掛著當初的事，可是莫要親者痛、仇者快，你若真想做些什麼，就好好鍛鍊身體，等有了機會，再給他們重重一擊。」

江無漾愣在原地，驚訝地看著季知節。她怎麼知道自己想做什麼？

沒等他回答，季知節就走去廚房漱洗了。

廚房後頭的草已高得超過窗子，季知節見牆角處總是濕濕的，陷入了沈思。現在太陽一升起來就熱得很，怎麼還如此潮濕？

環境濕熱可不好，容易引發疾病。

這麼一想，季知節覺得還是將草割掉才好，等濕氣退去，生活就會更舒適。

季知節想到了就做，她拿著鐮刀朝廚房後頭走去，這一幕碰巧被換好衣服的江無漾看見了。

他瞇了瞇眼，廚房後頭的草是有些深了，深得異常。

季知節先將窗戶後頭的草除掉了一些，再打開窗戶透透氣。廚房裡悶久了會滋生黴菌，讓食物不好儲存。

然而，越往裡割，季知節就越覺得不對勁。

外頭的草已經枯黃，反而是裡面的草很翠綠，她抬頭看向石頭山，心想沒有光，草也能長這麼高？

直到一滴微涼的液體落在額頭上，才打斷了季知節的思緒，她不禁「咦」了一聲。

江無漾聽到了，問道：「何事？」

季知節望向石頭山裡的小縫，疑惑道：「這裡怎麼會有水？」

莫不是有水源？這個想法一出現在腦海裡，季知節馬上來了勁，割草的速度加快，當瞧見地上的泥土越來越濕時，她更加確認了自己的想法。

江無漾走過來，伸手拿走季知節原本握著的鐮刀，開始割起草。

石頭山連著外頭的一片山，上頭的小縫寬度足夠一個人走進去。

季知節跟在江無漾身後，走著走著，迎面有一股涼風吹來，伴隨著一股剛下雨似的濕潤氣味。

有江無漾幫忙，季知節得以仔細觀察石頭山，隨著陽光穿進來，終於瞧見了水的來源，她指著石頭山的腰部道：「在那兒。」

江無漾聽見季知節的聲音，停下了手裡的動作，抬起腳尖在石頭山的山壁上輕點兩下，輕鬆抵達了有水出來的地方。

在山下看得不清楚，上來以後才發現，半山腰上有個大大的洞穴，洞裡有流水，卻在快抵達洞口時被暗溝捲走，只有點點濺起的水花落在地上，難怪這麼久了都沒人發現這裡有水源。

「上面是什麼情況啊？」季知節見江無漾待在上面許久，一直沒動靜，心裡實在好奇。

江無漾低頭看了季知節一眼，跳下去將她帶到上頭，季知節不禁驚嘆道：「想不到這裡竟然有水源！」

仔細觀察著洞口的環境，季知節不斷思索著要怎麼將這水給引下去。

「要是這裡有能固定管子的地方就好了。」

石頭周圍常年被水侵蝕，被磨得光滑，想固定住引水的器具，恐怕有些困難。

「妳想做什麼？」江無漾問道。

「想做個引水裝置，將這裡的水引到廚房去，這樣你與暉哥兒就不用去河邊打水了，姨母跟母親也能在家裡洗衣。」

說著，季知節朝江無漾比了個向下的手勢。她有點懼高症，眼下覺得暈。

兩人從石頭山裡出來後，江有清跟季暉已經在院子裡了，瞧著他們從廚房後面出來，別提想了多少亂七八糟的事情，尤其是季暉，看著江無漾的眼神裡帶了點戒備。

趁江無漾不注意，季暉小聲地問季知節。「阿姊，他有沒有欺負妳？」

季知節一聽，輕輕敲了他的小腦袋瓜一下道：「瞎想些什麼呢！」

朝江無漾打了個手勢，季知節拿顆小石子蹲在地上畫了起來。

「從石頭山下來到廚房，這條路線是弧形，沒什麼能轉換方向的地方，這樣需要將兩根管子連接在一起，水才能從窗戶裡進來。水進來之後還有一個問題，等水缸滿了以後，多餘的水要怎麼流出去？」

如果有水龍頭就好了，要用了就打開，不用了就關上，可惜沒有，而排水也成了個難題。

看著季知節畫的圖，江無漾道：「再接一個東西，從地底下穿出去。」說著他撿起一顆小石子，在她的畫裡加了一筆。

可行，這相當於下水道。

「再砌一個水池，將引水的裝置一分為二，要洗東西時直接用水池，水缸滿了以後，多餘的水也能從水池流出去。」

「可以。」

季知節畫了一個框框和一個分支器，從廚房的牆壁上打個洞，再通到外面，污水就能排出去了。

等到以後在門前種菜，還能做個蓄水池，用來澆菜。

「只是，接水的管子要用什麼做才好？」季知節想得頭都疼了。

季暉跟江有清全程在旁邊看著，卻完全搞不懂他們兩個人在玩什麼把戲。

思索了一番後，江無漾站起身來輕聲道：「倒也不難。」

江無漾吃過早飯後便拿著鐮刀出了門。

陸陸續續有五個人來預訂炒河螺，季知節怕不夠吃，每人最多都只能訂一份，加上昨晚預訂的七份，還沒開賣就超過十份了。

江無漾帶回來的河螺分量夠，季暉倒是不用再去河裡摸。見時間還早，季知節先將螺給養著，打算等會兒再來洗。

「季娘子。」

季知節轉過頭，就見一個不認識的婦人站在門口，她以為是來訂炒河螺的，便道：「嫂子要幾份？眼下這螺怕是一人只能買一份了。」

那婦人面露難色，支支吾吾地開了口。「我叫梁惠娘，是娘子你們家下頭那戶的。」

聽她自報家門，季知節才反應過來，原來她就是自己的貴人，於是笑著將她拉進院子道：「原來是惠娘子，我早就想去謝謝妳了，沒想到妳倒是先上了門。」

「季娘子說的是哪裡話，早就謝過了，何必這樣客氣。」

梁惠娘的長相很大氣，瞧著就是賢妻良母的類型。

「那咱們就都別客氣了，以後我叫妳姊姊就是，姊姊若是不嫌棄，可以叫我一聲妹妹。」

梁惠娘還挺喜歡季知節的，她婆母那般難相處的一個人，也被她應付得心情好。

「我怎麼會嫌棄妹妹。」

「姊姊今日來是要……」

梁惠娘嘆了口氣道：「妹妹怕是不知道，我那婆母性子不好，經常被家公打罵。前日她來找妹妹要了些吃食，家公沒吃到，便將她罵了一頓；昨日妹妹又給了她一些，然而家公沒吃夠，她才又讓我來找妹妹買一點。」

「這並不是什麼難事，姊姊何必這麼苦悶？」

「我在家中負責洗衣做飯跟做些雜務，身上沒什麼錢，婆母只給了我兩個銅板……」梁惠娘越說聲音越小。

季知節明白了，是林大娘受了氣，就找別人麻煩。知道她這兒的炒河螺一盤賣三文錢，故意只給兩文錢，既想讓兒媳婦難堪，又想讓她以後生意難做。

自己若是一盤賣了兩文錢，以後林大娘就固定拿著兩文錢來買，長久下來，其他人便會有意見，別無他法之下，她只能降價。

季知節很快就有了辦法，她低聲對梁惠娘說道：「姊姊可知道婆母心裡的打算？」

梁惠娘苦笑道：「怎麼不知道？只是兩邊難做。」

「我有一個辦法，應當可行。」

直到天色將黑，梁惠娘才回到家裡。

林美香一瞧見她，心裡便一陣不痛快，劈頭蓋臉地罵道：「妳個小蹄子！一整日不見人影，到哪裡鬼混去了？家裡的活也不做！」

「母親，您少說兩句。」邱智護著梁惠娘。

見兒子不幫自己，反而幫一個外人，林美香頓時坐到地上，大聲哭喊道：「我怎麼生了你這麼個沒用的東西，只幫著這小蹄子說話，也不幫幫你母親?!我生你時難產，在鬼門關前晃了一圈，早知道會有今天，還不如當初死了算了！」

邱智跟梁惠娘與其他夫妻不同，是自由戀愛。邱智心性純良，在林美香的教導下也沒長歪，所以即便知道他家的情況，梁惠娘還是跟他成親，邱智深覺愧對她，對她很照顧。

只是林美香動不動就尋短，邱智再疼媳婦，也不能真的讓母親去死，他只好柔聲問梁惠娘。「妳去了哪裡，怎麼一整天都不在？」

梁惠娘這才將東西拿了出來，是一盤還熱著的炒河螺。

林美香一看到那炒河螺便止住哭喊，愣愣地說道：「妳用兩文錢買回來了？」

「兩文錢？」邱智一聽就明白母親又刁難媳婦了。

梁惠娘苦笑道：「是啊，季娘子心善，用兩文錢賣我，只是我心裡過意不去，看她們正在洗螺，就去做工還債了。」

「做工？所以妳這一整天都在季娘子那裡？」邱智問道。

「是啊，洗螺的時候來了好些人訂貨，我還跟他們打了招呼。臨走時季娘子給我結了今日的工錢，一共四文錢，補上買炒河螺差的一文錢，還得了三文錢回來。」

梁惠娘說著，將手上的銅板拿給邱智，道：「這錢你拿著，我跟季娘子說好了，以後她要是需要人手就來找我，跟她幹活還有錢拿，以後你就不用這麼辛苦養家了。」

林美香冷哼一聲道：「妳去她那裡做活，家裡的活誰來做？」

這話剛一出口，就聽見坐在一旁的邱大爺冷哼一聲道：「誰沒本事，就誰來做。」

林美香嚇得一哆嗦，頓時住了嘴。

看著梁惠娘那雙洗得發白的手，邱智心疼不已，拉著她道：「咱們吃飯吧。」

梁惠娘將手抽了出來，道：「季娘子剛才已經留我吃了晚飯，我先去休息了。」

轉過身的那一刻，梁惠娘眼底是止不住的歡喜。季娘子這法子真是管用，想來婆母有一段時日不會找自己的麻煩了。

另一頭，季知節正在結算今日的收入。炒河螺總共賣了二十一份，她給自己留了二十一文，其他的錢都分出去了。

江有清雙手托著下巴，好奇地問道：「妳教惠娘子的方法真的有用？」

季知節說道：「要是她家老爺子的性格真像她說的那樣，十之八九沒問題，尤其她還帶著錢回去，算是有了收入。惠娘子平日包攬了所有家務，今日她不在，那些活定然是由她婆母幹。惠娘子在這裡幹活，很多人都瞧見了，做不了假，她婆母若是以後不想讓自己那麼辛苦，便不會再找她麻煩。」

說完，季知節低聲笑了起來。

這的確是個好辦法，也能讓林大娘打消低價買吃食的念頭。

第十一章　惡霸挑釁

「六哥怎麼還沒回來呀？」

兩人聊了一會兒，江有清擔憂地看著暗下來的天色。江無漾都出去快一天，還不見他返家，怪教人擔心的。

啊，對喔！季知節忙活了一天，都快忘記江無漾出門了，也不曉得他吃飯了沒有。

季知節原本就為他留了飯菜，聽到江有清這麼一說，便去廚房替食物保溫。

等了許久都沒等到江無漾，江有清見季知節睏到不行，忙讓她回去歇著，自己等哥哥。

直到天邊泛起了魚肚白，江無漾才返家，看著在院子裡打盹的江有清，他愣了許久。

聽見動靜，江有清醒了過來，見江無漾扛著長長的竹子、手上拿著鐮刀，她的視線在他身上停留許久，見他沒受傷，才放下心來。

「六哥去了哪裡，現在才回來？」江有清守了一夜，著實累了，邊說話邊打了個哈欠。

江無漾聽了季知節的計劃，就去山裡砍幾根竹子，結果忙到忘了時辰，天黑以後瞧不見路，索性在山中找間破屋待著。

終於等到江無漾回家，江有清實在是撐不住了。「我先去睡了，六哥也快去休息吧。」

江無漾點點頭，轉身進廚房洗把臉，見灶上留著飯菜，只是早已涼透。

他在山裡歇息過，此刻不覺得累，反而上下打量起了廚房的構造，思考要在哪裡開孔比較好。

「表哥，你剛回來？」

季知節帶著詫異的聲音從江無漾身後傳了過來，江無漾見她一副剛睡醒的模樣，應了聲「是」。

方才季知節聽見外面有動靜，剛走出門就看見院子裡的竹子，瞧廚房裡似乎有人在，就進來看看。

季知節朝著灶上看了一眼，知道菜已經涼了，便道：「我煮個麵疙瘩湯吧。」

不等他回話，季知節就生起火燒水。她見江無漾一臉疲憊，又想到那些竹子，便知道他去了山裡，定是沒吃東西。

「等水燒熱了，先去洗個澡，人會舒服些，洗完以後差不多就能吃飯了。」

「好。」江無漾坐在灶前添火，看著她忙碌。

季知節和麵的速度很快，麵團被她拉扯成薄片，放入翻滾的水中煮了起來。麵團黏手，她打了一碗清水放在手邊，將手放在水裡沾濕再繼續做麵疙瘩，周而復始。

微亮的晨曦透過窗戶照在她身上，讓人覺得溫馨且美好。

江無漾察覺自己盯著她失神了，頓時倉皇地從廚房退了出去。

季知節專注地做著吃食，沒留意到他臉上閃現的驚慌。

等到麵疙瘩在水裡漂浮起來，季知節就丟了幾片菜葉進去燙。見其他人還未起身，她便將剩餘的麵團用濕布蓋好。

放麵疙瘩的碗底放了一勺豬油，加入少些鹽跟醬油調味，簡單又美味。

江無漾洗完澡就瞧見灶邊的一大碗麵疙瘩湯，而季知節已經跑去看那些竹子了。

「妳不吃嗎？」江無漾問道。

季知節頭也不回地說道：「吃不下，待會兒再吃吧。」

她怎麼沒想到呢，竹子用來當水管真是個不錯的選擇，只是想將竹子連接在一起，又成了個問題。

仔細一看，季知節發現竹子兩端被江無漾處理過，削去了一半，像個接口一樣，她拿起手邊一根看起來粗壯點的竹子，拼接在一起——竟然無縫銜接了？

季知節詫異地朝江無漾看過去。他究竟是怎麼做到的？難怪會出去一整天！

「你這是怎麼想到的？」季知節問道。她沒考慮到的問題他都想到了，甚至有了解決之道。

江無漾回道：「在腦子裡過了一遍，便清楚是什麼樣的東西了。」

季知節不可思議地朝他豎起大拇指，這個人比她想像中還要厲害啊！

江無漾現在知道那個手勢是在稱讚他，他不好意思地低下頭，喝起碗裡的湯。

季知節拿起一根竹子，朝竹身上的孔洞看了一眼，問道：「這又是用什麼打通的？」

「將鐵燒紅燙開。」江無漾解釋道。

季知節站起身，興奮道：「開幹，終於不用打水啦！」

「還不行，」江無漾澆了她一頭冷水。「竹子還需要燒乾，才不容易裂開。」

季知節不懂這個道理，也懶得想，她走過去坐在他身邊的凳子上問道：「山裡可有什麼吃的？」

江無漾想了一下，說道：「有一些不常見的水果，一種是黃色的，還有一種是紅色的，我沒吃過，不知道好吃不好吃。」

季知節點點頭。嶺南的水果可香甜了，改天她要親自上山瞧瞧！

此刻，院子裡正忙得不可開交。江無漾在燒竹子，季知節在一旁搭把手，要不是季暉帶著螺從外頭回來，她都要忘記炒河螺這件事了。

越來越多村民知道季知節的手藝，不少人預先訂貨，知道搶手，還先付了錢。

季知節今日不打算多做，只將收了錢的做出來，為此她還特地讓李歡寫了塊牌子掛在院門外——「今明兩日不開工，有需要的請先預訂」。

原主雖然驕縱，卻是受過教育的閨閣女子，自然會寫字，可是如今的季知節寫不好古代的字，只好讓李歡代寫，好在李歡沒多問，不然她不曉得該怎麼回答。

江有清與李歡洗起了螺，知道季知節跟江無漾忙著做引水器，不敢打擾他們。季暉難得一臉高興地去打水，心想這是最後一次，連走路都輕快起來。

雖說是兩個人一起做引水器，但大部分都是江無漾動手，季知節只是在旁邊指揮跟提供意見。江無漾的思路比她更清晰，有時她還沒說完，江無漾就已經會意過來，兩三下便弄好了。

竹子連接得很完美，每個接口的大小剛好匹配，架在窗戶上的竹子甚至還微微帶著弧度。

江無漾找到石頭山的水源處，在山壁上鑿出個小洞來，把竹子的一段卡在洞裡，因為只引了一部分的水，所以水流不是很快。

不一會兒，季暉興奮的聲音從廚房裡傳了出來。「有水了、有水了！」

確認水沒從其他地方溢出來以後，季知節跟江無漾才進入廚房查看情況。

兩個大水缸並列而放，一個下面墊高了些，等水滿了就會自動流到下面的缸裡，裡面養著十幾條魚，這樣就不用每天去河裡抓了。

這是季暉的主意，難為這小傢伙每天都要下水，這下可省了他不少工夫。

廚房還沒做排水口，等水裝滿了，江無漾就用石頭堵住竹子的出水孔，之後就沒水出來了，只是偶爾會冒出一、兩滴來。

季知節去瞧過，回流的水沒從石頭山外冒出來，想來是流回山裡面去了。

等一系列工程結束，時間就到了正午。有季知節在一旁指導，江有清煮的粥味道比之前好上許多。

今天著實起得早了些，中午吃過粥，季知節就有點睏了。

看著江無漾眼下的烏青加重了，季知節忍不住勸道：「你也去休息一會兒吧。」

江無漾點點頭，並未說話，季知節嘆了口氣，也不知道他這是聽進去沒有。

季知節這一覺睡得很沈，不知睡了多久，直到聽見外頭的爭執聲才醒來。

「季娘子是幾個意思？憑什麼這螺賣給其他人卻不賣給我，瞧不起我是不是?!」一個男人說道。他的聲音洪亮，語氣讓人感覺不好惹。

「沒有沒有，季娘子這兩日有事，實在是沒空炒河螺了。」江有清說話的聲音微微哽咽，差點哭出來。

男人顯然不買帳，道：「哼！我可是聽人說了，季娘子昨日就收了別人的錢要做，怎麼其他人能做，我就不行?!」

「那是昨日就先訂好的，不知道今日會忙不過來，大哥可以提前下單，等季娘子有了空閒，大哥再來取貨就是。」

男人輕蔑一笑道：「我怎麼知道她會不會收了我的錢就跑了？」

江有清氣不過，喊道：「你！」

此時那男人忽然輕挑地說道：「妳要是肯陪我一晚，先給三文也不是不行。」

江有清被氣得漲紅了臉，半天後才憋出一句。「下流。」

「有清。」

「誰在門口？」

季知節跟江無漾的聲音重疊，門口那男人察覺屋裡還有其他人，頓時愣住了。他昨天觀察了大半日，只見過幾個婦人跟孩子，沒想到有男人在。

此時季知節已經走到院子裡，她朝大屋子看去，見江無漾正站在屋門口，一副睡眼惺忪的模樣——他還真的去休息了。

江有清又氣又惱，對江無漾喊道：「六哥，這裡有個潑皮無賴，快些將他打走！」

聞言，江無漾抬腳朝外頭走去。

符旺見來人細胳膊細腿的，除了個頭高一點，並不如自己壯實。他毫不懼怕，甚至狂妄地朝江有清戲謔道：「我不會手下留情，等一下要是打傷了妳哥，妳可別心疼！」

季知節將江有清護在身後，冷哼一聲道：「要是你贏了，今日我不收你錢，免費送一盤炒河螺；要是你輸了，有多遠就給我滾多遠！」

「娘子口氣還不小！」

符旺頓時氣血上湧，挽起袖子就跟江無漾打了起來。

他的力氣是大，卻只會用蠻力，江無漾可是有武藝傍身，力量跟巧勁都有，輕輕鬆鬆便收拾了符旺，扭住他的胳膊。

符旺吃痛，立刻求饒。「痛痛痛……大哥饒命！」

江無漾的力道絲毫沒放輕，反而越來越重，他朝符旺的膝窩處踢了一腳，符旺隨即跪倒在地。

只見江無漾面無表情道：「道歉。」

符旺知道自己不是他的對手，馬上說道：「姑奶奶，我知道錯了，我跟妳道歉，妳快些叫大哥收手吧！」

有江無漾撐腰，江有清的膽子頓時大了起來，怒吼道：「誰是你大哥?!」

「大俠、大兄弟……我知道錯了！」符旺痛得嗷嗷直叫。

江無漾收了手，符旺扶著胳膊，狼狽地起身跑開了。

跑了一段距離之後，符旺回頭看向江無漾等人，眼裡透著一股狠惡。他朝地上啐了一口，心道這個仇他遲早要報。

江有清厭惡地關上院門道：「這人只怕不會善罷甘休。」

季知節聽過符旺的名號，他是西平村的惡霸，上頭有兩個哥哥，大哥在外做生意，手上有點小錢，二哥在錦城當個小官，要不是他們母親不願意搬離西平村，一家子就會在錦城落腳了。

符母相當寵溺符旺這個幼子，導致他遊手好閒不學好，更仗著身材魁梧，經常在村裡為非作歹。

季知節有點擔憂地說道：「這段時日表哥哪裡都別去了，省得符旺又來鬧事。」

畢竟除了江無漾，這個家沒人治得了他。

江無漾皺眉。「明日妳不是要去錦城？」

季知節輕聲道：「進一趟城而已，不會有事的，買完東西我就回來。」

無奈之下，江無漾只好同意，因為他確實不放心家裡。

隔天早上江無漾送季知節去坐牛車，還叮囑她早些回來，她一個人孤身在外，也不曉得安全還不安全。

「我曉得，表哥快些回去吧。」

牛大郎見江無漾一副捨不得的模樣，不禁打趣道：「季娘子，郎君這是擔心妳呢！」

是嗎？他臉上仍舊毫無波瀾，季知節可看不出這是擔心。她笑著朝江無漾揮揮手，跳上了牛車。

直到牛車轉過彎，看不見季知節的身影，江無漾才轉身離開。

回到家，江有清在廚房裡做飯，李歡在晾衣服，季暉陪江晚玩，江晞躺在床上咿咿呀呀，賀媛跟鄭秋各自在屋子裡縫縫補補。

明明一切如常，可少了她，院子卻顯得安靜不少。

另一邊，季知節跟牛大郎聊著天。

「我還沒見過哪家郎君這麼疼媳婦的。」牛大郎感嘆道。

季知節低聲輕輕一笑。要是牛大郎知道江無漾根本不喜歡自己，會不會驚掉大牙？

「大爺，您家養這麼多隻雞，賺錢嗎？」季知節說起正事。

談起這個，牛大郎就有些煩悶。「不談賺什麼錢，圖個溫飽而已，妳別看我家養的雞多，想照顧好可不容易。張羅吃的、看病都要花不少錢，每次錢還沒捂熱，就要給欠了錢的地方送去，那些雞要是遇上瘟病，咱們家就過不下去了。」

季知節點了點頭。也是，養家畜賺錢最怕鬧出這種情況，錢財上的損失可不得了。

「大爺，我想跟您做個生意。」

牛大郎一聽就笑了，問道：「季娘子想做什麼生意？」

村裡人不少人固定跟他買雞蛋，牛大郎以為季知節也是一樣。

季知節說出自己的打算。「我準備在村口那邊擺個攤子，賣點做好的雞料理。要是從錦城裡買，只怕不太方便，您家既然有養，便想從您家買。」

牛大郎霎時愣住了。「娘子說的當真？」

「做買賣生意，還能有假？」

「娘子打算怎麼個買法？」

若賣給季知節，價格可以比城內來得低一些，卻不好低於收雞的販子。

「十二文錢一隻，大爺可覺得合適？剛開始要的量不會太大，每日十隻即可，等生意逐漸起來了，再要得多一些。只是我有兩個要求，每日送來的雞需要處理好，且不能放隔夜，務必當日處理。」

宰一、兩隻雞季知節還能應付，多了可就忙不過來了。

「娘子真的要買？」牛大爺再次問道。

他以為季知節是來找他討低價的，沒想到她給得算多。殺雞這種活他們一家子得心應手，自然不成問題。

季知節笑咪咪地說道：「真的不能再真了，只是目前其他東西還沒準備好，等需要雞的時候再去通知大爺，大爺也好先跟家裡的人商量商量。」

牛大郎連忙應下，生怕季知節反悔。還商量什麼啊，他們一萬個同意！

與牛大郎談了一路，終於抵達了錦城。

季知節先去茶鋪，看看掌櫃的會不會信守承諾。「小哥，你們掌櫃的可在？」

茶鋪的小二鍾祿聽這聲音耳熟，抬起頭一看，正是季知節。他臉上立刻堆滿了笑容，道：「季姑娘可算是來了，掌櫃的剛剛出去，還要過一會兒才回來，姑娘先坐下喝口茶。」

一看這態度，季知節就覺得有錢可拿。

鍾祿倒了壺茶水，季知節喝了一口，跟她做的味道差不多，稍稍安了心。

只是今日茶鋪並未見到什麼客人，季知節不免小心翼翼地問道：「怎麼沒什麼客人啊？」

有了她的方子，生意應該不至於如此慘澹才是。

鍾祿笑著解釋道：「姑娘誤會了，今日城中有百花宴，大夥兒湊熱鬧去了，連掌櫃的都去瞧瞧。」

「百花宴？」季知節很好奇。

「這是品香閣設的，品香閣的糕點娘子們會在城內較量做點心的手藝，只要能在比賽中獲勝，就能獲得獎勵。當天做出來的點心全會送給百姓吃，加上品香閣的點心本來就貴，所以大家都想去。」

「原來是這樣，那我也去瞧瞧。」季知節點頭道。

第十二章 點心比試

品香閣外人山人海，季知節果然在門口見到了趙立德。趙立德身前坐著一位衣著華麗的男子，瞧他面色恭敬，顯然那位男子是他的大老闆，也就是孟家人。

季知節站在人群最後方，怎麼也擠不進去，她索性在腳下墊了塊石頭，方便觀看比賽。十幾個糕點娘子排成一列，她們面前是一張長長的桌子，上面整齊地擺著工具。

「品香閣這比賽三年舉辦一次，也不曉得今年會是誰拔得頭籌？」

「早些年晚月姑娘的桂花糕做得可真好，我吃了一個，那味道到現在我都還忘不了。」

「確實，這幾年品香閣雖然還是很受歡迎，種類卻沒什麼變化。」

季知節聽著身邊的人說話，心想一道糕點竟能讓人留戀至今，倒讓她想嚐嚐是什麼滋味。

接著，她又聽人嘆道：「畢竟出了那檔事，之後晚月姑娘便再也不碰這些了。」

此話一出，其他人都跟著嘆氣。

季知節不知道他們在說什麼，隨著鑼鼓敲響，她的注意力便集中到看臺上。

「規矩照舊，拔得頭籌者，能獲得五十兩銀子，臺下若是有手藝精湛的人，在糕點娘子們比試完後也能參加比賽，賞銀同樣是五十兩，還能進品香閣上工。」

喔喲，五十兩銀子！季知節兩眼發光，這對如今的他們來說可是筆巨款。

這些獎勵對一般百姓來說也很具吸引力，誰不知道品香閣的待遇好，只是他們的廚藝實在拿不出手。

比賽正式開始，十幾個糕點娘子的動作有條不紊。為了今日的比賽，這些娘子早就做足了準備，她們之中待在品香閣最久的都有十六年了，做糕點的步驟早就銘記於心。

糕點出爐需要時間，趙立德給身前的公子倒了杯茶水，小聲地附在他耳邊說了幾句。那公子稍稍思考後點了點頭，趙立德便衝著身後的小廝擺擺手，小廝隨即飛快地跑開。

季知節打量起了那位錦衣公子——長相英俊、氣度不凡，眉目間帶著股英氣，一雙眼睛清澈坦蕩，整體來說只比江無漾差了一點。

許是季知節的目光太過直接，那雙清澈的眼眸越過人群跟她的視線對上了，不過他的表情並沒有其他情緒，只朝她微微點頭示意。

季知節大方地笑著朝他點點頭，隨後收回自己過於明顯的眸光。

香甜的氣味傳來，糕點陸續出爐。品香閣以百花造型聞名，每樣糕點均做成了精緻的花樣，有些季知節見過，有些則沒見過，想來應是構思許久。

然而，其中有的點心不幸以失敗告終，沒了立體的形狀，癱成一片，人群中爆發出一陣惋惜聲。

幾位娘子落寞地退場，看著她們下臺時眼眶泛紅，季知節心裡也有點難受。她在現代參加過廚藝比賽，很能理解參賽者的心情。

想到這裡，季知節的視線再度轉移到那錦衣公子上，只見他身側站著一位面容姣好的女子，面帶笑意注視著賽場上的一切，偶爾與那公子聊個幾句。

季知節注意到那女子有點怪異，她的雙手交疊放在腰前，只是其中有幾根手指像是沒有骨頭，被衣物帶起時會上下擺動。

經過幾位評審針對糕點的色、香、味進行審查，臺上最後只留下三位參賽著，多餘的點心都分給場下的觀眾，只見眾人搶得毫不手軟，顯然對娘子們的手藝很有信心。

留下來的人自然高興，其中一名女子更是面露狂妄，甚是得意地朝錦衣公子身邊的女子掃了一眼，態度頗為挑釁。

那女子表情平靜，然而眸光卻是微微閃動。

「這秋月姑娘也太囂張了吧，當初要不是晚月姑娘帶她進品香閣，她能有今日？」底下的人抱起了不平。

季知節恍然大悟，原來那姑娘就是晚月啊。

「就是，當年晚月姑娘做的那酥酥的東西還怪好吃的，只可惜她不做了。」

其他人聽了，紛紛附和。

比賽重新開始，這次是要在指定的題目中選出一位做得最好的。

錦衣男子朝晚月點了點頭，晚月就拿起筆，在紙上寫出「酥皮月餅」四個大字，由主持比賽的人展示出來並大聲朗讀。

一得知題目，所有人的神色都很驚訝，尤其是秋月，臉色可說是紅白交加。

眾人討論起三年前發生的事情，季知節這才明白其中的曲折。

秋月跟晚月曾是在街上流浪的孩童，品香閣的師傅偶然發現晚月的手藝不錯，便將她引入閣內。晚月不忍心秋月一人流落在外，便求師傅將她一起帶進來，師傅同意了，覺得讓秋月做個掃灑丫鬟也好。

晚月天資聰穎，短短五年就將師傅的手藝學了個十成十，此時秋月已從掃灑丫鬟變成了廚娘。秋月也想當糕點娘子，心中苦悶，晚月便私下教她，秋月終於如願以償，成為糕點娘子。

百花宴三年舉辦一次，晚月參加兩次皆拔得頭籌，她設計出來的糕點沒人不喜歡。

三年前的百花宴上，晚月做出一種酥皮月餅。原本這種酥皮的製作方法複雜，只有加入某種膨粉才能達到效果，可是晚月卻沒放，在當時引起轟動。

沒多久，秋月向品香閣的掌櫃告密，說晚月其實偷偷放了膨粉，掌櫃的當夜也在晚月的房間裡找到了大量的膨粉。

晚月實在不敢相信，秋月竟然誣衊並陷害她。

依照品香閣立下的規矩，晚月再也不能碰糕點，並被夾斷了三根手指。

晚月的師父捨不得這個愛徒，仍舊將她留在身邊，甚至將自己的方子全交給她，後來晚月便藉此成為品香閣的新任掌櫃。

孟家人是有眼睛的，儘管當時孟二公子人不在錦城，無法為晚月主持公道，可是她能踢掉舊掌櫃坐上那個位置，憑的自然是真本事。

更換場地佈置的時間，秋月走到臺下，惡狠狠地瞪著晚月。

「妳這是想報復我是不是？」秋月如今是品香閣的大師傅了，儘管晚月是掌櫃的，她說起話來也毫不客氣。

晚月笑得雲淡風輕，一副不在意的模樣。「三年前我做得出來，其他人應當也是。」她的語調跟口氣很輕柔，讓人聽著很舒服。

秋月咬牙切齒道：「那是妳放了膨粉。」

「有沒有放，妳我心知肚明。」晚月輕聲一笑。「品香閣若沒能做出新的糕點，憑舊方子怕是走不遠了。做糕點講究的是手藝跟創意，能不能做出來是考驗妳的技術，要是技術過不了關，不管說什麼都無用。」

「妳——」

晚月打斷了她的話。「我已將手邊剩下的舊方子盡數交給二公子，今日過後，我就再也不是品香閣的掌櫃了。」

此話一出，四周一片譁然。

秋月驚訝地說：「妳要走？」

晚月嗤笑一聲道：「我這位置妳不是惦記許久了？只是能不能到手，還要憑妳的本事。」

秋月不再說話。她知道晚月說得一點都沒錯，雖然她是品香閣的大師傅，但她會的就是常見的幾樣糕點，想要長久在品香閣立足，最好能研製出新花樣。

考題已出，多說無益，晚月似乎已經與孟二公子商量妥當，秋月只好重新專注在比賽上。

她曾見晚月做過酥皮月餅，只是當時自己的注意力不在上面而已。另外兩人根本不知做法，很快便停手下了臺，若是她做得出來，便是這次比賽的贏家。

秋月仔細地回想當時晚月的做法，在用廢了一些材料之後，她的動作越來越快。

內心是止不住的興奮，距離成功只差一步，秋月甚至覺得痛快，心想自己被晚月踩在腳下多年，如今終於要超越她了。

糕點即將出爐，所有人都屏住呼吸，等待答案揭曉的那一刻。

打開爐子的那一瞬間，眾人期盼的心情瞬間熄滅。沒聞到糕點的香味，反而是一陣燒焦味。

晚月搖了搖頭。不用看也知道秋月輸了，今年的百花宴沒有贏家。

「不可能……不可能！」秋月慌忙查看起月餅，自己明明是按照晚月當年的步驟做的，怎麼可能出錯?!

晚月嘆道：「技不如人罷了。」

「哼，說我技不如人，有本事妳做出來給我們大夥兒瞧瞧！」秋月輕蔑地看了她一眼。

「罷了，現在妳不過是個廢物，什麼東西都做不得！」

「晚月姑娘倒是沒說錯。」

人群中響起一道清脆的說話聲，只見一位穿著水色麻衣的姑娘站在人群的最後方，她腳下墊著石頭，比周遭的人高出一截，格外引人注目。

趙立德看見季知節，雙眼瞬間一亮，低頭在孟二公子的耳邊說了幾句話，他這才正視起季知節來。

「晚月姑娘若是不方便，我能替妳做出來。」季知節很有自信地說道。

秋月冷哼一聲道：「妳又是什麼東西，敢在這裡替她叫板?!」

趙立德聞言皺起眉頭，冷聲道：「住嘴。」

秋月這才留意到自己當著孟二公子的面失了態。

一旁的晚月看得清楚，趙立德不是在乎孟二公子，而是在乎那位姑娘。她思索一番後，笑道：「姑娘有幾成把握？」

「十成。」季知節神情堅定道。

眾人心想，好大的口氣！

晚月請季知節上臺，季知節毫不膽怯，看著桌上的食材思考了起來。

趙立德乘機開口問道：「姑娘若是贏了比賽，想要些什麼？」

「五十兩銀子自是不能少，至於其他，暫時還沒想好。」

趙立德為難地看著孟二公子道：「您看……」

孟二公子孟九安頷首道：「若是姑娘能做出來，要求隨妳。」

「此話當真？」季知節確認道。

「自然。」

晚月站在季知節身邊，小聲地說著自行研發出來的步驟，她對季知節倒是沒保留，全數告知。

與季知節想的一樣，晚月用的法子與現代的大同小異，而秋月漏掉了其中最重要的一步。

季知節做起了酥皮月餅。她將麵粉與豬油一同放入碗中，慢慢沿著碗的邊緣倒入溫水，將豬油與麵粉攪拌均勻。

晚月瞧著季知節一連串的動作，確認她是個老手，暗暗點了點頭。

再看向秋月鐵青的臉——她就是漏了這一步。

季知節將混合好的麵團揉捏光滑，油皮到此算是做好了。接下來就是做油酥，也是直接將麵粉與豬油混合，靜置一段時間。靜置好的油酥再分成小塊，然後揉成圓形。

見季知節做的數量稍多，晚月在旁邊提醒道：「太多怕是掌握不了火候。」

季知節微微一笑道：「沒事，姑娘放心。」

晚月點頭，眼前這姑娘怕是比自己懂得更多。

油皮用擀麵棍擀開，不用太薄，適中便可，再拿一個油酥放在油皮中間，用油皮把油酥包起來，捏口收緊。每個都包好之後，將濕布蓋在表面，防止水分流失，靜置約十五分鐘。

此時季知節看著內餡的食材，思索著該做什麼好。

蛋黃？五仁？叉燒？蓮蓉？還是火腿？

品香閣的點心大多都是甜食，季知節決定做些不一樣，又符合嶺南特色的。想了想，她依次將芝麻仁、杏仁、花生仁、核桃仁、瓜子仁混合。

「這個姑娘怕是沒做過吃食吧，這幾樣東西全放在一起，能好吃嗎？」

底下傳來陣陣質疑聲，就連孟九安也朝她投去疑惑的目光。

季知節輕笑一聲，並未說話。

她第一次知道有五仁月餅這種東西時，也受過不小的驚嚇，直到品嚐過後，才打開了新世界的大門。

季知節將五仁碾碎炒熟，再取了點叉燒切成小丁，放置一盤備用。她怕有人跟她以前一樣被五仁月餅嚇到，便用蓮蓉包了蛋黃，打算再做幾個蛋黃餡的。

眾人看了紛紛搖頭，反而是晚月越看雙眼越亮。

待內餡準備完成，季知節拿著包好的酥皮，用手掌稍微壓扁後再用擀麵棍擀成牛舌形狀，之後捲起來靜置十分鐘。

這段時間，她準備起蛋液跟少許白芝麻。

過了十分鐘，將捲好的酥皮壓扁，兩邊摺起來，再把中間的麵皮擀得比周圍的麵皮薄一些，將內餡放在中間，收口捏緊。刷上薄薄一層的蛋液後，再撒上白芝麻，隨即放上烤盤。

季知節用手放在爐口試了試溫度，此時入爐烤正好。過沒多久，烤爐裡傳來陣陣香氣。

「哇，我沒聞過這麼獨特的香味！」

「跟以前那些月餅確實不一樣，好香啊……」

「聞起來是鹹的。」

「鹹的月餅會好吃嗎？」

一部分人躍躍欲試，一部分人則是語帶嫌棄。

等季知節將烤好的月餅拿出來時，空氣中的味道更香了。成品展示在眾人的眼前，只見那月餅金黃誘人、餅皮微微泛光，形狀小巧玲瓏，像一個小寶盒。

季知節將兩種口味各拿一個放入盤中，先給孟九安送過去。「二公子嚐嚐是否合口味。」

孟九安輕笑一聲。這姑娘倒是有趣，他還未報家門，她就已經知道了自己的身分。

他接過季知節手中的月餅嚐了起來——輕咬一口，一股濃郁的蛋黃味便充斥嘴裡，酥皮與蛋黃餡在口中交融，蛋黃綿密柔和，中和了蓮蓉的甜膩，倒是不俗。

這月餅做得不大，孟九安很快就吃完一個，趙立德立刻倒了杯茶水給他。待孟九安喝了一口茶，口中的甜味便散去，絲毫不膩口。

季知節明白了趙立德的用意，他是想趁這個機會宣傳涼茶。

孟九安吃過蓮蓉蛋黃的，對另一種就更加期待了。他迫不及待地咬開月餅，隨後不自覺地皺起眉頭。

見狀，有人說道：「我就說不好吃吧！」

有人不同意道：「你吃過了嗎？二公子都沒說話，你插什麼嘴！」

孟九安細細品嚐著五仁月餅。五種乾果的味道在月餅中相互融合，口感豐富而細膩，乾果的香味、甜味與質地均不同，入口有層次感，伴隨著叉燒的肉香，每一口都能感受到不同的滋味，相當獨特。

良久後，孟九安才道：「味道不錯。」

這讓底下的人更加好奇了。

晚月與其他評審各自嚐了一些，都對季知節做的酥皮月餅讚不絕口。他們商討的時間裡，主辦單位將剩餘的月餅切成小塊，分給等候已久的百姓。

季知節不得不感嘆孟二公子的商業頭腦。這相當於是試吃，每人只給一小塊，若覺得好吃，便意猶未盡，想再來買；沒能吃到的，就更想嚐嚐了。

「我沒吃過這麼特別的月餅呢……」

「這蓮蓉蛋黃口味的好吃！」

每個人只能嚐一小塊，有人拿到五仁的，有人拿到蓮蓉蛋黃的，都沒嚐過另一種口味。

有人不禁朝季知節喊道：「姑娘，妳這手藝可要留在品香閣？」

這就是想吃她做的糕點了。

季知節看了孟九安一眼，孟九安嘴角帶笑，一副想知道答案的樣子。

第十三章 仗勢欺人

「我不打算進品香閣。」

話音剛落，便聽見不少嘆息與惋惜聲。

「這樣啊……倒是可惜了。」

「往後要上哪去吃這麼好吃的糕點……」

還有人朝孟九安道：「二公子留留這位姑娘吧！」

孟九安想了想，回道：「人各有志，不好強人所難。」

沒多久，晚月跟其他評審當眾宣佈季知節成為本次比賽的冠軍——這是意料之中的結果。

趙立德朝季知節招手道：「四娘，屋裡請。」

季知節點頭道：「多謝掌櫃的。」

孟九安差人去拿五十兩銀票，趙立德則讓小廝拿來裝著兩貫錢的盒子，道：「這是三日的分成，四娘可要數數？」

季知節接過盒子道：「掌櫃的為人我信得過。」

趙立德向季知節介紹了起來。「相信四娘看得出來，二公子便是我的老闆，方子的事情已與二公子言明。二公子說答應妳的事一定會做到，還請四娘放心。」

季知節朝孟九安看去，說道：「多謝二公子與掌櫃的。」

「四娘若還有其他茶水方子，不妨賣給咱們，分成比例能再往上調，若是在錦城賣得好，萊州十一城都可以試試。」

趙立德話音剛落，孟九安的聲音就響起了。「怕是季姑娘收了五十兩銀子，就看不上這些小錢了。」

也是，五十兩夠窮苦人家生活很久了。趙立德的目光頓時黯淡下來。

季知節笑了笑，說道：「世上有誰會嫌錢多，跟著二公子做生意，那可是穩賺不賠。」

孟九安勾唇一笑，不再說話。

趙立德瞄了晚月一下，問季知節。「四娘若是不打算進品香閣，不如賣了妳的糕點方子吧。」

「這……不好吧。」

趙立德以為季知節擔心價格過低，又道：「妳開個價，若是可行，咱們立刻買下。」

他嚐了一些酥皮月餅，真的挺好吃的，方子要是被別家買走，可不划算。

季知節搖頭道：「掌櫃的誤會了，那五仁月餅晚月姑娘已經會了，我再拿來賣錢，怕是不合適。」

此話一出，趙立德、晚月跟孟九安都愣住了。

確實，晚月只要一遍就能記住季知節做的所有步驟，比起留下季知節，更容易留下晚月。

「對吧，晚月姑娘。」季知節說道。

晚月沒打算瞞她，點頭道：「是姑娘教得好，只可惜我如今已是廢人一個，學會妳的方子又有何用？」

季知節做糕點的時候，晚月就站在她身邊，她沒有避開晚月的意思，甚至在複雜一點的地方放慢動作，就是為了教會晚月。

比起一直困在品香閣那個地方，季知節更喜歡外頭的世界。至於孟九安如何將晚月留下，那便是他們兩個之間的事情了。

銀票拿到手以後，季知節便要離開，趙立德這才留意到季知節是一個人入城的，趕忙說道：「四娘身邊那位郎君呢？今日大夥兒都知道妳成了贏家，妳身上有這麼多錢，一個人回去怕是不安全。」

呃……季知節倒是沒想到這點。對啊，要是被人打劫了可怎麼辦？

季知節眼珠子一轉，道：「二公子若是無事，陪我一趟如何？」

有孟九安在，相信任何人都不敢對她出手。

趙立德沒想到他一番話竟是將孟九安搭了進去，隨即又想起孟九安說過要求隨季知節提，他默默擦了一把冷汗，只能要自己別想太多。

孟九安若有所思地看了季知節一眼，忽地笑出聲來，道：「合著你們兩人要坑我？」

趙立德頓時嚇得差點當場跪下。

孟九安為人爽朗，也不造作，自己既然答應了人家，便要做到。他站起身來，輕撫著身上的錦繡華服道：「陪妳就是。」

夕陽逐漸下沈，江晚用手撐住自己的小腦袋，時不時往下點著頭。她坐在小凳子上，一直在等季知節。

表姑答應她回來時會給她買冰糖葫蘆，她不知道冰糖葫蘆是什麼東西，但是表姑說好吃，就一定好吃。可是她等啊等啊，都不見表姑回家。

江有清收拾著衣服，發現自家哥哥的上衣劃出了一條口子，她不懂女紅，便去找李歡，跟她學習怎麼補衣服。

以前在宮裡時，江有清什麼都學不太下去，她的父皇又很寵她，只要她撒嬌，就准許她不用學。

書到用時方恨少，事到臨頭，什麼都要從頭學起。

李歡收好針腳，看著江晚坐在院門口的身影，笑道：「晚姐兒這都等了半天了，連午覺都不肯睡，非要等四娘回來。」

江有清瞥了窩在角落裡的江無漾一眼，道：「也不是只有她一個人這樣。」

李歡明白她說的是誰，低下頭無聲地笑了笑。

江無漾也是從早上開始就在等，他看著遠處發呆，像是沒了主心骨。季知節在的時候，倒是沒發現家中氣氛熱絡，她不過離開一日，就讓人覺得沈悶。江無漾知道那兩人在打趣他，別過臉裝作沒聽見，卻不願回外間去。

鄭秋這兩日身體不舒服，在小屋子裡躺著，季暉吃過午飯以後就不知跑到哪裡去了。要是沒有季家人，這裡就他們幾個人而已，心思鬱結，該是多麼沮喪？

江無漾看了看天色。季知節早就應該回來了，然而她到現在還不見人影，不會是遇上危險了吧……

她出門時帶了錢，要是不小心被人給盯上，一個人孤零零的，可怎麼得了？

此時，一陣腳步聲從遠處傳了過來，當中甚至夾雜著惡毒的話語。

江無漾沈浸在自己的思緒中毫無所覺，院子裡其他女眷就更沒留意到了，倒是在院門口坐著的江晚，眼尖地瞧見一群官差朝自己家走來。

流放的路上，江晚見過官差欺負人，對他們怕極了，她立刻從凳子上彈了起來，朝李歡跑過去，撲進她懷裡。

李歡見她面色發白，擔心地問道：「怎麼了？」

江晚抬起頭，眼淚流了下來，害怕地說道：「有、有官差……」

聞言，江無漾猛地起身，走到院門口朝外看去，只見符旺帶著人朝這裡走過來，為首者還穿著官服，面容與符旺有五、六分相似。

江無漾馬上關緊院門。

李歡將江晚帶進大屋子，叮囑道：「待會兒不管發生什麼事，妳都不要出來。」

江晚雖然驚恐，但還是答應了母親。

「二哥，就是這家。」符旺指著前面那老舊的院子，眼神惡毒。

昨日被打了以後，他越想越生氣，對母親哭訴了一頓，母親心疼他受氣，叫二哥來給自己撐腰。原本二哥不太想幫忙，但受不了母親哭鬧，只好跟著他一同前來查看。

村民見符旺等人陣仗這麼大，不禁好奇是哪戶人家得罪了這個惡霸。瞧他們朝季家跟江家走過去，眾人都有些意外，不少人跟在後頭瞧起了熱鬧。

此刻，符興帶著十幾個官差堵在院門外。

剛走到院門口時，符旺原本還得意著，可視線隔著門縫與江無漾對上，心裡又是一慫。

轉念一想，自己可是有二哥撐腰呢，符旺的膽子頓時大了起來，叫囂道：「二哥，就是他打我！」

符興冷冷地看了他一眼，從鼻腔裡哼了一聲，符旺立刻改口。「大人，就是他昨日毆打草民。」

聽他這麼一說，旁邊就有人替江無漾開脫。「你在村裡蠻橫慣了，誰打得過你啊，不要血口噴人！」

符旺瞥了他一眼道：「再說就將你抓起來。」

那人只好悻悻然地閉上了嘴。

符興隔著門問江無漾。「此事你可承認？」

換成其他人，在這種情況下是絕對不會承認的，符興心想。只要他否認，再由他請出所謂的「證人」，那便是藐視朝廷命官，可以將人抓起來。

「是。」江無漾冷靜地回道。

見他毫不猶豫地承認自己做的事情，倒是教他們兄弟兩人一時不知該怎麼接話。

半晌後，符旺才憋出一句。「他已經承認了，大人快將他抓起來。」

「大人怎麼不問問草民為何要打他？」江無漾冷聲問道。

符興怎麼可能不知道自己的弟弟是什麼德行，還不是看上人家小娘子了，不過他仍是裝模作樣地問符旺。「可發生過什麼本官不知道的事情？」

「哪有，事情已經全告知大人了，草民不過是來向季娘子買螺，可他們一家子就是不讓草民買，不僅瞧不起草民，還將草民打了出去……」符旺說得委屈，甚至秀出被江無漾捏得發紫的胳膊給大夥兒看。

江有清見不得他顛倒是非，道：「是你蠻不講理在先，季娘子這幾日有事不做螺，你非吵著要。」

早知道他們會這樣說，符旺已經準備好了說詞。「你們前日收了訂金，不是要做嗎？怎麼我要買，你們偏不賣？」

「門口的牌子已經掛了兩日，時間只夠做那幾份。」

「多我一份又怎麼樣，你們就是故意的！」說著，符旺朝看熱鬧的人大叫。「虧你們經常來這裡買吃的，以後若是再來，挨打的就是你們！」

「你——」江有清氣急，差點要衝出去打他兩巴掌，幸虧李歡將她拉住了，不然眾目睽睽之下，有理也變得無理。

李歡朝江有清搖頭，要她冷靜下來，自己則對符旺道：「既說我家兄弟打傷你，可有證人？另外，根據律法，言語傷人視為挑釁，反擊算不上打人。」

符興一見到李歡，眼睛都直了，他從未見過這麼美的娘子！

見有人敢質疑自己，符旺比了個手勢，等符興反應過來的時候，作證的人已經來到面前，他心裡暗道一句：壞了！

「他就是證人。」符旺不明白其中的道理，下巴都快要抬上天了。

李歡見對方上鈎，輕輕一笑，更是惹得符興心癢難耐。

她對證人道：「是你瞧見我兄弟打人，對嗎？」

這人作過好幾次偽證，膽子也大，毫不猶豫地點頭道：「對。」

李歡又道：「當時你所在何處？可聽見他們說了什麼話？我兄弟打人是先出左手還是右

手，那人又是怎麼受的傷？」

符旺跟那「證人」臉上紅一陣、白一陣，平日都是隨口一說，符興就會將人帶走，沒想到今日碰上不好惹的。

要是隨便說說卻說錯了，反而落了個誣陷的罪名。

一時之間，他們兩人都說不出話來。

江有清崇拜地看著李歡，沒想到嫂子這麼厲害，三兩句就讓他們噎住了。

又聽李歡繼續說道：「我家在上坡，周圍全是空地，當時並未看到其他人，你是在哪裡看見這些的？」

「妳少誆我，他都已經承認自己動手了，還有什麼好說的？二哥，將他們都抓起來！」

符旺氣紅了眼，改了對符興的稱呼。

夜幕降臨之前，季知節終於回到西平村，她帶著浩浩蕩蕩一大群人——前頭兩匹馬並排拉著馬車，十幾個人在後頭抬著幾箱東西，壯觀極了。

西平村什麼時候有過這麼大的場面，村民都好奇地多看了兩眼，在確定來人是季知節時，他們馬上跑了過去。

季知節見已經到了村口，不好意思再讓孟九安送自己回家，心想差不多該讓他走了。

自己讓孟九安跟回來的最大目的，就是想讓村裡的人都瞧瞧，自己跟孟家是有交情與孟九安聊了一路，季知節對他的為人多少有了些了解。他跟其他權貴不同，雖是郡守家的二公子，但性格豁達爽朗、不拘小節，兩人頗為投緣。

「二公子送到這裡已是履行了承諾，四娘在此謝過二公子。」

孟九安可是在商場打滾已久的小狐狸，怎麼會不曉得季知節的如意算盤，既然達到她「炫耀交情」的目的，孟九安便點頭道：「既是如此——」

他話還沒說完，就被匆匆跑到馬車旁的人打斷了。「季娘子！妳終於回來了，符旺帶人堵住妳家了！」

「什麼?!」季知節詫異不已。這符旺的動作也太快了，還好今日江無漾沒跟著自己進城，不然滿院子的婦道人家，怎麼可能應付得來？

季知節急匆匆地跳下馬車就想往家裡趕，卻想到她最大的靠山不就在這裡嗎？於是她立刻停住腳步，朝孟九安看去。

見她欲言又止，孟九安心下了然，爽朗一笑道：「既是如此，送妳回到家再走也成。」

「多謝二公子。」

旁人不曉得孟九安是什麼身分，只覺得他衣著華麗、談吐不凡，身分地位肯定不一般。

符興心裡有了計較，對李歡說道：「既然妳兄弟認了罪，便要隨我們走一趟，這位娘子的——算是狐假虎威吧。

若是不服氣，可以跟過來。」

李歡皺眉，心想他們兄弟這是打算魚死網破。她沈下臉色道：「你們眼中還有沒有王法？又將律法置於何地？」

「律法？在這裡我就是律法，就算是天皇老子來了也沒用！」符興口氣狂妄。

他帶來的人將院門撞開，符興上前一把抓住李歡的手要將她帶走，嘴裡還說著污言穢語。「美人兒，今天讓爺好好疼疼妳！」

李歡另一隻手賞了他一巴掌，怒道：「下流！」

符興不氣也不惱，道：「待會兒就讓妳看看什麼叫真下流。」說著就要拖著李歡離開。

江無漾剛才被門板撞開，來不及護住李歡，這下哪裡會讓他走，馬上過去對準符興的心窩猛力踹了一腳。

符興瞬間倒在地上捂住胸口，半天爬不起來，江有清乘機將李歡帶走。

見狀，符興又氣又疼，對著手底下的人怒吼道：「都沒長眼嗎?!」

其他人反應過來，迅速將他給扶起來。

村民還是第一次見到有人敢跟符興動手，不知是誰大喊了一聲。「好！」

這讓符興氣不打一處來，喊道：「竟敢對朝廷命官動手，將他們都給我抓起來，一個也別放過，誰敢幫他們，一律同罪！」

在季知節回到家裡之前，此處已經陷入一片混亂——

江無漾正跟人纏鬥，一個打十幾個，讓人不禁為他捏了把冷汗；江有清護著李歡躲在一旁，眼裡滿是火氣；賀媛帶著江晚跟江晞躲在大屋子裡頭，還不忘用手遮住江晚的眼睛。

符興趁江無漾跟人打鬥的工夫，從一旁過來抓著李歡的手往外頭拖去，江無漾想過去救援，卻被人纏住，脫不了身。

江有清死死拉住李歡，誰知符旺跑過來幫符興，拉著江有清道：「妳跟我走！」

其他人看了雖然於心不忍，但實在不好跟官府作對。

忽然間，一道小小的身影快速朝他們衝去，那人胸前抱著一顆石頭，猛地朝著符旺砸去，符旺還沒看清楚對方是誰，額頭上就被砸出一道口子，血頓時流得滿臉都是。

第十四章　出手整治

季暉一愣，沒想到自己真能傷了符旺。他原想躲在外頭不出面的，然而瞧見李歡跟江有清就要被抓走了，內心一股怒火往上竄，找了顆石頭跑上前。

符旺用手朝額頭上摸了一把，溫熱的液體立即沾濕了他的手掌，他怒吼道：「還不將這小雜碎給我綁起來？今日我要弄死他！」

季暉撒腿就跑，可他畢竟還是個孩子，哪裡跑得過大人，兩三下就被人壓制住了。

符興用這三人威脅江無漾。「你若是再敢反抗，我就打他們一頓！」

無奈之下，江無漾只好放棄反抗，隨即被人團團圍住。

符旺氣不過，拿起官差的鞭子就要朝季暉身上揮去。「看我不打死你！」

「我看你們誰敢！」一道喝斥聲在空氣中迴盪，聲音嘹亮又帶著些許威嚴，讓符旺不禁停下了手。

「阿姊！」季暉就像是看到了救星，他朝抓住他的官差手上咬了一口，官差手一鬆，他就一溜煙地跑到季知節身邊。

季娘子怎麼這個時候回來了，這豈不是讓人一鍋端了？不少人為她擔心。

江無漾瞳孔一縮，朝季知節搖頭，示意她快點走，可視線一移動，就在她身後瞧見一位氣質非凡的公子。

只見那公子也正饒有興致地打量著自己。

「原來是季娘子回來了，正好一併帶走。」符旺冷眼看著她說道。

季知節將季暉拉到自己身後護著，不禁暗嘆這小子也太狠了些，他下手要是再重一點，符旺的腦袋就要開花了。不過看來他是個學武的料子，趕明兒讓江無漾教教，說不定將來能成氣候。

「只怕符大人是帶不走人了。」季知節的態度不卑不亢，像是在敘述一件無關緊要的小事。

符興並不將她放在眼裡，不以為意地說道：「其他地方本官不好說，但是在西平村，沒有本官帶不走的人。」

季知節輕笑一聲，轉頭對站在她身後的人輕聲問道：「是這樣嗎，二公子？」

聞言，符興馬上瞪大了眼。在萊州府，除了那個人以外，還有誰敢頂著「二公子」這個名號？

季知節讓開一條路，秀出她的王牌。

符興定睛一看，這不正是孟九安本人嗎？他嚇得跪趴在地，渾身哆嗦得說不出話來。

然而符旺有眼不識泰山，他上前拉扯著自家二哥。「二哥你跪在地上做什麼，快將那小兔崽子抓起來替我報仇！」

符興額間頓時冒出了冷汗。光影之下，孟九安的神情教人看不清楚，直覺告訴符興，他這個官算是做到頭了。

符興將弟弟的手扒開，朝孟九安狠狠磕了幾個頭道：「二公子，小人知錯，還請您網開一面！」

其他人這才明白季知節帶回來的究竟是什麼人。江家的人不禁面面相覷。怎麼季知節才去了一趟城裡，就結識了萊州郡守家的二公子？唯獨符旺，他還是不曉得這人是誰，只知道自己的二哥似乎惹不起對方。半晌後，他也跪在地上了。

院內燈火微弱，清冷的月光照耀在大地上，孟九安帶來的人將圍觀的人群驅散開來，無人敢造次。

孟九安一襲深紫色華服，即便是坐在這破舊的院子裡，仍舊令人心生敬畏。

季知節為他泡了杯茶。她原是想替鄭氏做個茶葉枕，所以買的茶葉品質不算太好，也不曉得孟九安會不會吐出來。

孟九安拿起杯子淺抿了一口茶，臉上看不出表情。

看著地上烏泱泱跪了一批人，孟九安沈聲道：「我雖不掌管州府事務，但罷黜你還是綽綽有餘，此事若是被我大哥知曉，就不只是免職這麼簡單了。」

聽他提起大公子，符興背上的冷汗浸濕了衣服。他豈不明白，此事若是被大公子知曉，他這條命就沒了。

早知如此，他就不該聽母親的話，幫老三來蹚這渾水。

「多謝二公子饒命。」

符旺額頭上的血是止住了，卻還疼著。他覺得委屈，又不曉得孟家的厲害，從地上坐起身來道：「二公子明擺著偏袒他們，是那人動手打草民在先，為何不能罰他？還是說二公子與季娘子有染，故意向著他們說話？」

這人思想齷齪，不管想什麼都下流。

季知節只覺得符旺嫌自己命太長，孟九安也從鼻腔裡冷哼了一聲。

不用別人動手，符興先打了自己弟弟一巴掌，怒道：「叫你胡言亂語！」

好不容易才止血的額頭又冒出了血絲，符旺不敢相信一向疼愛自己的二哥竟然會打他。

「你打我？」

「你再多嘴，小心我打死你！」

符旺何時見過自家二哥的表情這般凶狠，頓時不敢再說話。

孟九安坐在院子中間，語氣平靜地反問道：「我為何不能偏袒？」

對付這種無賴，光講道理是沒用的，官大一級壓死人，更何況孟九安的身分在西平村都頂上天了。

季知節忽然笑出聲，但又馬上憋住了。這孟九安還真是不按常理出牌。

孟九安斜眼瞥了季知節一下，拿起桌上的茶水又喝了一口，道：「若是換成我大哥，或許還能跟你講道理，但在我這裡，沒這麼多道理可講。」

他擺了擺手，一副不欲多言的樣子，任由身邊的人將符興等人拿下。

孟九安繼續說道：「符興免了官職，再通知大哥一聲，好好查查錦城的大小官，這種欺壓百姓的事都做得出來，怕是不將萊州府放在眼裡了。」

說完，他又看了符旺一眼，道：「將他收押，抄完一百遍律法後才能放出來，其餘官差罰俸一年。」

處理完這件事，孟九安也不打算多待，見他要走，季知節忙道：「二公子若是不嫌棄，就留在這裡吃個飯再走吧。」

她耽擱了他這麼多時間，又讓他幫忙出頭，是該請他吃頓飯。

孟九安瞧著桌上那杯茶水，眼神有些意味不明。「不了，還有事要辦，不好耽誤。」

季知節算是明白了，孟九安這是嫌她的茶水難喝。

孟九安淡淡一笑，目光落在江無漾身上，問道：「不知季姑娘與這位是何關係？」

季知節如實回答道：「這是我的表哥，江無漾。」

孟九安點點頭。身為孟家人，怎麼可能不知道江無漾是誰，他站在江無漾面前道：「方才瞧江兄身手不凡，可有意入我孟家？」

這是想招攬江無漾？季知節挑了挑眉。

孟九安這話真假難辨，也不知是敵是友，江無漾身分特殊，要是孟家拿皇子的身分做文章，豈不是令江無漾深陷險境？可這也是江無漾目前能抓住的最好機會了。

季知節見江無漾那雙毫無波瀾的眼眸，便知他心中已有打算。

只見他平靜道：「多謝二公子好意，在下暫時不打算投靠任何人。」

這算是告訴孟九安，自己也不會歸入其他人名下。

孟九安也不意外，頷首道：「既是如此，也不強求。若是有朝一日江兄想通了，可以來品香閣找我。」

說完，孟九安頭也不回地離開，院子裡頓時空了下來，只留下季知節買回來的大大小小十幾箱東西。

江有清看著那遠去的身影，問季知節。「這究竟是怎麼了？」

季知節揀著重要的事情說了一遍，又道：「本來是想請他在村裡轉一圈，被人瞧見以後，就沒人敢找我們麻煩了。今日幸虧有他在，總算沒出什麼事。」

看著人走遠，賀媛才帶著兩個孩子從屋子裡出來，江晚一見到李歡就撲在她身上，哭得一把鼻涕一把眼淚。

李歡將她抱在懷裡，柔聲安慰道：「晚姐兒莫怕，母親沒事。」

勸慰了半晌，江晚才停止哭泣。

夜色已晚，季知節也沒了做飯的心情，好在回來時買了幾個油餅子，拿出來分了分，剛好夠大夥兒吃。

季暉看著擺了滿地的箱子，終於回過神來。「阿姊，妳這買的是什麼東西？」

大包小包這麼多，得花不少錢吧？

季知節神秘兮兮地打開一個盒子，裡面裝著幾根冰糖葫蘆，剛拿出來，江晚就止住了哽咽，心想表姑手裡那紅通通的果子還挺好看的。

見女兒感興趣，李歡就把江晚放到地上，季知節立刻拿著一根上前給她。「喏，這就是冰糖葫蘆。」

江晚輕輕舔了一口，一股甜味頓時充滿了嘴裡，她笑嘻嘻地道：「真甜。」

季知節為每個人都準備了一根冰糖葫蘆，最後遞給江無漾的時候，他明顯愣住了，遲遲不肯伸手去接，季知節忍不住說道：「拿著，手都痠了。」

江無漾這才從她手中接過東西。

季知節坐在凳子上咬了一口山楂，濃郁的蜂蜜混合著山楂，酸甜可口，她不禁感嘆道：「生活已經夠苦了，總要有點甜味才行。」

聽到她這麼說，季暉馬上點頭附和道：「對對對，阿姊，我下次還要吃。」

「我也要。」江晚從母親懷裡探出頭來，跟著說道。

看著手裡還未動的冰糖葫蘆，江無漾想遞給江晚，卻被季知節攔住了，她點著江晚的鼻子道：「原來這隻小饞貓不夠吃啊。」

江晚順勢勾住季知節的脖子撒嬌道：「表姑對我真好。」

李歡看著女兒不吝嗇地表達對季知節的喜愛，心裡歡喜之餘，不免偷偷瞪了江無漾一眼。

她瞧那孟二公子對季知節好像挺感興趣的，說不定兩人以後會走在一起。

江無漾這個小叔真是呆子，媳婦都要被人搶走了，還一副毫無所覺的樣子，真是急死人了。

季知節沒察覺到異樣，顧著跟江晚培養感情，一大一小開開心心的。

至於江無漾，他吃著冰糖葫蘆，心底也泛起了絲絲甜意。

江無漾洗完澡，瞧見廚房的燭光還亮著，察覺光線明顯比之前大了不少，他輕輕走過去，果然發現季知節在裡面收拾東西。

今天買回來的東西大部分都被她收進了馬廄，剩下來的都是廚房日常使用的，原本有些空的廚房已經被填滿，她正把物品調整到順手的位置。

等整理得差不多了，他就見季知節看著水缸的水發呆，接著用手在空中了比劃兩下，像是在測量位置。

「這裡想怎麼做？」

季知節被這突如其來的聲音嚇了一跳，見來人是江無漾，一顆心才回到原來的位置。

只見她神秘一笑，說道：「明天你就知道了。」

鄭秋腰疼，在家裡躺了一、兩天了，季知節生起火，打算炒熱粗鹽為她熱敷一下。

江無漾睡不著，索性在旁邊替她添柴火。

「你怎麼看孟九安的邀約？」針對這個問題，季知節有自己的想法，卻不明白當事人是怎麼想的。

江無漾想了一下，答道：「孟家若是真心實意邀約，還會再來的，如今敵我不分，一切還是小心為上。」

跟她想的一樣。江無漾的身分太過特殊，若是被華京那幾位知曉他跟孟家接觸，怕又是一場災難。

「孟家邀你加入，莫不是要反？」話剛說出口，季知節連忙捂住自己的嘴，過了一會兒才又低聲說道：「若是真要反，你要做的事情就方便許多了。」

季知節邊說邊炒著鍋裡的粗鹽，沒瞧見江無漾眼底閃過的一絲亮光。

庭院深深，長廊上掛著明亮的燈籠。書房裡的三人，正在談論今日發生的事。

孟九安夜裡匆匆返回萊州府，一路上完全不停歇，連飯也沒吃幾口，就是想盡快與父兄說自己遇見了六皇子。

聽完他的話，孟百京放下手中的書本，問道：「六皇子在西平村？」

「是，跟著他的還有季家的嫡女。」

孟百京點了點頭。季知節跟江無漾有婚約在身，兩人在一處並不奇怪。一旁的萊州郡守孟澤聽了以後，說道：「你去招惹他們做什麼，要是被上頭那位知曉，怕是要對萊州不利。」

這話孟九安可不贊同。「新帝才剛剛上位，便要各州貢獻賀禮，賀禮不合他的心意就要處罰，哪有將各州放在眼裡的意思，此刻怕是各州心中都不痛快。」

孟百京掌管州府事務已久，對眼下形勢看得透澈。他跟孟九安想的一樣，天下很快就要動盪了。

十三州的自治程度極高，新帝剛登基不久，尚無實權可言，不先與各州聯繫感情，反而苦苦相逼，若是逼得狠了，各州也不是不可能造反。

孟百京交代道：「你先與他們打好關係，若是真有那一日，用得上六皇子。」

聞言，孟九安應下。

季知節不知道從哪裡搞來了助眠香，昨晚為江無漾點了一根，讓他難得睡了個好覺。

聽見外頭砰砰直響，江無漾迷迷糊糊地揉著眼角，似乎還沒從睡夢中清醒過來。

「這樣總行了吧？」

粗壯的男聲從外頭傳了進來，江無漾眉頭一皺，起身朝外走出了門。

「不行，都說這裡要留的圓孔得跟這竹子差不多大。」季知節的語氣滿是無奈。

「妳這娘子怎麼這麼無理取鬧呢，哪能與一根竹子的大小一模一樣！」男人態度蠻橫。

江無漾剛出去就被眼前的景象嚇到了，院子裡有五、六個男人，其中三、四個人將馬廄拆了一半，他聽到的聲響就是從這裡傳出來的，另外兩個人則正跟季知節在廚房門口爭執著。

站在大屋子外面的江有清不知從哪搞來了瓜子，見他起來，就將瓜子遞給他道：「來一點？」

江無漾搖頭道：「這是？」

「四娘打算將馬廄拆一半，改成一間屋子給你跟暉哥兒住。」江有清答道。

江有清沒把話說完，季知節還說要將江無漾如今住的地方改成她的住處，這樣她就不用睡在地上了。

馬廄那邊已是亂七八糟，江無漾朝季知節走過去，見她正與人爭論，地上有一個四四方方砌好的石臺，只是中間預留的排水孔大了一些。

工人們不明白她要怎麼做，溝通了半天仍然沒有結果，已是有些不耐煩了。

「我來做吧。」江無漾輕聲道。

見他過來，季知節彷彿看見了救星。「原本打算讓你輕鬆些，想不到還是得靠你補救。」

江無漾熟練地拿起工具將石臺修補好。

季知節像是想起了什麼，說道：「等等。」接著朝馬廄跑過去。

等她再回來的時候，手裡就提著嶄新的工具。「喏，給你的。」

江無漾看著這些東西沒說話，內心卻不如表面上那麼平靜。

東西交給江無漾處理，季知節再放心不過，轉頭去了馬廄當監工。從古到今，裝修都是個大難題，工人總是趁你不注意敷衍了事。

不得不說，人一多動作就快，才一個上午，半間屋子就差不多蓋好了，只差個屋頂。讓江有清繼續盯著以後，季知節就進了廚房做飯。

正好今日人多，可以試試看白斬雞合不合他們的口味。

第十五章　精打細算

自從知道牛大郎家裡養了很多雞，季知節就想把自家的雞給宰了，但又捨不得牠們每天下的雞蛋。

季知節拿了二十四文錢給季暉，讓他去找牛大郎買兩隻雞回來，人這麼多，一隻雞怕是不夠吃。

得知又有新料理能吃，季暉興高采烈地跑了出去。

自從引水進入廚房，季知節就不怕用水過度了，煮白斬雞，要讓水淹過雞才行。

等水煮開的工夫，季知節調了兩種醬料，切了點薑片跟大蔥放入水中去腥，再放入花椒、八角、桂皮增香。

想了想，季知節切了點小米椒放在一旁備著，她還是喜歡吃點辣。

水燒熱時，季暉提著兩隻處理好的雞回來，還用荷葉包著雞雜。

季知節打算炒一盤雞雜，再煎一條魚、炒個青菜，加上蛋花湯，也夠吃了。

江無漾幹完手裡的活，將石臺搬進廚房裡。昨日他就已經在廚房的地上開好了孔，上面插著一根竹子，石臺的孔洞剛好對得上。

他瞧見季知節放在手邊的雞雜，打算拿來洗洗看，移開出水口的石頭以後，水流從裡面冒出來，往下流進石臺。

江無漾見廚房的地上沒滲出水來，就去外面看看排水的情況。廚房外的坡下有個小口，剛好能讓污水從那邊流出去。

見一切妥當，江無漾才回到廚房裡。

季知節將雞放入水中燙熟，正打算洗雞雜，一伸手卻摸了個空，轉身就見江無漾在石臺那邊洗了起來。

他眼下的烏青淡了不少，想來昨晚應該睡得不錯。

那助眠香是孟九安介紹的，說是他兄長睡不著時便會點上一根。孟大公子用的東西斷不會有問題，只是十幾根香就花了整整二兩，光想就肉痛。

感受到季知節的目光，江無漾抬起頭問道：「怎麼了？」

「沒事。」季知節尷尬一笑，轉移話題。「下午新屋子就要建好了，想讓你去量量尺寸，下村有戶人家在做竹床，你去買幾張回來。」

江無漾應下，思索了一番後，又問季知節。「怎麼忽然想建屋子？」

當初母親的意思是要接濟季家，可住在一起以後，才發現不是想像中那樣。他們完全靠季知節養，要不是她，或許自己會讓家人餓肚子。

她所做的一切，他無以為報。

其實建屋這個想法不是突然就有的，只是季知節一直沒說。江無漾睡的地方雖與大屋子隔了一堵牆，但裡面都是女子，總歸不方便，還有季暉，老是縮在地上蜷著腿，她都擔心以後他會長不高。

「唉，還不是因為暉哥兒，整日睡在地上，開門關門的不方便，他也長大了，跟著我與母親住在一屋不好，就想做間屋子，讓他跟你住一起，也能讓有清躺在床上。」

「謝謝。」江無漾不知道說什麼才好，許久才憋出這兩個字來。

季知節瞪圓了一雙眼，彷彿受到了驚嚇。「跟我道什麼謝，要不是姨母讓我們住進來，只怕我要帶著家人住在破廟裡呢。」

說著，她俏皮地歪頭笑道：「我擅自改動屋子的形態，若是姨母怪我，表哥可要為我說話才是。」

江無漾愣了愣，低下頭道：「母親不會說妳的。」

季知節當然知道賀媛不會說她，她只是不想讓江無漾難受而已。在她的記憶裡，江無漾對人始終淡淡的，何時流露出這般無助的神情。

他是原主喜歡的人，而她希望原主的親人都過得好，這樣她才能讓心裡好過一些。

閒聊的時候，雞湯熟了，取出來後放在涼水中過一遍，這樣雞肉會收縮起來，更有嚼勁。

季知節拿其中一隻來做白斬雞，另一隻要做手撕雞。做法不僅簡便，在天氣熱的情況下，吃起來也爽口。

放涼的雞切塊裝盤，再來處理手撕雞。剛從水裡拿出來的雞肉溫溫涼涼的，肉質鮮嫩，輕輕一撥，雞肉就散開來。

季知節將雞肉撕得很細，方便年長者跟孩子吃，雞肉撕好之後，再放入準備好的醬料中涼拌。

有活水在廚房裡，做起事來很快，江無漾已經把魚處理好洗乾淨了。

起鍋放油，等油七、八分熱，放魚進去煎，煎至兩面金黃。放入花椒、八角調香，加入蔥、薑、蒜跟少許辣椒炒出香味，再放點生抽跟醋，最後撒點鹽跟胡椒粉，用大火收汁，一道紅燒魚也做好了。

季知節端著蛋花湯出去的時候，就看見幾個工人對著桌上的白斬雞發愁。

他們幾個人總是在外頭跑，有的人家裡能吃的東西不多，難得在東家這裡看見肉，原本很高興，心道季娘子還挺大方的，可等料理上了桌，看見這雞，卻不敢下筷子。

季知節疑惑地說道：「怎麼不吃？」

做好的菜都是一分為二，一半給砌屋子的工人，另一半給自家人吃，江無漾他們等她一起吃很正常，工人們不吃倒是奇怪了。

「季娘子這雞沒熟吧，怎麼還有血啊？」其中一個工人為難道。

季知節笑出了聲來，解釋道：「幾位大哥莫怕，這不是沒煮熟，血已經凝結了，剛剛出鍋的，雞肉還嫩著，現在吃正好。」

東家都這麼講了，工人們不好再說什麼，然而吃飯的時候，他們都自動避開這道白斬雞。

另一桌的情況就不是這樣了。

季暉先是嚐了口手撕雞，感受到雞皮的柔軟與酥脆，上面覆蓋著一層薄薄的油脂，入口即化。雞肉香嫩，裹滿了醬料，清爽又不失滋味。

他又嚐了一口白斬雞，跟手撕雞的香脆不同，這道料理保持著雞肉的原汁原味，蘸著醬料吃，口感滑嫩，每塊肉都飽滿多汁。

「阿姊，這雞真好吃！」季暉不禁誇讚道。

江有清笑道：「哪回做飯你不說好吃？」

季暉小聲嘟囔道：「妳做的飯我就覺得不好吃。」

「你這臭小子。」江有清作勢要打他。

李歡笑道：「要我說啊，這兩道雞都別具風味，瞧著做法也不難，就是醬料不容易調。」

季知節點頭道：「對，就算別人想模仿，也做不出相同的味道，你們覺得拿出去賣如何？」

對於自己的手藝，季知節很有信心，但是不知道本地人的接受度如何。

賀媛道：「天氣正熱，吃這些很好，四娘的手藝如此精湛，等人嚐過了，肯定會回頭再買。」

也是，總要先做出去賣，才知道反應如何。

聽東家的人都說好吃，工人們也想嚐嚐是什麼味道。手撕雞他們吃過了，雞肉入味又清爽，做完工吃舒服極了，味道更是一絕。

其中一個工人忍不住挾了一塊白斬雞蘸了點醬料，入口之後，立刻朝另外幾人說道：「快吃快吃，我還沒吃過這麼嫩的雞肉！」

他這一說，其他人都迫不及待地挾了一塊品嚐，發現滋味果然不俗。

第一個吃的人不好意思地撓著頭，問季知節。「季娘子打算何時出去擺攤，我想買點回去給家裡的人嚐嚐。」

「妳瞧，生意不就來了嗎？」賀媛笑道。

季知節面帶微笑說道：「還要過幾日，我打算擺在村口附近，大哥若是瞧見，可以去買一點。」

「還要幾日？」江有清不解。東西明明準備得差不多了，雞的價格也已經談好了不是嗎？

「嗯，還差一樣東西。」

「什麼？」江有清想不出還差什麼。

季知節的目光落在江無漾身上，道：「得麻煩表哥替我做一張有檯子的推車。」出去擺攤，沒個小推車怎麼行？

吃過午飯以後，幾個工人恢復了力氣。他們沒吃過這兩種雞肉，做起活來都精神抖擻，還未到下午，連屋頂也封好了。

在季知節要求下，幾人又在屋頂上加了一層油布跟乾草，這樣就不會漏水了。

臨走時，工人們還不忘叮囑季知節早些出去擺攤，他們想買雞肉嚐嚐。

一間屋子隔出兩個獨立的房間，這樣江無漾與季暉就有了各自的小天地。季暉當下就回小屋子收拾地鋪，說什麼都要立刻住進「新家」。

季知節拿他沒辦法，心想不曉得江無漾能不能早點買張現成的床回來，季暉總在地上睡，遲早會睡出毛病來。

湯藥熬好了，季知節端進小屋子去給鄭秋。昨日幫她的腰熱敷了一會兒，眼下勉強能坐起身來。

季知節推測她這是患了風濕，決定等下次進城時再買些草藥回來讓她泡一下身體，改善症狀。

鄭秋不曾得過這麼厲害的病症，只覺得自己快死了，她瞧不得季知節操勞，說道：「妳本就辛苦，如今還要照顧我……」

季知節將湯藥擱在一旁放涼，從櫃子裡拿出一床新棉被道：「不辛苦，橫豎都是我該做的。」

「總是睡這麼涼的床可不行呢。」季知節說著，將新棉被鋪在床上。

半晌沒聽見鄭秋的聲音，季知節轉過頭去，就見她默默流著眼淚。

「全都怪妳爹，要不是他，咱們母子三個怎麼會受這種罪？」

這還是鄭秋頭一次說起對丈夫的埋怨。以前她總是罵太子跟賀媛，從沒說過丈夫的壞話，但她很清楚，一家人會變成現在這個樣子，都是因為丈夫。

季知節心裡也難受，她替鄭秋擦了擦眼淚，道：「別說什麼怪不怪的，父親有自己的難處，在其位謀其職，他只是做了該做的事。」

鄭秋覺得自己真的說不過女兒了，現在她說話、做事都有道理，跟以前大相逕庭，完全變了個人。

她不像賀媛他們那樣察覺到季知節的不對勁，只以為女兒是受了太大的刺激，短時間內迅速成長。

鄭秋愛憐地撫著季知節的鬢角道：「母親希望妳永遠是那個沒長大的小姑娘。」

「那可不行，要是長不大，以後怎麼帶母親跟暉哥兒住好地方呢？再過些日子，我就帶你們去錦城。」

鄭秋被她逗笑了。「就妳手上那幾兩碎銀子，還想去錦城買屋子？」

她看著滿屋的新東西，心想女兒的錢只怕所剩無幾。

季知節神秘兮兮地從懷裡拿出一張紙來，上頭寫了幾個大字——五十兩。

鄭秋懷疑自己的眼睛出現了問題，揉了揉又看，確定是五十兩，上面還蓋著孟家的印鑑。

她不禁壓低聲音問道：「妳哪來這麼多錢？」

季知節得意道：「我賺的，母親千萬別擔心我，好好養身體，以後我要帶著您過好日子，暉哥兒也還等著您給他找媳婦呢。」

鄭秋既高興又驚訝，心想自己這個女兒真是太能幹了。她叮囑道：「這事妳千萬別告訴其他人，錢不露白。」

季知節明白她的苦心，點了點頭。

快到傍晚時，江無漾從外面回來了，還雇了輛牛車，上頭擺著四張竹床。

臨出門的時候，季知節給了他二百文錢，讓他有合適的床就先拉回來，沒想到他竟然買這麼多。

江有清微微發愣，問道：「六哥，你買這麼多床做什麼？」

明明只差三張床啊！

瞧其中一張床寬大了些，季知節懂了。「這是買給姨母她們的，原本的床四個人睡，擠了些。」

江無漾看了她一眼，也就只有她懂自己。

賀媛一聽便道：「咱們幾個擠擠就能睡，花這錢做什麼？」

江無漾不理會母親的推拒，他先將原本的大床跟小桌子搬出來，挪出空間給更大的新床。那張舊大床本來就放不進新蓋的屋子裡，只能先放在院子裡，至於小桌子，被放進了外間。

季暉跟季知節將自己的床抬了進去，李歡則幫江有清放。

等床擺好以後，季暉高興地在竹床上打了個滾——他終於能睡在床上了。

季知節走出新屋子的時候，就見江無漾站在院子裡看著舊大床發呆，不禁想他這是怎麼了？

她朝江無漾走過去，問道：「可要我幫忙？」

江無漾難得有了反應，說道：「不用。」

話雖如此，他卻是一副欲言又止的模樣，一看就有事。

「說吧，到底怎麼回事？」

江無漾將錢袋子還給季知節，數了數，除去拉牛車的運費，他花了大約七十五文左右，她不禁眉頭微皺。

她問過牛大郎，一張竹床的價格在二十五文左右，江無漾買了四張，怎麼才花了這麼一點？

彷彿瞧出她的疑惑，江無漾解釋道：「一張大床三十五文，小床十二文——」

還未說完，季知節就打斷他的話。「剩下兩張床總共二十八文？你怎麼做到的？」

江無漾愣了一下才道：「我見他們正在做竹床，看起來也不算難，便自己做了兩張，他們只收了材料費。」

季知節巴不得為他鼓掌。「這不是省錢了嗎，為何一副愁眉不展的模樣？」

江無漾垂下眼眸道：「那張大床是我自作主張買的，錢算我跟妳借的，等賺了再還給妳。」

「就為這個？」還以為發生了什麼大事呢，季知節挑眉。「現在就有件能賺錢的事，你做不做？」

季知節畫出自己想要的推車，她知道只有江無漾做得出來，他能清楚地抓到她的重點，也不像其他人對她心存懷疑。

她滿懷期待地問道：「能做嗎？」

「能。」

得到江無漾的回答以後，季知節悄悄鬆了口氣。

推車本身的架構簡單，難處在於她想加上幾個抽屜，好放些錢什麼的。

江無漾看著那張多出來的舊大床，說道：「可以用這竹床做框架。」

他說行就行，這方面的事情季知節不想動腦筋，接著又聽他道：「只是還差些東西，明日我進山裡一趟。」

進山？她想去！

「我也要去，你這一個人去山裡，我不放心。」季知節把理由說得冠冕堂皇，其實只是想去吃果子。

江無漾看破不說破，點頭道：「好。」

隔天他們兩個人很早就出門了。山中雜草叢生，饒是季知節做足了準備，將袖口扎緊，腿上與胳膊上仍被咬了幾個包。

江無漾在前面帶路，季知節拿著一根事先準備好的木棍，每跨出一步前都先用木棍探路，生怕一不小心跟蛇對上。

昨夜她交代季暉上午去摸點螺，等她回來就能做炒河螺了。這兩日沒營業，不少人都上門催過，為了留住客戶，季知節跟他們保證今日會賣螺，她還打算做幾隻白斬雞試賣。

很快的，季知節看見了一片竹林，高聳的竹子像是一片綠海，青翠欲滴，一陣風吹來，發出沙沙聲響，悅耳動聽。

沿著曲徑小道走進竹林深處，季知節發現竹子的根部覆蓋著一層厚厚的苔蘚，就像是大自然鋪了一條厚重的地毯般。

走著走著，季知節發現地上冒出一小塊尖尖的東西，她停住腳步蹲下去一看——是竹筍！

剛冒出來的筍子鮮嫩得很，拿回去跟豬肉一起炒著吃，別提有多香了。

第十六章　山中遇蛇

江無漾在前頭走著，忽然發現身後沒了腳步聲，回頭一看，季知節正拿著鋤頭不知道在挖什麼。折回去一瞧，她已經將筍子挖出了半截來。

別看筍尖才剛冒出頭，地底下的根倒是不小，季知節求救似的看著江無漾，眼睛閃著亮光，江無漾便輕咳一聲道：「我來吧。」

挖出筍子一瞧，個頭不小，除了能直接涼拌吃，還能醃製成酸筍，運用在其他菜色上——螺螄粉感覺不錯，又有河螺又有酸筍的，是很好的特色料理。

季知節翻出一根繩子綁住筍子，用手提著不方便，她打算揹著，才剛動了念頭，筍子就被江無漾搶走了。

早知道他會搶去揹著，還不如等回程再挖……季知節有些不好意思。

很快的，江無漾就選好了要用的竹子，季知節做不了什麼體力活，只能在旁邊為江無漾打下手，不過他不怎麼讓她動手，所以大多數時間她都是用看的。

見她有些無聊，江無漾指著一個方向道：「那邊有果子，妳可要去瞧瞧？」

季知節立刻站了起來，她來就是為了果子的。「去去去。」

江無漾指的地方漲了零零散散幾棵果樹，果子有兩、三種，不太像是自然生長的，倒像是被人種下又丟下不管的。

此時正是荔枝跟芒果的季節，看著高掛在枝頭的果子，季知節二話不說就爬上去。

芒果樹大約六公尺高，季知節找了個樹杈坐下來，伸手摘了顆大芒果。用手捏了捏，果子是軟的，扒了皮就能吃，誰知入口一股酸味，讓她差點將早飯給吐出來。

難怪這果樹會被人給丟棄，也太難吃了。

季知節往隔壁樹上摘了幾顆龍眼，現在還不到季節，吃起來有股甜味，但肉不算太多，沒什麼好吃的。

荔枝倒是很大顆，外觀也很漂亮，剝開皮後香氣撲鼻。

季知節咬了一口荔枝，味道跟現代沒什麼區別，最大的差異就是甜度不夠，稍微酸了些。不過現代的荔枝品種大多經過改良，這時候的荔枝能有這個味道已經很不錯了。

整體看下來，季知節對芒果最感到可惜，這麼大顆，不能吃真是可惜了。

季知節不信邪地又摘了一顆稍微硬一點的芒果，用隨身攜帶的小刀割了一條果肉下來吃，硬的反倒沒熟的那麼酸，蘸點鹽應該不錯。

她摘了些荔枝跟青皮芒果放入布包裡，心想至少能解點饞。

布包裝得快滿時，耳邊忽然傳來「嘶嘶」一聲，季知節環顧一圈，卻什麼都沒發現。

然而這聲音太過清晰，甚至能聽見蛇遊走的聲響，季知節頓時不敢輕舉妄動。天曉得那玩意兒會從哪個方向過來？

心臟跳得快從身體裡蹦出來時，季知節終於在芒果樹上看見了一條正在吐信的蛇，她吞了吞口水，一時之間不知道該怎麼辦。

那條蛇明顯察覺到了季知節的存在，朝她的方向而來，牠的眼睛散發出冷靜而警覺的氣息，通身花紋與樹幹同色，讓人難以分辨。

蛇朝季知節爬去，不斷伸出的舌頭靈活舞動，像是準備好展開攻擊。

季知節低頭看了地面一眼，早知道就不爬這麼高了……

她在直接讓蛇咬一口，還是摔死了再讓牠咬一口兩個選擇之間搖擺不定，忽然間，蛇爬行的速度慢了下來，也越來越靠近季知節，她忍不住在心裡罵髒話。

還是摔死了再讓牠咬吧，至少沒那麼恐怖。季知節一邊想，身子一邊朝地面倒去，蛇朝她原本的位置撲去，卻撲了個空，撞在樹幹上了。

「啊——」

少女的尖叫聲在山中迴盪，江無漾手一頓，立刻丟下工具朝季知節而去，不敢有任何耽擱。

季知節倒是沒摔死，就是掉下來的時候被懷裡的果子硌著屁股，疼得眼淚都要流下來了。

那條蛇不肯放過季知節，飛快地從樹上下來，在地面上跟季知節大眼瞪小眼。

季知節屁股疼得厲害，動作稍稍慢了一步，差點跟那條蛇來個親密接觸，好在一顆石子從她頭頂上飛過，準確地打在蛇身上。

媽啊，救星終於來了！

蛇被打得暈頭轉向，卻沒忘記自己的任務，很快就恢復過來，繼續朝兩人爬過去。

江無漾瞥了那條蛇一眼，並未將牠放在眼裡。這是嶺南常見的蛇，沒毒性。

將季知節扶起來以後，江無漾關切地問道：「有沒有受傷，還能走嗎？」

季知節強忍淚水道：「沒、沒事。」

總不能跟他說自己屁股痛吧，況且也不好當著他的面揉屁股，只能趁江無漾對付蛇的工夫，連忙伸展了一下腰。

蛇沒想到會遭遇意料之外的敵人，江無漾迅速又準確地逮住牠，正打算削了牠的腦袋，就聽見身後傳來季知節的聲音。

「等一下，別殺牠！」

江無漾懷疑自己聽錯了，她不是怕蛇嗎，還要放生？

又聽她繼續道：「動手的時候別偏了，還能做點吃的。」

這才像她。

江無漾正要下手，季知節又擺手道：「算了算了，不吃了。」

想起剛剛那雙亮晶晶的蛇眼，她的胃裡一陣翻江倒海。

江無漾俐落地將那條蛇一分為二，蛇身在地上撲騰兩下之後，徹底沒了動靜。

季知節趕忙拉著江無漾離開，以前看過的人蛇電影畫面從腦海裡冒了出來，一想到那驚悚的場景，她不敢多待一分鐘。

直到江無漾繼續砍竹子時，季知節還沒能回過神來，她咬著自己烙的餅，眼神空洞，一點風吹草動都讓她心驚膽戰。

江無漾被這模樣逗笑了，只是不敢明目張膽，而是低著頭輕扯嘴角。

聽見他的笑聲，季知節有如大夢初醒，從布包裡拿出一塊餅道：「先吃點東西吧。」

江無漾斂起笑意，走到她身邊坐下。咬了口餅，餅皮酥脆，夾雜著豬肉末，瘦肉跟肥肉融合，口口都是油水，用來充飢正好。

他還沒吃過這麼特別的餅子。

江無漾想問季知節是怎麼學會的，可想起母親說的話，到了嘴邊的話又嚥了回去。算了，這樣也挺好的。

季知節做了四個肉夾饃，她吃一個就夠了，怕江無漾吃不飽，就多備了些。

吃完後嘴裡油膩膩的，季知節想起布包裡的荔枝，吃來解膩正好。剩下的餅子江無漾都吃完了，她就給了他幾顆荔枝。

江無漾在華京時沒吃過荔枝，只覺得果肉飽滿多汁，肉質柔軟卻不失爽脆，細膩而有嚼勁，味道甜中帶酸，感覺很不錯。

吃飽以後，季知節恢復了力氣跟精神，隨江無漾處理好了竹子。

回程時，季知節看著這座樹木茂密的大山，心想以後她還是別進來的好。

返家之後，江無漾就忙著製作推車，季知節則給了季暉錢去買四隻雞。

趁著等候的工夫，季知節炒起了河螺，剛燜上就有人上門問：「季娘子又開張了？」

讓人久等，季知節怪不好意思的，說道：「今日正常營業了，姊姊若想要，等會兒可以來買。」

婦人正要回去，轉頭就瞧見季暉提著幾隻雞回來，不禁好奇地問道：「季娘子這是打算做什麼好吃的？」

「白斬雞，天熱了，吃這個正好，姊姊等會兒可以來看看，要是覺得好吃，再買一點回去嚐嚐。」

「這雞打算怎麼賣啊，要是太多了，可吃不了。」他們家只有三口人，買多了不划算。

季知節笑著說道：「半隻十五文，再切一半八文，人不多的話，八文的就夠，還有腿跟翅膀能吃。」

婦人聽到能買一小塊，點頭道：「行，那季娘子待會兒給我留隻腿，我買回去給孩子嚐嚐。」

臨走時，她還跟季知節說會去通知其他人她出來做生意了。

季知節做飯的時候，江無漾的推車也有了雛型，照他這個速度，明日就能做出來了，等她再去錦城買些調味料回來，後日差不多就能開張。

天剛暗下來，便有人上門買吃食，有些不知道今日開門的人聞到香味，就自動地拿著盤子或碗過來了。

「聞到這香味，就知道季娘子又在做好吃的了。」一位婦人打趣道。

季知節笑著說道：「姊姊鼻子可真靈，剛剛出鍋呢。」

這回季暉抓的螺夠做上幾日，小傢伙貼心地先洗了個乾淨，季知節答應他下次去城裡時再給他買好吃的，讓季暉高興極了。

那婦人瞧炒河螺旁邊還放著一些用涼水泡過的雞，好奇地問道：「季娘子這雞也是要賣的嗎？」

「是，今日第一次賣，準備的量不多，姊姊可以買些回去嚐嚐。」

季知節做的炒河螺好吃，婦人也想嚐嚐其他吃食，只是雞比螺要貴多了，她猶豫地說：「一隻雞太多了。」

其實季知節想過要不要辦個試吃活動，但是買雞成本不低，最後她捨不得辦，只道：「這雞可以切成小份，小半隻八文。」

婦人一聽，咬了咬牙。雖說比自己買的雞貴了些，但要是好吃也值了，便道：「給我來小半隻吧，若好吃，下次再來找娘子買些。」

「好。」

下午季暉跟江有清去摘了些荷葉，用來打包這雞正好，只是醬料沒什麼東西能裝，所幸客人們都帶了碗來，她乾脆將炒河螺也用荷葉包好，碗拿來裝醬料。

看來以後還要準備一些大的包裝材料才是。

季知節特地交代道：「這雞肉有點血絲，卻是煮熟的，姊姊們瞧見莫怕，能吃。」

聽到她的解釋，婦人們點點頭，表示明白。

客人漸漸變多了，季知節忙不過來，江有清跟李歡便在一旁幫忙，有客人瞧見江無漾在做像推車的東西，便問季知節。「郎君自己會做這些東西？」

季知節看向那快完成的推車。原以為明天才能好，可江無漾的動作實在太快，出乎她意料。

她笑著回道：「對，他啊，會的東西可多了。」毫不吝惜對江無漾的誇獎。

婦人們都笑了起來，有人說道：「季娘子可真是有福氣，郎君不光模樣俊俏，手也巧，在外頭做這些東西，可要花好幾百文呢！」

季知節稱讚江無漾時，乘機打了個廣告。「是啊，本就是想做生意才需要推車，但要投這麼一大筆錢出去，也是有點吃力，幸虧有他在。」

「季娘子想在哪裡擺攤？」其中一個婦人問道。

「就在村口附近擺，姊姊們以後要是想吃，可以去那邊買。」

「這樣啊，村口也不遠，走兩步就是了。」

季知節笑道：「是，還請各位姊姊們以後多多關照。」

其餘的人又笑了，不過其中有個人猶豫地說道：「在村口那裡擺攤是不錯，就是其他村裡有幾個無賴，季娘子還是小心點好。」

說話的婦人是從別村嫁過來的，他們村裡品行差的就有一、兩戶，跟得了眼紅病似的，見不得別人好。

聽見她這麼說，婦人們紛紛點頭，有人說道：「也是，光是妳娘家村裡那幾個就不好惹，更別提其他村了。」

季知節心想也是，朝那婦人道了聲謝。孟九安處理掉符興跟符旺兄弟的事雖然鬧得大，但消息範圍侷限在西平村，別的村可不曉得，她總不能讓孟九安再隨她去每個村子裡逛一圈吧。

看來還是得跟衙門的人打好關係。

今日的炒河螺都賣完了，白斬雞還剩下一點，季知節也不擔心，等人嚐過就知道好吃，賣剩的就當作今天的晚飯了。

季知節進城這一天，江無漾堅持要陪她去。孟九安去過一次西平村後，倒也不怕有人再鬧到家裡去，季知節便同意他跟著。

兩人先過去茶鋪取分成的錢，這次足足有四貫。

季知節詫異道：「怎的這次錢這麼多？」

趙立德笑著說道：「四娘的方子好，二公子在錦城內的茶鋪都用了娘子的方子，有這麼多也是應當的。」

季知節頷首道：「那真是多謝二公子了。」

「是咱們要謝四娘才是，多虧了妳，茶鋪的生意才好了一些。」

趙立德是真心感激季知節。他花了五兩銀子買方子，二公子知曉後二話不說就給了他費用，更獎勵他十兩銀子，每個月的工錢還漲了一兩。

「這方子之後萊州各城的鋪子都會用上，四娘能拿到的錢會更多，隔幾日來取不是很方便，不如去錢莊開個戶頭吧，每隔三日，我會直接將錢存進妳的戶頭裡，這樣你們就不用來回跑了。」趙立德說得誠懇。

「錢莊？」這倒是個辦法，一直將巨款帶在身上實在不妥。

「對，孟氏錢莊，這也是孟家的產業，在萊州各城內皆可隨意支取，不管取整還是取零都行。」

「多謝掌櫃的告知，等會兒我過去瞧瞧。」

季知節跟江無漾臨走前，趙立德還不忘叮囑道：「四娘若是還有什麼方子，記得要告訴我。」

方子季知節有得是，只是她還在琢磨要給哪一個。自己日後還要將生意做大，總不能拿賣給別人的方子繼續用吧，她得想想。

正巧，茶鋪的臨街就有間孟氏錢莊，季知節出門時將五十兩銀票給帶上了，現在手上多了幾貫錢，銀票存起來正好。

錢莊裝修大氣，聽了季知節的來意後，錢掌櫃沏了壺好茶，待他們也是客客氣的。

只見錢掌櫃溫聲道：「這位娘子可是剛從茶鋪過來？」

其實他倒不是對誰都這個態度，只是二公子特地囑咐過，要是有一位姓季的娘子過來，要仔細應對，他可不敢拂了二公子的意思。

「是。」季知節以為茶鋪的趙掌櫃跟他提過，她在心裡向趙掌櫃道了聲謝，又道：「掌櫃的喚我四娘便是，我聽趙掌櫃說可以在這裡開個戶頭，以後便能來支取銀錢？」

確定來人的身分之後，錢掌櫃更客氣了，道：「沒錯，只是您可有信物在身上？」

「信物？」季知節一臉不明所以。

「咱們這裡支取錢財需要留下信物，若是信物對得上，才能取錢。」

季知節沒有這種東西，那根髮簪早在來錦城的路上給了官差，她只好說道：「不能開個憑據嗎，用憑據取也行。」

「四娘放心，憑據也有，只是難免遇上憑據造假的事情，有了信物，便是多一道保險。

尋常人家來取錢，多半是用玉珮或傳家的物品。」錢掌櫃說明道。

合著她為了取錢，還得去買塊玉珮？不管怎麼想都不太划算。

第十七章 拉攏關係

錢掌櫃看出季知節的為難，笑著說道：「我跟趙掌櫃是好朋友，聽他說四娘是他的貴人，我這裡碰巧有一塊玉珮，可以送給四娘當作信物。」

季知節連忙搖頭道：「這個可不行，怎麼能拿您的東西？」

錢掌櫃堅持道：「這不是什麼貴重的東西，就當跟四娘交個朋友。」

天底下沒有白吃的午餐，除非對方另有所圖。這個道理季知節還是懂的，她不敢多待，正想離開錢莊，卻被身邊的江無漾拉住，使著眼色要她答應。

季知節沒辦法，只好轉過了身子，硬著頭皮道：「那真是多謝掌櫃的了。」

錢掌櫃從鋪子後頭拿出了一個盒子來，一打開，只見那玉珮純淨通透。季知節一瞧就知道價格不菲，跟江無漾再三確認過後，他還是要她接下來。

季知節只好不停道謝，拿出身上的銀票存進錢莊，錢掌櫃則是拿了張白紙，打算將玉的紋路拓印下來。

「等一下。」

江無漾難得出聲，錢掌櫃立刻停了手，不解地看向他。

只見江無漾拿起桌面上的小刻刀，從錢掌櫃的手上接過玉，在花紋繁瑣處刻了個季字，位置隱蔽不易察覺。

錢掌櫃瞧見了，讚道：「郎君這一手雕刻的功夫出神入化，竟沒有損壞玉珮，就算是老師傅，也不見得有郎君這手藝。」

江無漾臉上沒什麼表情，也不答腔，季知節趕緊在一旁替他說道：「掌櫃的客氣了，就這手藝，上不了什麼檯面。」

錢掌櫃笑著說道：「四娘這話說的，我見過不少刻玉的師傅，郎君這手藝第一次見到，不知郎君有沒有打算在我這做活？」

有他這種手藝，還能為錢莊搞點副業。

「沒有。」江無漾拒絕得很乾脆。

提議直接被否決，錢掌櫃倒也不惱，等他拓好印，便將玉珮交給季知節。

季知節沒拿過這麼貴重的東西，生怕弄丟了，趕忙交給江無漾收好，這回去還不得供起來？

處理好拓印，錢掌櫃又給了她一張憑據，說道：「有這憑據，四娘可以在萊州各城的孟氏錢莊隨意支取，趙掌櫃來存錢的時候，憑據會一併放在錢莊裡，四娘得空再來取便是。」

「行，謝謝掌櫃的。」

「四娘客氣了。」

走在路上時，季知節聽見江無漾說的話，頓時無比震驚。「你說這是孟九安的意思？」

季知節完全不明白，孟九安為什麼要幫她，還要給她那麼好的玉珮。

江無漾沒回答。有些事情她知道得越少越好，如今孟家只怕是醉翁之意不在酒。

錦城衙門內，一名黑衣人快速穿過庭院，停在書房內，一襲錦衣華服的公子哥兒背靠紅木椅，雙腿放在桌上，腳下壓著一本《論語》。

此時他正閉著眼，一臉愜意地聽著手底下的人匯報情況。

「她收下了？」

黑衣人回稟道：「季姑娘原本不想收下，是她身邊的男子讓她收下的。」

孟九安睜開了雙眼，嘴角勾著不明的笑意。這江無漾心裡倒是明白得很，看來以後不用特地向他說起此事了。

他輕輕擺了擺手道：「盯著點，若有什麼事情，速速來報。」

黑衣人領命，迅速從書房內消失。

買齊家裡要用的東西以後，兩人去了品香閣，打算買一些點心。

季知節剛才跟江無漾商量過了，一致同意在出攤之前去衙門問問比較好。他們是外地來的，最好先弄清楚在本地做生意的規矩，不要什麼都不知道就在外面擺攤，免得哪一天惹上麻煩。

更何況，先跟官府打個招呼，也算是露了臉，日後好辦事。既然要去打交道，可不好空手去，帶著伴手禮總不會錯。品香閣的糕點再加上小酒，夠了。

在品香閣看店的姑娘一瞧見季知節，就朝店面後方跑過去，等她再回來的時候，身後就多了晚月。

見晚月沒離開，季知節非常高興。對於晚月，她總有一種惺惺相惜的感情，要不是她的手確實不方便，季知節很想嚐嚐她的手藝。

晚月見到季知節也很開心，上次她做月餅時完全沒避諱自己，顯然是將她當作朋友看待，既然是朋友，她便應真誠相待。

「季姑娘來了怎麼不打聲招呼，要不是這丫頭記得妳，我們就錯過了。」晚月笑著去拉季知節的手，將她領進了門，這才發現她身旁還站著一位郎君。

瞧他們兩人似乎很親密，晚月心裡有了底。

江無漾不曉得季知節上次來城裡發生了什麼事，默默跟在她身邊。

晚月倒了壺茶待客，又差人裝些糕點讓他們帶回去。

「晚月姑娘能繼續留在品香閣真是太好了，以後過來也能見著。」

季知節看了一圈沒見著秋月的身影，儘管好奇，卻不好意思過問，畢竟秋月跟晚月關係不太和睦的樣子。

晚月像是知道她在想什麼，說道：「二公子將秋月調走了，其他城內還有鋪子在，秋月手藝不錯，二公子不會讓她走的。」

「也好。」

季知節不知道孟九安用了什麼法子才讓晚月留下來，瞧她當時的模樣，去意甚堅。

「二公子答應我，若是我留在品香閣，往後閣裡要用誰，全由我說了算。我的師父將一生奉獻給了品香閣，最大的心願就是將自己的手藝傳承下去，我若能招募到更多人，便算是圓了她的夢。」

瞧晚月這般豁達，季知節頓時放下了心。

兩人又聊了一會兒，大多是晚月向季知節討教做點心的問題，好在季知節不打算開糕點鋪子，索性全告訴晚月了。

晚月聽得認真，在季知節他們離開之前送了好些點心。

季知節打開一看，發現裡面竟然有五仁月餅，而且似乎比她做得更好。

晚月在這方面果然是天賦異稟。

季知節想掏錢買，晚月死活不肯，說道：「這原本就是季姑娘的手藝，花錢買不太合適，要不是姑娘說不願意賣方子，我還要學趙掌櫃給妳分成呢！」

這讓季知節覺得自己與大把鈔票擦身而過，她哀怨道：「早知道能分成，就不該收二公子那銀票，我之後若是想到什麼好方子，定會來找妳。」

晚月被她逗笑了，說道：「好好好，記得千萬別給了旁人。」

江無漾手上滿滿都是東西，晚月送了兩人出門，臉上是止不住的喜悅，她真的從季知節那裡學了不少。

走出品香閣沒多遠，季知節就問江無漾。「你不好奇我與她是什麼時候相識的？」

江無漾搖頭道：「妳若想說就會說，我毋須多言。」

「行，買酒去！」

季知節跟江無漾並不知道，他們剛從品香閣出來，就被人給盯上了。

「大哥，我沒眼花吧，剛剛那個人是六表哥？」

其中一人扯著身邊的男子，指著不遠處的兩道身影。

那男子咬牙切齒道：「你沒眼花，他旁邊不正是季知節？」

這兩個男子是賀康的兒子，一個叫賀天，是賀康的嫡長子，另一個叫賀地，是嫡次子。

賀康一族在錦城落了戶，用手裡剩下的錢買了間屋子跟鋪子，在城裡做起生意。然而這些人都是浪蕩慣了的公子哥兒，並不是經商的料子，鋪子剛開張沒幾天，生意就要做不下去了。

他們聽說品香閣的糕點好吃，想過來買一點回去嚐嚐，沒想到會在這裡碰見江無漾跟季知節。

賀天對跟太子有關的人都恨得牙癢癢的，要不是他，自己怎麼會在錦城這種破地方，應該要在華京享福才對。

他臉上浮現一抹狠毒，低聲對賀地道：「跟上他們兩個瞧瞧。」

買酒是門學問，不能買得貴了，讓人覺得你有錢；也不能買得差了，讓人瞧不上你——季知節犯了難。

倒是江無漾看了一下，隨手就在後頭拿了瓶價格中等的酒來，對季知節說道：「就這個吧。」

「這個？」季知節有點遲疑。這瓶酒落了灰，一副沒人買的樣子。

江無漾解釋了起來。「這款酒對尋常人家來說價格偏貴，既然被放在內側，一般人是喝不到的。」

聽他這麼一說，季知節頓時明白過來。也好，就送平常喝不到的，她隨即拿了三瓶。

季知節瞧見店家有賣米酒，又拿了一些，打算回去煮給李歡喝。李歡生了江晞之後身體就不太好，正好幫她補補，再養一段時間，狀況應該就能改善了。

兩人提了東西便往衙門走去，得知他們的來意，衙役就指著右邊開著門的一個小房間道：「你們去那裡找劉大人就是。」

平日衙門要是沒什麼大事，劉祥貴就不在，只是這段時間為了瓷器的事情，二公子一直待在衙門內，他也就日日窩在房間裡沒亂跑。

「劉大人。」

劉祥貴還沒反應過來，就瞧見一個小娘子笑著朝房裡頭看來，他不解地問道：「妳是？」

季知節走上前自報家門。「民女剛搬到西平村，請教一下大人，若是民女想支個攤子，需要繳什麼稅嗎？」

有人願意繳稅，劉祥貴也樂得解釋。做生意要繳商稅，稅率約是百分之二，需要定期到衙門繳錢，若是不繳被查到，要吃牢飯。

季知節心想，還好過來問了，不然到時候可要遭罪。

她又問道：「需要在衙門註冊嗎？」至少得要個執照吧。

聞言，劉祥貴拿了一本冊子過來，讓季知節填寫清楚。

季知節不會寫古代的字，她看了身旁的江無漾一眼，江無漾心領神會，拿筆寫了起來。

江無漾填資料的時候，季知節將買來的禮物都放在桌上，向劉祥貴說明這次前來的主因。「請問一下劉大人，繳了稅之後，若有人在民女那裡鬧事，官府可會有人處理？」

要是以前，這事還真不好說，可如今衙門裡頭住著二公子，誰敢不做事？劉祥貴只道：「姑娘放心，繳了稅便是正經的買賣，只要不是妳的錯誤導致的，衙門定會保護你們。」

聽他這麼說，季知節便放下心來，朝劉祥貴再三道謝。

他們送來的糕點跟酒雖不名貴，但也算是稀罕之物，劉祥貴便親自送兩人出門。

恰好，孟九安有事情要出去一趟，剛出了房門轉過彎來，就瞧見季知節跟江無漾的身影，他忙將自己藏在柱子後頭。

只是來不及了，江無漾微微偏過頭，就瞥見了孟九安閃躲的模樣。

確認他們離開了以後，孟九安就問起了從外頭回來的劉祥貴。「他們來這裡做什麼？」

接著又瞧向他桌上擺放的東西。

雖說二公子不怎麼管衙門的事務，但剛出了符興那件事，衙門上下皆受了牽連，大夥兒神經正緊繃著。

劉祥貴怕他不喜私相授受之事，後背頓時出了冷汗，忙道：「那兩人是來問擺攤的事情，想知道怎麼課稅，二公子若是不喜，小人這就差人把東西給他們送回去。」

孟九安看了桌上的酒跟點心一眼，思索了一番後說道：「這次就算了，沒有下一次。」

「多謝二公子。」

劉祥貴稍稍安了心，又聽孟九安繼續說道：「若是他們遇上麻煩，替他們擺平就是，人家的東西可不能白吃。」

「是是是，一定。」

季知節跟江無漾去了麵攤，麵攤的老闆還記得季知節，跟她聊了幾句才去忙。

這個時間人正多，等麵上來的時間，季知節就聽其他人閒聊。

「聽說了沒有，二公子近日遭了郡守大人好一頓責罵，說過了這麼久，卻沒製出一批能用的瓷器。」

「還有這事？」

「可不是，要不二公子怎麼日日賴在錦城裡不走了。」

「只怕大公子也要來了。」

「大公子？」

一提起大公子，周圍的人便不再說話了，似乎都對大公子懼怕不已。

麵攤的老闆將麵端來時，季知節小聲地問了一句。「老闆，這大公子是怎麼回事啊，為什麼大夥兒好像都很怕他？」

「大公子為人正直，卻總是不苟言笑，不如二公子待人親厚，所以一提起他，大家都比較避諱。」老闆解釋道。

原是是這麼回事。季知節又問道：「聽說州府的事務都由大公子管理，那郡守大人呢？」

「這我就不清楚了，只知道郡守大人常年待在軍營裡，二位公子成年以後，他就不怎麼管事了。」

季知節向老闆道了聲謝，開始吃起麵來，江無漾不解地問道：「妳問這些做什麼？」

只見季知節壓低聲音道：「既然孟家有意招攬你，那多了解他們一下還是比較好，這孟百京聽起來像是光明磊落的人，有朝一日你若是想去華京，投靠他也不是不行。」

說完，江無漾的麵碰巧上了，季知節立刻住了嘴，不再說話。

江無漾頓時沒了胃口，索然無味地吃起麵。

是啊，總有一日，他要回華京去。

季知節一口氣買了不少東西，畢竟接下來不用三日就進一趟城，可得把物品備齊才行。她跟牛大郎約好了，若是手邊差什麼東西，就讓他進城時順帶捎回來，代購費一次一文錢，要是物品多，就給三文錢。

橫豎自己都要進城，牛大郎答應得也痛快。

今天鄭秋已經能下床了，季知節為她抓了幾副藥材，江有清就拿去煎了。

季知節一返家，季暉跟江晚就圍了過去，看著她從食材裡拿出吃的，一聞就知道有糕點與冰糖葫蘆。他們兩個最期待的就是季知節每次進城之後，會帶好吃的回來。

「要是有材料的話，我做的冰糖葫蘆可比這個好吃多了。」

江晚聽了，期待地眨巴著眼睛，好像下一秒季知節就能做出冰糖葫蘆來似的。她好喜歡這個表姑，像是會變魔術一樣，能變出許多好吃的。

季知節輕輕捏著江晚的鼻子說道：「再等等，以後搬家了再做給妳吃。」

江晚不知道什麼時候才能搬家，但表姑答應她會有好吃的，就一定會有。

正在搬東西的江無漾聽見季知節說的話，目光深沈地看了她一眼。

將食材與調味料放進廚房以後，季知節就拿著幾疋布去找李歡。目前家裡的人衣服不是不合身，就是破舊不堪，得換掉才行。

她原本想買幾身成衣，然而一看到價格就放棄了，最後去布行挑了幾款不太容易出錯的花色跟一疋素色布料，想讓李歡親手做衣服。

季知節直接說明來意。「我買了幾疋布，想讓表嫂幫忙做幾件衣裳。」

李歡見花色是女子常用的樣式，便笑著接過布疋道：「沒問題，反正我沒什麼事情要做。」

「還要煩勞表嫂再給暉哥兒跟我母親各做兩件，方便他們之後換洗。」

「好。」

李歡這麼爽快地接下任務，讓季知節有些不好意思起來。

第十八章　不懷好意

季知節又道：「我第一次買布，沒經驗，若是布不夠，表嫂儘管跟我說，我再去買一些回來。」

李歡瞧著這些布的數量，點頭道：「放心吧，夠了。」

她這一說，季知節才放心下來，道：「若還有剩，就留著給孩子做幾件吧，我瞧晚姐兒的衣服該換了。」

李歡有些意外，結結巴巴道：「這、這怎麼好……」

季知節沒多說什麼，轉身出去抱著兩疋布進來，才道：「我瞧花色挺好的，不知道做出來的衣裳怎麼樣，表嫂要是得空，給其他人也做幾件。」

她問過布行的老闆，老闆再三跟她保證夠他們一家人做衣裳，她才買的。

李歡的眼淚頓時落了下來。

季知節的心思她怎麼可能不明白，這是換著法子讓她心裡好過一點。平常做菜、做飯時她多半為江晚跟江晞考慮，還幫自己煮湯，連鄭秋都沒喝過。江晚現在除了她這母親，最喜歡的就是季知節，她實在無以為報。

「四娘，妳樣這樣教我怎麼還妳的恩情……」李歡紅著眼眶，聲音哽咽。

季知節忙勸慰道：「別哭啊。」
她最怕人哭了，尤其是李歡哭起來可說是梨花帶雨，讓人看得心都要碎了。
「我沒想著要妳還，咱們都是一家人，何必客氣？妳們總是幫我做活不是嗎？妳說，我給暉哥兒買的東西也多，他怎麼沒想過要還我？還是你們沒拿我們當一家人看？」
此話一出，李歡咬著唇，不知道該說什麼才好。
說到底，季知節跟季暉是親姊弟。季知節若是跟江無漾成了婚，兩家互相幫襯也是正常，只是現在這個情況……
等等。李歡看了季知節一眼，心道：難道她現在還喜歡無漾？
越想她就越覺得是這樣。喜歡一個人哪能說放下就放下，若是四娘有這個心思，自己這嫂嫂豈能不幫她？
於是李歡試探性地問道：「真當一家人看？」
季知節沒多想，點著頭應了聲。
她跟李歡說話的頻率顯然沒對上，不然也不會回答得這麼乾脆。
李歡擦乾了眼淚道：「那便聽妳的吧，往後有什麼事，只管叫我去做。」
「好。」
見她不哭了，季知節總算鬆了口氣。
季知節跟李歡一起從屋子內走了出來，沒發覺院門外不遠處有兩道人影閃過——正是偷偷跟在季知節與江無漾背後的賀天、賀地兄弟。

兩人從城內跟了他們一路，就連季知節跟江無漾坐牛車回村時也遠遠跟著，之所以不敢靠得太近，是怕被江無漾發現，以至於跟丟了一段時間。

就在兩人打算放棄時，就瞧見季知節與李歡從屋子裡面出來。

賀天看著李歡，心癢難耐，眼底閃過一抹欲色，小聲地在賀地的耳邊說起什麼。

只見賀地縮著脖子，膽怯地看著自家兄長，為難道：「這不好吧……」

要是被江無漾給發現，他們會被打死的。

賀天冷哼一聲。以前他們那些人的身分比自己高，總歸要忌憚幾分，而流放的路上還有官差在，也不好動手。如今這些個老弱婦孺擠在一起住，江無漾也不會時時刻刻都在，有什麼好怕的？

「不急，回去跟他們商量看看，想一個萬全之策。」

這個「他們」，自然是垂涎李歡美色的其他人了。

天微亮時，季知節就睡不太著了。今日第一天開張，要快點準備好東西才是。

昨日跟牛家訂了十隻雞，大約午時就能送過來。她不只打算做白斬雞，還想做手撕雞跟鹽焗雞，畢竟多些花樣才好賣。

今天算是試營運，要是賣得好，可以再跟牛家追加一些雞，可惜村裡人養鴨的人少，不然做點燒鴨更棒。

現在是河螺生長旺盛的時候，季知節想做點炒河螺去賣，但是量不會太大。她的炒河螺在西平村已經打響了名號，相信其他村也會有所耳聞，她只是想靠炒河螺吸引顧客上門，主打商品還是雞料理。

季知節決定從申時左右開始擺攤，看賣完這些料理大概要花多長的時間。趁著上午的空檔，她要將螺給處理好。

螺泡了一夜的水，基本上沙子已經吐了個乾淨，簡單用刷子清洗兩遍即可。廚房裡的石臺用來洗螺正好，將竹子移個位置，就跟水龍頭似的，等到不需要用水的時候，再用石頭堵住出水口就行。

季知節搬了張凳子坐著，這樣既不累，做活也方便，一個人在廚房裡剛好合適。

等洗完了螺，再把需要的物品準備齊全，其他人差不多也起床了。江無漾現在睡得不錯，不知是助眠香的緣故，還是換了地方睡的關係。

天亮了，李歡在外頭做起衣服，她見季知節出來，就要為她量尺寸。

季知節不知道衣服怎麼做，只得由著別人擺弄，李歡的聲音從她背後傳來。「瞧著四娘比以前長高了一些，身段也苗條了。」

是嗎？季知節沒察覺到這些，只覺得肉比以前緊實了點，她低頭看著身前的一片——是長大了。

等李歡為所有人都量了一遍身形，大夥兒才知道每個人都有新衣，這個工程量可不小，鄭秋沒什麼事做，就跟她一塊兒做起衣服，賀媛則在一旁帶孩子。

季暉忙個不停，又想替季知節幹活，又想看看自己的新衣做成了什麼樣子。

這時候季知節不忙，在一旁盯著江無漾做工。推車已經做好了，只是看看要不要加點什麼東西。

李歡前段時日做了不少小木籤，用來吃螺肉正好。村裡的人都基本上有這東西了，去外面擺攤還是要備著些，江無漾做了幾個小抽屜，放這些正好。

還有大大小小的油紙，收在推車側邊，方便打包料理。

美中不足的就是推車的桌面太小，放不下太多隻雞，又要放上一盆炒河螺，稍稍擠了些，季知節能使用的空間就小了。

她叫江無漾做了一個框架，再用鐵片將框架固定在推車上，這樣就不怕倒了。框架最上方是一根橫木，季知節本想將麻繩綁在橫木上，下方再綁住雞懸掛起來，可是這樣實在不方便拿取。

江無漾剛固定好推車的輪子，確保萬無一失後，忽然瞧見季知節在發呆，他知道她心中有了想法，便問道：「還需要加上什麼嗎？」

這一問，季知節腦中靈光乍現，驚喜地抬起頭——還真是要加東西！她用手比劃著道：「能不能做幾根小鐵棍出來，大約跟這木棒差不多，兩頭做成彎鈎的形狀。」

這樣既能掛在橫木上，也能掛在雞肉上。

江無漾思索了一會兒後，逕自走到馬廄裡面。

季知節跟在他身後，心想難道真有東西能用？

江無漾翻找了一陣子，拿出幾根鐵質的長劍，覺得用來做鈎子挺好的。

季知節向來插手不了江無漾的事，只管讓他動手去做，反正最後他做出來的東西，向來都是她真正想要的。

正好有點餓了，季知節走進了廚房。自從她打算出門做生意後，江有清就自告奮勇要做飯，難得她在家，可以順道指點一下她。

幾回下來，江有清做的飯菜越來越像樣子，滋味也好上許多，只是大家吃慣了季知節做的飯菜，總覺得味道不太對。

等季知節從廚房裡面出來，牛大郎的雞正好送到了，她看了看時辰，還挺早的，便問道：「大爺這麼早就送來了？」

牛大郎將東西送進廚房，轉過身道：「今日沒去城內，幫著妮兒殺雞呢，怕耽誤季娘子出攤。」

靠著賣雞賺的錢，都夠他進出錦城幾趟了，不拉車也無所謂。

季知節將貨錢結了，又向他道謝，牛大郎不好意思地撓著頭道：「季娘子可否給我們留點雞肉嚐嚐？上次大壯吃了娘子做的炒河螺，就一直吵著說要再吃，雞肉他肯定也喜歡。」

「這沒什麼，等會兒我留一點在家裡，大爺過來拿就是。」

「多少錢？」

「八文，咱們可說好了，正常收費，大爺以後可不許再多給。」

牛大郎點點頭，又加了一份螺錢，總共給了季知節十一文。

季知節也乘機留了一些雞肉給家裡的人吃。

吃過飯，季知節就忙了起來。

鹽焗雞的製作步驟麻煩了一點。這裡沒有鹽焗粉，只能靠自己醃製成色，放入醬油、薑片、蔥段一起醃製，季知節怕這樣不足以去腥，又稍稍倒了點酒進去。

等待雞肉醃製成色的時間裡，季知節做起白斬雞跟手撕雞需要的醬料，白斬雞的醬料是濕的，手撕雞的則是乾的，要分開製作，另外還要準備些碎花生跟芝麻，這樣吃起來的時候口感會更豐富。

江無漾做好鈎子，拿過去給季知節看，她拿起鈎子在橫木上試了一下，剛好卡住。果然，他辦事，她放心。

季知節對江無漾讚道：「不錯，今晚加你雞腿。」

江無漾愣了一下，半晌沒能反應過來她說的是什麼意思。

季知節洗過手繼續忙了起來，等江無漾推測出意思的時候，不禁握起拳頭放在嘴邊，悄悄咳了一聲。

江無漾做這推車，可是幫忙省下了一大筆錢，季知節在心裡盤算著要不要給他一點工資，但自己要是明著給，他大概不會要，就算在她的逼迫下收錢，也會設法花在她身上。算了，以後看著辦吧。

不光是江無漾，這段時間李歡跟江有清做事都不要工資，說是要抵掉布錢跟買床的錢。季知節不好勉強，只能由著他們去。

季知節打算等茶鋪那邊的錢再存一點，就搬到錦城裡面去，要做點像樣的生意，就不能一直困在西平村裡。

買屋子跟租鋪子要花不少錢，目前手上這點錢還是不夠。

季知節從廚房裡往外看了一下，人這麼多，屋子可不能買得太小，不然住不下。

賀媛當初好心收留他們一家，如果自己要離開，絕不能將他們留在這裡。

江無漾做好手邊的事，過來看看季知節有沒有什麼需要幫忙的地方，看她在搗花生，就接手幫她處理。

季知節去料理其他食材之前，深深地看了江無漾一眼。

這個人話不多，然而心裡的想法卻多得很，更何況，他一直放不下自己心裡的仇恨。為了報仇，他很可能某天就跑得不見人影了，她得多幫他照顧家人才行。

醃製好的雞還需要在外頭抹上一層沙薑粉，再用粗鹽將雞蓋住，最後用油紙包裹好，放入鍋裡，無水燜煮。

燜雞得花一點時間，季知節將上次挖的筍子拿了出來，她已經用辣椒醃製了兩天，打算放一點在炒河螺裡面。一打開蓋子，裡面的香味就爆發了出來。

季知節用力地猛吸著，心想就是這個味道，這酸筍用來配炒河螺正好。

聞到這個味道，江無漾卻是不自覺地皺起眉頭。

季知節用清水洗去酸筍上多餘的辣椒，正打算切來用，江無漾就略微遲疑地問道：「妳……要用這個？」

「是啊。」季知節回答得毫不猶豫。

江無漾見她沒弄懂自己的意思，躊躇了一番後又道：「是不是壞了？」這次說得簡潔明瞭。

季知節笑了起來。「這個沒壞，我將它醃製成酸筍，儲存的時間還長呢。」

說著，她拿起還未切成段的酸筍靠近他，江無漾本能地向後仰著身體——離得一近，味道更重了。

「這不是壞了，而是它味道很獨特，做成料理很香，要是跟著河螺一起煮，味道更好。」

季知節解釋了一下，不過瞧江無漾這個模樣，應該是接受不了。

也是，不是所有人都喜歡這個味道，季知節決定分兩種做法，好試試本地人對酸筍的接受度，再看看要不要用來做螺螄粉。

鹽焗雞正在燜煮，另外一口鍋也有其他雞在煮，一切準備就緒，剛好能將雞拿出來放涼。

炒河螺已經做過很多回了，趁著這個工夫，季知節將東西都放上推車。雞肉掛了一些在橫木上，剩下的雞肉就放在推車下方的儲存空間，備用的調味料也放在一起。

等炒河螺煮好以後，季知節分了些出來，給家裡跟牛大郎都留了一點。

正想出發，就有人聞著香味過來了，驚訝地看著季知節的推車道：「季娘子這是打算出去？還好被我趕上了！」

來的這位婦人碰巧不知道季知節要出去擺攤，客人都上門了，沒道理不做生意，季知節便招呼起她。

婦人看了季知節的推車一眼，這些雞她都沒吃過。

「娘子這雞也賣？」

「賣，一整隻三十文，半隻十五文，一小半則是八文。」季知節比劃著大小。

婦人瞧了瞧雞肉，又看了看螺，發現這炒河螺跟平常的不太一樣，加了像是筍子的東西，氣味也不同。

「還挺香的，這樣吧，炒河螺一份，再來份八文的雞。」婦人指著鹽焗雞道。這雞跟過去吃的都不一樣，顏色怪好看的。

季知節俐落地將雞切好打包好給她，婦人有些惋惜地說道：「娘子以後也可以留一些在家裡賣，咱們這裡走到村口遠了些，不大方便。」

也是。村裡的人習慣去她家買，來回跑動有些麻煩，看來下次應該留一些在家裡。那婦人前腳剛走，後頭又來了幾人，還沒出攤，雞肉就快少了一半，尤其是鹽焗雞，這是最新的口味，特別吸引人。

季知節硬是留下了一些炒河螺，這可是她用來攬客的神器，不能隨便賣。

好不容易出了門，季知節跟江無漾一起推著車，已經過了申時，時辰晚了些。這裡的人大多都吃兩餐，晚飯吃得早，再晚一點，一般人家連飯都吃完了。

季知節之前來勘查過，村口處有棵大樹，下方有一塊平地，放一輛小推車正好，來往的人要是瞧見了，也方便逗留。

此時來往村口的人還不多，零零散散的，有人路過時會張望兩眼，然而大多數的人都是直接走過。從前也不是沒人在這裡擺攤，只是撐不了多久。

等了莫約半刻鐘，都不見什麼人來買，季知節也不洩氣，她日日都來，總會有人上門的。

時間一分秒一秒過去了，直到轉了時辰，就見一群人從田裡回來，慢悠悠地走在路上。

季知節打聽過，鄰村裡有戶人家挺有錢的，地也多，不少人家去那裡當幫工，這個時間差不多是下工的時候。

下工的人們大老遠就聞到一股香味。幹了一整天的活，只有中午時吃了幾個饅頭，早就餓了。

像他們這種做活的，雇主家可不包飯，想吃東西都得從自家帶，放得久還不會壞的東西有什麼？就是沒什麼滋味的乾糧。

眼下聞到這香噴噴的味道，五臟六腑都活躍起來了。

第十九章　躍躍欲試

三、五個人朝季知節的推車圍了過來，氣氛熱絡。

他們沒見過河螺被做成這個樣子，有人好奇地問道：「娘子，這東西怎麼個吃法？」

季知節舀了一勺炒河螺出來，用小木籤挑了塊螺肉出來，笑著說道：「這炒河螺用來下酒最好，可以先嚐嚐味道，覺得好吃再買。」

說著，她拿了幾根小木籤出來。

大部分的人都不敢動，生怕眼前的娘子訛人。

有一人倒是不怕，接過季知節手上的小木籤吃了起來，吃完以後就對她道：「我要兩份。」

「好咧！」這是第一筆生意，季知節為他多裝一些。「今日開張，給大哥多一點。」

王強身邊的人都疑惑地看著他，有人問道：「你買兩份啊，有這麼好吃？」

聞言，王強笑著說道：「前些日子我去西平村找叔叔，在那裡吃過一次這炒河螺，當時我跟你們一樣，覺得這玩意兒會好吃嗎，結果吃過後就念念不忘。剛剛試吃了一個，跟之前的味道一樣，就買點回去給家裡的人嚐嚐，怕一份不夠吃。」

原來是吃過的客人，難怪這麼爽快，也不用季知節說價格，很自動地給了六文錢。

聽見他這麼說，其他人頓時躍躍欲試，紛紛拿起小木籤嚐了一個，一吃完嘴裡的，立刻就要季知節給自己打包。

王強嘿嘿一笑道：「這玩意兒在西平村賣得可好了，我嬸嬸說有時候去晚了都沒得買。」說完，他美滋滋地提著油紙包離開了。

後頭的人還沒嚐到，盆裡的炒河螺就越來越少了，有人不嚐了，直接說要打包，有的則跟王強一樣一次要兩份。

瞧排隊的人多，季知節無奈地說道：「大哥，實在不好意思，這炒河螺不太夠了，一人只能買一份，我這雞肉的味道也不錯，要不買點嚐嚐？」

那人只好道：「行吧，給我來份雞肉，這樣回去就不用另外做菜了。」

待季知節說出價格，那人便要了半隻白斬雞。

等候打包期間，那人沒忍住，拿起一塊小嚐一口，只覺雞肉香嫩，一點都不柴，隨即將手上的雞肉全塞進嘴裡，朝季知節稱讚道：「娘子，妳這雞肉做得真好吃！」

江無漾忙著打包炒河螺，季知節忙著打包雞肉，她說道：「要是蘸著醬料吃，更美味。」

那人瞧了瞧其他的雞肉跟醬料，問道：「娘子明日還來擺攤嗎？我再來買點其他的嚐嚐。」

季知節點點頭道：「會，以後天天來。」

時間慢慢過去，有的人只買雞，有的人只買螺，還有些人兩樣都各買了一點，等人潮散去，只剩下小半隻手撕雞。

眼看天就快黑了，不會再有人來，季知節才跟江無漾推著車回去。剩下來的雞肉不多，就帶回家裡吃。

季知節臉上的笑意藏不住，雖說錢賺得不是很多，但這算是踏出了第一步。

江無漾看了她一眼，道：「這麼高興？」

今天忙活了一天，也沒有茶鋪一天分成的錢多。

「這麼明顯嗎？」季知節好奇道。

江無漾點了點頭。

季知節輕輕笑了兩聲，道：「說出來不怕你笑話，雖然我對自己的廚藝很有自信，但其實很害怕這裡的人接受不了我做的吃食。」

江無漾安靜地等著她的解釋，季知節做的吃食，確實很獨特。

「每個地方的風土人情跟氣候都不同，吃食也各有特色，有的地方喜辣，有的則喜甜。我對嶺南的口味雖然有些許了解，但也不算很全面，所以很擔心大家接受不了。」

這就是季知節為什麼選擇做雞肉出來賣的原因，她擔心一上來就做那些名菜，大夥兒會接受不了。先做些簡單的，等時間一長，她再做些其他菜色，也許就慢慢會被接受了。

她……還會做其他的？

江無漾沒說話，只是側頭看了她許久。他很好奇，這個季知節還會些什麼東西。

兩人剛接近家裡，江有清大老遠地就朝他們跑過來，看著推車裡只剩下小半塊雞肉，別提有多高興了。

「這麼快就賣完了？」

江有清在家時聽隔壁的嬸子說，村口那裡以前有人擺過攤，只是去的人少，她原本還有些擔心，現在看到生意這麼好，很是開心。

「嗯，」季知節應得輕快。「剩下的咱們自己吃。」

「我下午沒什麼事，跟季暉一起又去摸了好多螺，有空也洗了些，這樣妳明天也輕鬆點。」江有清邊走邊說。

江無漾看著自己這個妹妹，發現她跟以前很不一樣。從前她心高氣傲，對什麼事都不上心，如今在季知節的帶領下學會做活，就算疲憊，也不覺得辛苦。

不只是妹妹，就連嫂嫂也是，不再悶悶不樂，懷抱著對未來的嚮往。

這些改變了心態的人當中，或許也包括他自己。

「妳可真是幫了我一個大忙。」季知節由衷地謝道：「明天我教妳怎麼炒河螺。」

江有清驚喜道：「真的？」

「真的，現在我一個人忙不太過來，妳若是願意學，也算是幫我。」

這個想法放在季知節心中很久了。再過段時日，河螺就會減少，她得想想新的菜式，況且今天試營運下來，覺得準備得太過倉促了，如果有人能分擔工作，再好不過。

「我當然願意。」

江有清確實羨慕季知節的手藝，只是這些事她靠自己摸索不來，嫂嫂跟母親要帶孩子，她若是什麼都做不得，就只能讓四娘跟六哥兩個人忙了。

自己要是能派得上用場，就算是幫他們分擔了。

「明日我想再多做幾隻雞出來，放在家裡賣，由妳負責。」

「好。」江有清正好想說這個問題。四娘跟六哥出去以後，還有幾個婦人來問過，聽他們出去擺攤，都挺失落的。

季知節進了廚房。雞肉跟螺都是預留的，飯也煮好了，她只要炒道青菜就可以，再給孩子們蒸個肉羹。

江晚跟江晞的臉上瞧著有些肉了，再養一段時日，模樣就會更好看。兩個小妮子長得像李歡多些，只是眉目間有點像江無漾。季知節過去就沒怎麼見到江無波，如今記憶裡的樣子也模糊了。

天一黑下來，李歡就帶著布料回到房間，賀媛跟鄭秋領著孩子們在院子裡玩，江無漾原想去廚房搭把手，然而見江有清跟季知節兩個人都在，就知道沒有用得上他的地方。

瞧季暉在馬廄裡翻找東西，江無漾走了過去，只見他手上拿著根木棍，將一端磨成尖的，地上已有相同的木棍三根。

「這是要做什麼？」

他突然出聲，將季暉嚇了一跳，差點削到自己的手指，一看是江無漾，他才平靜下來。

「我見村裡有人用這個抓魚，我也想自己做個工具。」

聞言，江無漾朝廚房的方向看了一眼道：「你阿姊不讓你去深水處。」

雖然季知節從來沒明說，但是他感覺得出來，只要季暉往深水處一站，她就會將他給叫回來，甚至叮囑過他不許抓魚。

季暉同樣察覺到了，他聳了聳肩道：「所以我想做個工具，這樣就不用去深水處了。」

「你抓魚做什麼？」

他們現在魚吃得不多，魚缸裡的魚還有很多。

季暉小心地瞄了外頭一下，見沒人靠過來，才小聲道：「村裡有人買魚，我想拿去賣，這樣阿姊就不用這麼辛苦了。」

每天看著阿姊忙得團團轉，他卻幫不上什麼忙，挺難受的。

江無漾想了一下，說道：「你最好跟你阿姊說明白，不然她會擔心你的。」

季暉洩了氣。要是說出來，阿姊肯定不會同意，他又看了這個未來姊夫一眼，確定他會站在阿姊那邊。

「好吧。」

季暉將棍子一扔，垂頭喪氣地朝廚房走過去，此時李歡恰好從屋子裡頭出來，瞧見江無漾，招手讓他過去一趟。

江無漾瞧季暉走進廚房，才隨李歡進了屋。

李歡手中拿著量尺，想為江無漾做衣裳。白日江無漾不願意，李歡也不好強迫他，只是布料剩下許多，足夠他做上兩件。

此時賀媛帶著孩子進屋，嘆了口氣道：「我知道你不想白拿四娘的東西，但這是她的心意，總不能不領情。」

李歡道：「四娘讓我做衣裳時，並未說要做幾人的，待我同意後才拿了這些料子進來，這是為何？不就是怕我們不肯要嗎？你瞧瞧這花色，是男子常用的，暉哥兒哪裡用得上這麼多，分明就是多留了你的分出來，你不要，豈不是辜負了她的用心？」

江無漾沈默著不說話，賀媛輕拍著床邊的位置，讓他坐下。「跟母親說說你心裡的想法。」

她這幾日算是看明白了。四娘活潑，情緒都在臉上掛著，倒是江無漾跟個悶葫蘆似的，事情都往心裡藏。性子大不同的兩人相處起來挺和睦的，只是不像未婚夫妻，倒像是兄妹。

「母親，我只是覺得受的恩惠太多了。」多得他快還不起了。

這件事她們怎麼可能不知道，賀媛只道：「若是她還是當初的四娘，你們覺得季家現在是什麼樣？」

李歡想了想後說道：「莫約活得難了些。」

賀媛道：「也不盡然，我還是會讓他們跟咱們住在一起，若是過去的四娘，就是由我們扛起照顧他們的責任。受人恩惠的才會心裡不安，換成我們給予他們恩惠，你們會難受嗎？」

李歡搖了搖頭。若真有這麼一天，或許她也會想方設法地幫助對方，至於這麼做的原因，就只是為了讓自己好過一些罷了。

「四娘跟我們不一樣，她並非一味地給予，而是會讓你付出，再給予一定的報酬，這是她所認定的公平，她一直想讓我們覺得這些是我們應得的。」賀媛說道。

江無漾愣住了。

廚房門口，季暉探著頭朝裡面張望，又不敢喊季知節說話，進也不是，退也不是。

「你擋著我了。」

江有清剛好要拿東西出去，季暉忙給她讓了位置，季知節這才發現季暉在這裡，一副欲言又止的樣子。

季知節以為他想吃東西，笑著說道：「馬上就能吃飯了，今晚的肉羹多，有你一份。」

現在賺錢了，生活不必過得拮据，有什麼新鮮吃食跟美味料理，她都會備一點給季暉。

聽見有他的分，季暉眸裡亮了一下，可馬上又黯淡下去。

瞧出他有事要找自己，季知節放下手裡的東西，看著他問道：「有什麼要跟我說？」

季暉猶豫了一下後重重點頭。

見狀，季知節朝灶邊的小凳子抬起下巴道：「坐這裡說吧。」

季暉過去坐下了，時不時地往灶裡扔幾根柴火。

見他不說話，季知節也不催促，總要讓他整理好思緒再開口。

肉羹出鍋，廚房裡滿是肉的香味，季暉嚥了嚥口水，一鼓作氣說道：「阿姊，我想抓魚拿去賣。」

「賣魚？」季知節懂了，這小傢伙是想下水抓魚，又怕自己不同意。

季暉連忙解釋。「我見村裡有人抓魚賣錢，我也想去。」

「你是覺得自己沒錢花？」季知節耐著性子問道。季暉的工錢她全交給鄭秋保管，他還小，錢拿在手上不安全。

季暉搖頭。他要吃什麼都有，也沒有需要用錢的地方，自然不是這個問題。

「那為什麼要去抓魚？」她想不通。

「這樣妳就不用太辛苦了。」季暉越說越小聲。

誰知季知節忽然間笑出聲來，惹得季暉不解地看著她。

她的聲音清脆，聽不出半分惱怒。「咱們家暉哥兒真是長大了，曉得心疼阿姊。」

季暉小心翼翼地問道：「妳是同意了？」

不料，季知節斬釘截鐵地回道：「不同意。」

季暉低下頭，淚水在眼眶裡打轉。

看他這副模樣，季知節有些不忍心，語氣放柔道：「阿姊不希望你為了錢的事情發愁，還有，你覺得我辛苦？」

季暉點點頭。家裡都靠阿姊養，他覺得她很辛苦。

得知季暉的想法，季知節愛憐地摸著他的後腦勺道：「那你又怎麼知道我不是樂在其中呢？」

季暉抬起頭，滿臉的無法理解。

「我做飯跟做吃食，是因為我喜歡，這並不是我的負擔，也不覺得累。阿姊不讓你去抓魚，是有更重要的事情要交給你做。」

「什麼？」

「你想去學堂嗎？」

一聽到「學堂」兩個字，季暉雙眸頓時發光。他不曉得多久沒去過學堂了，可這一想又覺得失落，現在的自己，光是活下去都不容易。

季知節想過這個問題。西平村條件不好，她想等搬去城內之後再送季暉去學堂，不過課業不能落下太久，李歡學問好，可以讓她教教季暉。

「西平村沒條件，可是表嫂有學問，她可以先教你，等咱們去了城內，阿姊再送你去學堂。還有，咱們家女眷多，你可要經常在家裡守著，現在表哥跟我要外出擺攤，這裡就要交給你了。你要是感興趣，可以讓表哥教你習武，願意的話，我就去跟他們說。」

季知節覺得季暉很有膽量，看他上次敢一個人衝上去對付符旺，就覺得他有點料子，請江無漾教他，不說一定能對付敵人，強身健體也不錯。

江無漾呀，那可是高手，季暉當然一百個願意。

「可以。」

季知節正想說話，就被身後的一道男聲搶先，她知道江無漾不會拒絕，這下倒是不用她開口了。

見到了江無漾，季暉先是不好意思，聽見他答應時，他頓時高興地大叫著跑了出去，嚇得鄭秋忙從屋子裡出來查看情況。

「臭小子，一天天的瞎嚷嚷什麼？」鄭秋吼道。

季知節歪著頭，看著站在門口的江無漾道：「是你讓他過來跟我說的吧。」

否則按照季暉的性子，根本不會主動跟她講。

「嗯。」

季暉跑出去了，江無漾坐在灶前替她看火。

「有你們替我管著，我就放心多了，省得他成天往外跑。我猶豫過要不要將家裡如今的積蓄告訴他，這樣他就不用為了生計發愁。」

「他還小，藏不住事。」江無漾說道。

她也是這麼想，才沒告訴季暉。

季知節繼續做菜，兩人好一段時間無話可說，等季知節差不多收拾好了，江無漾突然出聲道：「多謝。」

「謝什麼？謝我讓你教他？該是我謝你才對吧。」季知節摸不著頭腦。

江無漾往灶裡挑出柴火滾灰熄滅，沒回答她的問題，只在心裡說道：謝謝妳來到這裡。

第二十章　忠實顧客

吃晚飯的時候，季知節將自己的打算告訴李歡，李歡同意了，季知節又問她上課需要什麼東西，打算託牛大郎明日買回來。

晚上季知節跟江無漾去了牛家一趟，李歡要的她知道，江無漾要什麼她就不曉得了。

季知節自己要了一本冊子跟筆，想用來記帳。日日付工錢太麻煩，她打算以後每個月給他們結一次工錢。

牛大郎不在家，季知節跟牛妮訂了明日要的雞，數量比今日多三隻，她打算每種多做一份放在家裡賣，先付了錢給牛妮。

「娘子生意做得這般好？」牛妮正餵著雞，好奇地問道。

她原本還擔心季知節賣不出去，沒想到竟然還要多加幾隻。

「專做雞肉生意罷了，不然哪裡要得了這麼多。」

牛妮點點頭道：「也是，周邊村子的生活雖然比咱們這裡好一些，但大多數人最常吃的就是雞鴨。」

季知節問：「你們怎麼不養些鴨在家裡呢？」

若是有鴨子，她就能做其他菜色了。

牛妮嘆了口氣道：「鴨子出欄比雞慢上許多，剛開始咱們也養了些，只是虧不起飼料錢，賣得又不多，後來索性不賣了，就養幾隻自己吃。」

原來如此。季知節頷首。

「娘子以後都是按這個數量來買嗎？若是如此，我就多買點雞回來養。」牛妮小心翼翼地問著。

季知節收雞的速度比城裡的販子更快，她怕雞沒了，耽誤季知節的生意。

「嗯，暫時打算每日都要這麼多。」

牛妮不禁喜上眉梢道：「那我再跟爹爹商量多養一點。」

出乎意料，牛家有紙筆，江無漾正在寫自己需要的物品，季知節湊過去看了一眼，見他還寫了「漁網」，有些詫異——他要抓魚？

見他寫下的內容，季知節拿了一貫錢給牛妮，她問過李歡筆墨紙硯的價格，加上江無漾要的東西，一貫錢差不多。

不得不說，筆墨紙硯是真的貴，一般人家根本買不起。

回去之前，季知節跟牛妮買了些雞蛋。這次她買了二十顆，如今季暉要鍛鍊身體，更要補充蛋白質才是。

「妳不問問我要漁網做什麼？」江無漾主動提起這件事。

他知道季知節已經看見他寫了什麼，但她一直沒問。

季知節正在想事情，愣了一下後才道：「你做事向來有你的道理。」

「錢——」

季知節迅速打斷他的話。「別總是錢不錢的，難道樣樣都要算得這麼清楚嗎？你買漁網回來，難道不是為了給家裡用？」

江無漾頓時噎住了，說不出話來。

季知節停下腳步，目光直直地看著江無漾，她臉上帶著怒氣，說話的語氣也重了些。「我拿你們當一家人，你為什麼要這樣？還是說，在你眼裡，我始終是個外人？」

江無漾不知道怎麼回答季知節，點頭也不是，搖頭也不是，瞧她這個架勢，似乎是他說錯一句話，她馬上會掉頭就走。

「我知道了，這次是我錯了，以後不會再提起這事。」

見他態度誠懇，季知節的表情才放鬆下來，然而她心裡的氣還沒消，走路的速度飆了起來，將江無漾甩在後頭。

除了生意上的事情，季知節並非事事都算得清楚，在她眼裡，大夥兒就是一家人，若每件事都要像她算工錢給他們一樣，那還要不要一起生活了？

江無漾有些尷尬。今日竟是將她惹惱了，平時她總是一副笑嘻嘻的樣子，沒想到生氣起來還挺……可愛的。

望著季知節的背影，江無漾心裡莫名浮現出了一股暖意。

兩人一前一後回到家裡，季知節頭也不回地進了廚房，將雞蛋放好就回屋，李歡見狀，不禁小聲地問江無漾。「她這是生氣了？」

「是我說錯了話。」

見江無漾意識到且承認了自己的錯誤，李歡只好說道：「姑娘家嘛，多哄哄就好，以後可別再說錯話了。」

江無漾點頭。

看著江無漾離開的背影，李歡會心一笑。這兩個人，還是有戲的。

隔天一大早，季知節是被季暉練武的喊叫聲吵醒的——她是要他學武，沒要他不睡覺啊。

被季暉吵得睡不著，又不想起來面對江無漾，季知節在床上賴了一會兒，等其他人都起床了才起身。

院子裡，季暉在江無漾的指導下打拳，季知節看著他，覺得跟練體操差不多。

練了好一會兒，季暉的臉上出了不少汗，連背後也濕了些，季知節心想，看來還要給他跟江無漾準備幾套夏衣才是。

季知節思索著要買什麼花色好，不禁打量起江無漾來。他生得俊朗，就算套個麻袋也好看，他常穿暗色，要是換些亮色，應該也好看。

等季知節回過神來，就發覺江無漾正回望著自己，她收起目光，板著臉轉身進了廚房。江無漾無聲地輕笑了一下。她竟然還在生氣。

季暉跟江無漾累了一個早上，季知節漱洗完後打算煮個麵條讓他們吃，再加幾顆雞蛋跟肉末，既有油水又有營養。

麵條買了現成的，不用另外和麵，人也輕鬆些。

等待水煮開的時間，季知節剁起了肉餡，聽到背後有腳步聲，她說道：「有清，幫我拿幾顆雞蛋過來。」

身後的人打開米缸又合上，將幾顆雞蛋放在季知節面前，她剛想說話，一雙骨節分明的手就出現在自己視線內，她硬生生地將嘴裡的話嚥了下去。

江無漾坐在灶前熟練地添火，廚房只剩下木頭燃燒的「劈啪」聲響。

鍋裡的水滾燙翻湧，季知節將麵條放入水中，放上蓋子。

肉末翻炒幾下就熟了，沒了事情可做，兩人之間肉眼可見的尷尬。

等麵差不多煮好，季知節就打了蛋進去，等水再次滾起來，就能出鍋了。

「季暉是個學武的料子。」

安靜的空間裡，江無漾忽然出聲，季知節微微出神，好半晌才反應過來。本來是不想搭理他的，可他談起自家弟弟，她也不好不吭聲。

「是嗎？」

「嗯，他有膽識，培養出來會是個人才。」

「喔。」

她回答得簡單明瞭，像極了他從前的樣子。江無漾輕聲說道：「我會改的。」

季知節不懂他的意思。改什麼？這是針對昨晚那件事說的？

江無漾沒再繼續說下去。

白霧氤氳，模糊了人的視線。他已經道過兩次歉，季知節的氣消了，她搖搖頭道：「罷了罷了，沒有下一次。」

季知節這次沒做麵湯，揭開鍋蓋撈出麵跟蛋放入碗中，加上一些肉末就能吃了。天氣越來越熱，太燙的東西慢慢吃不下了，加了湯太燙，若等湯涼了再吃，麵又軟了，不放湯的吃起來剛剛好。

季暉洗過澡換了身衣服，整個人顯得精神抖擻，季知節看向江無漾——由於看柴火的關係，他的衣服反倒汗漬越來越多。

吃過飯，李歡要季知節進屋試一下新衣服，看看哪裡還需要修改。

季知節試了試，除了腰身處有些寬鬆，其他的地方倒是都合適。衣料輕薄，夏日穿起來不會覺得熱，李歡還將袖口收緊了些，方便她做活。

李歡看著穿上新衣的季知節，讚道：「這衣服的顏色跟花色倒是襯妳，整個人越發靚麗了。」

「在表嫂面前哪裡擔得起這句話，表嫂簡直是天仙下凡。」

她的表情誇張，逗得李歡笑了起來。「就妳嘴甜。」

「這哪是嘴甜，我說的是實話。」

李歡嗔怪地看著她道：「不聽妳貧嘴了，等我改好腰身，再給妳做另一件。」

「表嫂若是不急著做其他人的，就先做暉哥兒跟表哥的吧，他們現在每天早上都要鍛鍊，總要備著幾身衣裳換才是。」

李歡想想也是，應下了。

從屋子裡頭出來，季知節跟季暉還有江有清洗起了螺，沒過多久，牛妮便將今日要的雞送來了。

需要處理的東西又多了些，江無漾換了身衣裳進廚房幫忙。

有了第一日的經驗，季知節這次順手許多，等雞肉準備得差不多了，季知節便叫江有清過來，打算教她做炒河螺。

江有清連忙洗了手過來，她見季知節炒過許多次，卻是第一次自己做。

按照季知節說的步驟一步一步來，等待出鍋的時候，江有清一顆心七上八下的，雖說有季知節在，成品不會太差，可她就是擔心。

鍋蓋一揭，味道飄了出來──香味倒是差不多。

江有清小心翼翼地拿一個嚐了起來，滋味是不錯，只是好像缺了什麼。

季知節跟江無漾都嚐了一個，季知節笑道：「第一次能做成這樣已經很好了，多練幾次就會更出色。」

「多練幾次？」江有清驚喜道：「這是以後都給我做？」

「以後都交給妳了，這樣我能輕鬆很多。」

江有清高興地抱了季知節一下道：「哇，四娘妳最好了！」

將東西送上推車、抵達村口時，已經過了時辰，季知節還以為錯過時間就沒什麼人買了，結果一到那裡，滿滿的人正在等候。

好不容易見到推車過來，有人忍不住抱怨。「季娘子怎麼來得這麼晚，我們都等了好些時間了。」

季知節立刻道歉。「實在對不起，今天準備的東西多了點，耽誤了時辰。」

這群人當中有些昨日來買過，有些則是生面孔，看來是被推坑了。等東西全部擺好，客人都擠著上前，生怕自己買不到。

「給我每樣來一點，昨日嚐了那雞肉，味道特別得很，今日都買些回去嚐嚐。」

「好咧！」

昨日吃過的人差不多都是這種情況，一人不只買一種，沒買過的都是只買一樣，先試試口味。

雞肉比螺先見了底，見後頭的人還是挺多的，季知節只好限制購買量，一人只能買一樣，再讓江無漾去家裡頭看看有沒有賣剩的。

男人都幹體力活，愛吃肉；女人精打細算，愛買螺肉。

雖說只能買一樣多少有點不樂意，但看著後頭等得急了的人，還是只能乖乖接受。

「季娘子，妳這雞肉能不能多做一些，不夠咱們吃了。」一名在排隊的男子瞧雞肉快沒了，有些焦急。

季知節不好意思地說道：「雖說多備了些，但數量還是有限，畢竟人手不多，又要保證每日的食材都是新鮮的，難免吃緊。」

聽她說料理都是每天現做的，眾人更加放心了。

等雞肉賣完了，還在等候的人便跟季知節聊了起來。

「季娘子可以多做一些，到咱們田裡去賣，保管比在這裡賣更賺錢。」

聽那人一說，其他人紛紛附和起來，有人說道：「是啊，季娘子可以從午時開始賣，咱們中午在田裡沒什麼吃食，總要自己帶乾糧，吃久了會膩。」

「怎麼不從家裡帶吃食出來？」季知節問道。

「自己帶的到午時也涼了，放久也怕壞掉，再說了，沒季娘子做的好吃。」

「我先考慮一下，等決定好了以後再跟各位說。」季知節回道。

此時江無漾拿著剩下的雞肉回來了，但是量也不多。

輪到最後面的人時，雞肉已經賣完了，只能無奈地買些炒河螺回去。

原本拿來吸引顧客的炒河螺竟是賣輸了雞肉，好在最後炒河螺也銷售一空。

等人走得差不多了，沒買到的人鬱悶地朝季知節道：「季娘子明日多做一些吧，我可是跟我媳婦打包票要買吃食回去的，她聽說這裡的雞肉好吃得不得了，吵著要。」

他沒吃過，不曉得這雞肉好吃在哪裡。

「行，明日我早些來，大哥要是不得空，也可以叫嫂子過來買。」

「多謝娘子了。」

其他沒買到的人也表示要讓家裡那口子來買。

收拾完，季知節跟江無漾便朝家裡走去，路上還碰見村民跟他們打招呼。「唷，季娘子這麼快就賣完了？」

「是啊，沒想到會這麼快。」

出攤出得晚，收攤卻早。照這個速度，明日還能再多備三隻雞，季知節不敢加得太多，怕賣不完。

「季娘子手藝厲害，吃食好吃得緊，吃過了總是想著再來買一點。」村民說道。

聊著天，很快就到了家裡，太陽還沒下山，家裡還有人在買炒河螺，季暉瞧見他們，先是跑來查看推車裡的情況，見東西都沒了，才幫他們一起推。

推車本來就是空的，不怎麼累，季暉一加入就道：「阿姊，妳去休息吧，我跟表哥一起。」

季知節索性鬆開手，去江有清那裡幫忙。

見她回來，村裡的婦人就跟她打招呼。「季娘子生意越做越大了，今日我跟外村的嫂子聊起妳，都誇妳做的吃食好吃。」

季知節不好意思地說道：「是姊姊們照顧而已。」

最後炒河螺只剩下小半份而已，季暉喜歡吃這個，就都留給他了。

今日要做的菜季知節已經事先告訴江有清，她一進廚房，就見菜切好洗淨放在案板上。

江無漾進廚房幫忙，季知節讓他去殺魚，他在缸裡挑了少刺的，這樣吃起來方便。

季知節打算做三道料理，竹筍炒肉、番茄炒蛋跟紅燒魚。之前挖的筍還剩一些沒醃製，拿來清炒，五花肉挑了油水足的，這樣炒出來才好吃，滿口留香。

筍尖很嫩，跟五花肉一起炒，香氣四溢，肉已經單獨先炒過一遍，出了不少油，只放了鹽，沒放其他調味料，滋味就很鮮美。

番茄炒蛋很適合孩子跟年長者，酸酸甜甜，季知節炒過一回，江晞很喜歡。

等番茄炒蛋做好，魚也清洗好了，先將魚煎到兩面金黃，再倒入溫水、加入特製的醬汁，等大火收汁，放入少量辣椒提香，就能出鍋了。

季知節的腦海中突然閃過一個念頭——做魚來賣好像也不錯，魚可以做魚丸跟魚板。

太陽剛剛落下，院子裡點起了油燈。

幾個人正打算吃飯，牛大郎拉著牛車過來了。他還沒回家，先將東西送過來，看著滿滿一車物品，大夥兒連忙一起卸貨。

牛大郎將剩餘的銅板還給季知節，還拿出採買時的帳簿，季知節收下銅板道：「我信得過大爺。」說著將拉車的錢給了他。

季知節拉拔了他們家不少，牛大郎感激道：「一碼歸一碼，既然是採買，總要有個憑據，季娘子也清點一下，看看跟你們要的東西是不是一樣。」

季知節點頭道：「等會兒吃完飯我再看，大爺快些回去吃飯吧。」

牛大郎返家之前，季知節報了明日要幾隻雞，見數量又多了一些，牛大郎心裡也高興。

第二十一章 機會教育

吃過飯，筆墨紙硯全送到李歡的屋子裡，除去季知節要的食材，其他東西都放在馬廄裡。

收拾好以後，季知節就進了院子，拿張凳子在江無漾身邊坐下，雙手托腮看他整理漁網。

江無漾被她看得渾身不舒服，終於忍不住抬起頭問道：「有什麼事？」

「表哥要這漁網做什麼？」

「暉哥兒說得挺對的，抓魚可以賣些錢，只是用尋常的法子慢了些，便想用網子。」

這與季知節的想法不謀而合。「我有一個點子，你可要聽聽？」

江無漾點頭，放下手裡的東西，等待她的說明。

「你覺得今日吃的紅燒魚味道可還行？」季知節問道。

江無漾明白了她的用意，她是想再加一種吃食來賣，點頭道：「可行。」

季知節又道：「每日不要太多，二十條左右就成。」

「好。」

應完聲，江無漾就拿起網子去了河邊。

江有清正在擦桌子，看著他出門的背影，小聲道：「這麼晚了，六哥要去哪裡？」

季知節路過她身邊，輕聲道：「為了生計發愁啊。」

她相信江無漾能判斷出她想要的東西，不需要說得很明白，他就能知曉自己的心意。

季知節在院子裡轉了轉之後，去了江無漾的房間，裡面打掃得很乾淨，只是擺設太簡單了些，除了床頭的一盞油燈跟零散的幾根助眠香以外，就沒了。

數了一下，助眠香大約還剩五支左右。

看來他用的頻率不算低……也好，只有要效果，貴就貴吧。

算了算時間，明、後日就要去買一些新的回來了，不過這種東西只能輔助，不能長久使用，以免成癮。

他若真的想睡好，終究要放下內心的執念。

漱洗完，季知節拿著筆跟冊子回到屋子算帳。

雞的成本一隻十二文，各種香料跟調味料加在一起每日約二十文，原本只打算做一種，現在多了幾種口味，成本就高了些。

扣除掉成本，這兩天每日都有兩百多文的利潤，再攢個幾天，就有一貫了。

季知節趴在床上記帳，字寫得歪歪扭扭，鄭秋將油燈拿過來，說道：「妳真是沒個樣子，瞧瞧，這個字能看嗎？」

呃……季知節不知道該怎麼解釋。

她用了簡寫跟阿拉伯數字，主要是方便自己看，清晰明瞭最重要。

不過寫字姿勢確實要改一改。季知節坐起身來彎腰寫字，結果腰很疼，看來要弄一張桌子才行，暉哥兒那裡也是，他要讀書寫字，桌子不能少。

江無漾手巧，讓他做很容易……不行，他要做的事已經夠多了，還是去買吧。

清晨的天空起了薄霧，空氣感覺很濕潤。

季知節起床後看著院子裡的漁網，知道江無漾回來了。一進廚房，果然多了二十幾條魚來，規格、品種跟大小都一樣，看起來像是他精心挑選過的。

他選的魚都是肉多刺少的，大約半個胳膊大小，一餐一條正好。

漱洗後，就瞧見江無漾坐在院子裡收網子。

「什麼時候回來的？」季知節問著。

「丑時。」

瞧這天色才剛泛白……好傢伙，又是一宿沒睡？

見季知節臉色沈了下來，江無漾輕咳一聲，繼續道：「待會兒還要教暉哥兒練武。」

季知節斜睨著江無漾，看他怎麼編理由。季暉要學武，差這一時半刻嗎？

正想「教育」他一番，就見江有清打著哈欠從屋子裡出來，伸著懶腰問道：「六哥你昨夜做了什麼？這般吵鬧，吵得我都沒能睡好。」

季知節倒是什麼都沒聽見，一夜無夢到天亮。

江無漾垂下頭道：「沒什麼。」

見這樣子就知道他捕完魚回來沒立刻去睡，季知節問江有清。「聽見什麼了？」

江有清也是一臉懵，只記得依稀聽到有許多人說話的聲音。「像是有人在說『魚』什麼的。」

季知節挑了挑眉，等著江無漾說明。

江無漾整理了一下思緒才道：「夜裡有人來收魚，我便將捕來的魚都賣給他們。」

「有這麼多？」難道他不只捕了水缸裡那些？

江無漾點頭道：「販子用十斤三文錢的價格收，昨夜賣了約六十文。」

這樣總共是……兩百斤?!再加上廚房水缸裡頭養的，可真是捕了不少！

此話一出，江有清的睡意瞬間沒了，問道：「一個晚上這麼多錢？要是日日去捕魚，不就能賺很多？」

江無漾搖搖頭道：「他們隔十日來收一次，以後算著時間在夜裡去捕一次就好。」

魚抓上來容易，養起來點可是要花心思。

「好吧。」江有清也不傷心，至少這是六哥自己做成的第一筆生意。

瞧江無漾忙了一個晚上，季知節對他輕聲說道：「你也累了，今早就不用教暉哥習武，休息一會兒吧。」

江有清也是心疼自家六哥，跟著勸道：「暉哥兒原本就有底子在，也不差這一、兩日的工夫，剛好讓嫂嫂教他讀書。」

季知節打算回屋收拾一下東西，沒走兩步就瞧見一堆灰落在小屋子的窗戶下。昨日她才剛掃過地的，怎麼會有落灰？

江無漾見季知節停下腳步，目光也聚集在那堆灰上面，他的身子頓時挺得筆直，連呼吸都停滯了。

湊近一看，季知節就發現那是一小堆白色粉末，還有根紅色的細線，馬上轉過頭怒視江無漾。

好啊，這傢伙竟然將她買給他的助眠香用在她身上。

兩個人的視線一對上，江無漾立刻匆匆逃回房間，只留下一個背影給季知節。

江無漾回屋後大約睡了兩個時辰，倒是睡得安穩。想起季知節陰沈下來的臉，屋子裡響起一聲淺笑。

沒想到自己有朝一日會怕這個小姑娘。

他也是擔心季知節被吵醒，才在她窗前點了小半根助眠香，他換上一身乾淨衣服的工夫，她就已經起床，讓他來不及打掃。

這下不知該怎麼面對她了。

江無漾猶豫了片刻才從屋子裡走出來，洗淨的衣物已經曬好，院子裡卻不見人在。朝廚房裡瞧了一眼，竟也沒瞧見季知節。

等了一會兒沒人回來，江無漾打算出門去看看。路剛走了一半，就見季知節從另一頭回來，手裡提著個小袋子，是她平常用來裝雞蛋的。

看見他，季知節有些詫異，對他解釋道：「他們去找找你是在哪裡捕的魚。」

「我去得遠了一些，不在這附近，他們大概找不到。」

瞧季知節的模樣，似乎沒生氣。

「你要去找他們嗎？」季知節問道。

江無漾搖搖頭道：「回去吧。」

今天事情多，能幫上她一點是一點。

兩人朝家的方向走去，季知節好奇地問道：「你怎麼捕得了這麼多魚？」

她見過其他人撒網捕魚，卻沒見過能捕這麼多的，更何況他沒有船，去不了河中心。

「河下游有個斷口，正好是一張網的寬度，將網攔在那裡，能捕到不少。」

原來如此。季知節點點頭。

江無漾繼續道：「只是那裡少有人去，沒被發現而已。」

「你又是怎麼找到那個地方的？」

「去山中時路過，便記下了。」

回到家之後，季知節拿出放在灶上熱著的饅頭給江無漾，還有一碗蛋花湯。她這次做了不少饅頭，夠吃幾回，蒸一蒸就能吃，不會太麻煩，等晚上忙完了，再做頓好的。

不過饅頭做得不是很大，所以季知節留了五個給他，她自己吃兩個剛好。

季知節忙著殺魚。不得不說，江無漾這魚選得挺好的，他花了心思，又忙了一整晚沒睡，還怕吵醒自己，她怎麼樣都生不了氣。

這些魚裡面有不少魚卵、魚白跟魚鰾，季知節打算留到晚上爆炒。

魚剛洗到一半，江無漾就吃完早飯進來洗碗，見她單獨將這幾樣東西留出來，就接過她手裡的活道：「我來吧。」

季知節點了點頭，將工作交給江無漾，她的頭髮隨著動作擺動，幾縷髮絲滑落在兩頰邊，被她隨意地往耳後一塞。

她的頭髮一直用一根小木棒固定，江無漾的目光停留在上面，忽然覺得這小木棒有點礙眼。

今日沒打算做炒河螺，季暉卻回來得晚了，全身不僅濕漉漉的，眼眶還微紅，明顯哭過了。

他的脖子上有一道細小的傷口，額頭上腫了一塊，帶著些許瘀青。

鄭秋一見到這個情況，就知道季暉被人欺負了，她馬上就想出門教訓一下那幾個渾小子，幸虧賀媛眼明手快地拉住了人。
季知節聽到動靜，從廚房走了出來，見到季暉這個模樣，也很心疼，忙讓他回屋換身衣裳，免得生病。
之前季知節備了些藥放在屋子裡，見季暉回了自己的屋子，才轉身進去拿出來。
然而，等了許久，都不見季暉露面。
季知節拿著藥去敲了幾下門，沒聽見裡面有動靜，她便喊道：「是我。」
聽見她的聲音，季暉過了許久後才道：「阿姊。」
他的嗓音有些沙啞，說著，還抽起了鼻子。
季知節放緩了語調道：「開門，我幫你搽藥。」
「不用……我沒什麼事。」裡面傳來季暉不情願的聲音。
季知節重複了一遍。「開門。」
直到這個時候，季暉這才將門打開一條小縫，躲在門後不肯見人。
季知節從門縫鑽了進去，就見季暉將衣服脫了一半——他身上竟有其他傷。
「打贏了沒有？」
季暉懷疑自己的耳朵有毛病，阿姊竟然問他打架的結果，他還以為她會罵自己呢。
「沒有，他們人多。」季暉越說聲音越小。
季知節明白，村裡這麼些孩子當中，就季暉一個從外面來的，難免會被欺負。

「那你還手了嗎？」

季暉悶不吭聲。

「你——」季知節正想說話，卻被人打斷。

「我能進去嗎？」門外響起一道男聲。

季暉的神色又黯淡下去，季知節將門打開，讓江無漾進來。

擔心季知節是個姑娘家，不方便處理季暉身上的傷，他便過來看看。只見季知節一臉的不痛快，季暉則是滿臉委屈跟擔憂。

「我知曉你怕得罪那些人，以後我的生意難做。」季知節的聲音儘量放輕。

季暉強忍的淚水終於落了下來，哽咽地輕聲喊道：「阿姊。」

他們欺負自己的時候就是這麼說的，要是他敢還手或是敢逃跑，就叫家裡的人再也不來買吃食，所以他明明有能力，卻沒還手。

季知節說道：「實話告訴你，我不在乎這個地方。我說過，咱們終究會離開西平村，你不用隱忍。雖說和氣生財，可這是互相的，並非單方面一味隱忍或受氣，如果要用你受傷換取賺錢的機會，這錢不要也罷。

「我存了些錢，表哥也在賺錢，你完全不需要煩惱，咱們的錢花不完。若是再有下次，你儘管還手，我寧願去向他們道歉，也不願意看你受傷。」

聽見這些話，江無漾雖然不贊同，但也沒反駁。

季暉懵懂地點頭，說道：「我知道了。」

見狀，季知節刮了刮他的鼻子道：「下次打贏了以後第一時間告訴我。」

季暉這才笑逐顏開。

臨走的時候，季知節拜託江無漾幫季暉搽藥。如今她雖然是姊姊，但終究不是「真的」，心裡還是彆扭。

等季知節出了屋子，鄭秋便走上前問道：「可有問到是哪家的？我倒要看看是誰家欺負到咱們頭上了！」

「他不會說的。」季知節搖頭道：「母親莫要強迫暉哥兒了，他曉得怎麼做。」

鄭秋沒好氣地說道：「他懂什麼？受了欺負，也不知道跟家裡說。」

季知節嘆道：「他不是不懂，而是懂得太多了。」

鄭秋一時語塞，不知道該說些什麼才好。

季知節進廚房忙碌起來，不需要做炒河螺，江有清便在一旁看她煮魚。

她煮的時候刻意放慢速度，江有清觀察得仔細，邊上還放了一本小冊子，遇到重點就拿筆寫下來，尤其是調醬汁的時候，材料混合的比例可馬虎不得。

瞧江有清認真的模樣，等煮完一份，季知節便讓她試試。江有清哪裡敢，要是她做得不好，豈不是耽誤生意？

季知節不在意地說：「沒事，妳只管試試，我在旁看著。」
江有清只好動起手來。
見她謹慎又一絲不苟的樣子，季知節笑了起來，說道：「做飯本是件輕鬆的事情，怎麼妳做得跟上戰場似的。」
江有清面色不禁一紅，道：「我倒是覺得進廚房還不如上戰場輕鬆。」
被季知節這一打岔，江有清就沒剛開始那麼緊張，動作也快了些，瞧上去有模有樣。
江有清弄了些湯料出來品嚐，又嚐了口季知節做的——自己做的倒也不是很差。
季知節表揚道：「妳在料理上很有天賦。」
「都是妳教得好。」江有清不好意思地說道。

江無漾在季暉的屋子裡坐了很久，不知道兩人說了些什麼，等季暉從屋裡出來的時候，臉上帶著光芒——江無漾開導起人來倒是挺厲害的。
見時辰差不多了，季知節跟江無漾推著車出門，抵達村口時已經有兩、三個婦人等在那裡了，一見到他們，都是笑盈盈的。
「我家那口子只說是個愛笑的娘子，沒想到還有個俊俏的郎君。」有位婦人打趣道。
經過這段時日的歷練，江無漾的臉皮越來越厚了，儘管聽見這話，也毫不動搖。
季知節客氣道：「姊姊過獎，他這模樣也就在村子裡好看些，去城裡見著其他公子，就會覺得他長得一般。」

婦人笑道：「妳這是怕我們惦記上了？我去了城內這麼多次，並未見過這般出色的郎君。」

旁邊一位婦人接著道：「我倒是見過一位。」

「是誰？」其他婦人都很好奇。

「孟大公子。」那名婦人臉上寫滿了往昔的回憶。「大公子長得就跟神仙下凡似的，可一聽是孟百京，婦人們都覺得再好看也無用。都說孟大公子手段狠戾，光想到就覺得恐怖。

季知節沒見過孟百京，卻見過他弟弟，孟九安的模樣不差，她竟有點期待起孟百京的長相了。

「今日有魚啊？這做法倒是少見。」有婦人留意到了季知節的新菜式。

平常大夥兒經常吃魚，不是清蒸就是煎來吃，有時魚不好，清蒸時一股腥味，令人難以下嚥。眼前這麼多醬汁的做法很新奇，讓人頗感興趣。

那婦人朝推車上看了看，問道：「沒炒河螺嗎？」

「對不起，今日螺少，便不做了，姊姊要是想吃，明日再來瞧瞧，可以嚐嚐這魚，味道不錯。」

婦人嘆了口氣道：「倒不是我想吃，是我家那口子愛喝點小酒，就喜歡吃妳那炒河螺。」

季知節笑道：「那妳買魚準沒錯，配酒更好。」

第二十二章　大戶上門

沒賣炒河螺也沒辦法，婦人不好空著手回去，問道：「這魚怎麼賣？」

「五文錢一條，姊姊放心，這魚的小刺少，老人家跟孩子也能吃。」

「行吧，給我來一條，再來點鹽焗雞。」婦人說道。這樣回家炒個青菜，晚飯就夠吃了。

周邊的村民不會日日都外出買吃食，加上家裡的男人跟孩子都喜歡吃季知節做的料理，婦人們都很樂意掏錢。

季知節今日沒預先一些分量留在家裡賣，西平村的人想買，還得到村口。雖不如平時上門的人多，但陸陸續續有人過來，見到有新菜色，也都不吝買回去嚐嚐。

江無漾注意到有一位長者從他們過來擺攤起便一直站在樹下注視他們。

見江無漾瞧見自己，長者這才朝著他們走過去，他的兩鬢斑白，眼角處有皺紋堆疊，面容慈祥。「敢問娘子，這攤子上剩下的東西，我能否全部包下來？」

「全包下來？」季知節有些訝異。「老伯，剩下來的東西還挺多的，您確定都要？」

「是，都要。」盧建修回答得乾脆。

「您……這吃得完嗎？」季知節為難道：「可別浪費了。」

能銷售一空她自然高興，但要是浪費食物就不好了。

盧建修哈哈一笑道：「娘子誤會了，我是武東村吳家的管家，我家少爺聽說妳做的吃食好吃，非要嚐嚐。我瞧了一會兒，見來妳這裡的人挺多，也想給家中其他人買一些，要是好吃，以後便經常來光顧。」

吳家啊……季知節聽說過。這附近大小幾個村子當中，吳家算得上是富裕的家庭，家中人口眾多，即便全買了，也吃得完。

算了算，魚剩八條，雞剩十二隻，一共四百文整。

季知節負責收錢，江無漾則在一旁打包，瞧盧建修孤身前來，這麼多東西不好拿，她便想隨盧建修一起送回吳家去。

等一大群人來買吃食的時候，得知全被盧建修一個人買走，都挺失落的。有人抱怨。「盧管家，東西都被您一個人買了，我們吃什麼？」

雖然大家不是一個村子裡的人，但幹活的田地很近，互相認識。

「也是沒想到季娘子的吃食會賣得這麼好，臨時起意，還望大家莫怪罪，以後我們若是想吃，會讓人去季娘子家裡報一聲，不會再跟各位搶。」盧建修態度很客氣。

東西全部被買走了，大夥兒臨走時都叮囑季知節讓她明天留一些。

季知節一一應下。

送盧建修回去的時候，季知節跟他邊走邊聊。

「我方才的話不是隨意說的，以後若是想找季娘子買吃食，便讓人去家裡找妳訂，做好了可以直接送到我們那邊，先付錢也成。」

「盧管家若是想吃，可以隨時過來。」有生意上門，她自然要做。

盧建修問道：「娘子可會做其他吃食？」

其他的不敢說，在做飯這方面沒有季知節不會的，她說道：「盧管家想吃什麼儘管說，不管是什麼，保證好吃。」

「不瞞娘子，下個月正逢我家老夫人大壽，家裡想大辦一場。我家老爺曾在萊州當過官，宴會少不了請一些上得了檯面的人，只是來來回回看了許多廚師，都沒發現合適的，若娘子還有其他手藝，可以來試試，若能讓老夫人跟老爺滿意，酬勞不是問題。」

他雖然還沒嚐過季知節做的吃食，可是從別人的態度看來，都很認可她的手藝，反正只是讓她試試，若是老夫人跟老爺不滿意便罷，要是滿意，他就算是了了一樁心事。

「可有什麼指定的菜式？」季知節問道。

「試菜的時候做什麼菜都可以，至於酒席上的菜色，要等老爺跟老夫人商量。」

「行，要試菜之前，盧管家來找我便是。」季知節應道。

到了吳家門口後，江無漾隨吳家下人一起將吃食送進去，季知節則在外頭等候。

她在門口無聊得很，便打量起了吳家的外觀——兩座石獅子立在門口，就跟衙門一樣莊嚴威武。

一匹快馬在季知節前方停下，一位身穿官服的男子愁眉苦臉地從馬上下來，吳家守門的小廝隨即迎上去。

「就讓我見見吳老爺吧。」男子哀求道。

小廝無奈地說：「我家老爺帶著夫人出了遠門，近期並不在家，大人莫為難小的。」

男子還想說點什麼，小廝卻不給他機會，飛快地朝門內走去，生怕男子跟過去似的，將門重重地關上。

碰巧盧建修送江無漾從側門出來，一見到這場面，解釋道：「娘子莫怕，我家老爺以前掌管錦城的窯廠，他退下來之後，凡是遇上什麼問題，那些人都愛找他討教，最近老爺不在，倒是讓他們來得越發勤快了。」

畢竟是人家的私事，季知節朝盧建修道謝之後，就跟江無漾離開了。

路上，她好奇地問江無漾。「你說，那些瓷器是不是還沒做好？」

想起各州要送賀禮進宮的事，她終究希望孟九安能好過一些。

江無漾很明顯知道得比她更多，道：「瓷器已經送過一批進華京了，只是宮裡好像不太滿意，又叫他們送一批。」

「還要？」

難怪剛剛那個人的臉色不好，趕製這批瓷器已是花了不小的力氣，還要一批，只怕累出人命來。

「恐怕不只是要瓷器那麼簡單，或許是個警告。」

季知節不懂政治上的事情，疑惑道：「警告？」

「我們流放到這個地方，總歸要留意一些才是，妳不覺得我們一切都太順利了嗎？」

江無漾從小就沒少接觸過勾心鬥角的情況，從他能活著進入嶺南起，就覺得多少有些異常。按照新帝跟他那個母親的心思，定要讓他們活得艱難才是。

順利？沒有吧。他們現在擁有的一切都是憑自己的努力得來的，不管是賣方子、做吃食生意還是參加點心比賽都一樣。

想了想，季知節忽然瞪大了眼——難道是孟家？宮裡故意找孟家的麻煩？

見季知節提出這個觀點，江無漾點頭道：「或許是。」

「他們難道不怕孟家反了？」

江無漾輕笑了一聲，道：「除了孟家，我看其他州府也不服得很。」

季知節聽說新帝上位後鋪張浪費，導致國庫空虛，讓各個州府繳納的稅費跟貢品往上加了一倍，搞得人心不滿。

江無漾又道：「孟家若是反了，不知道其他州府支持的會是誰。」

季知節心下瞭然。「難怪孟家想招攬你，這是為了以後打算，要是真的被逼著反了，也能打著撥亂反正的旗號。」

沈默了片刻後，江無漾換了話題道：「只怕華京最近有人要來了。」

季知節嘆了口氣。也是，宮裡的人到底是要來看看他們過得怎麼樣，看來在華京的人沒來之前，他們還不能搬出西平村，否則太過引人注目。

江無漾深深地看了季知節一眼。那句「我遲早要回華京」的話，他終究沒說出口。

季暉正跟江有清洗螺，見今日不賣炒河螺，江有清打算再試著做一遍，反正季暉喜歡吃，有人吃有人做，不就湊在一起了？她還練習煮魚，心想晚餐吃這兩樣菜就行，這樣季知節回來以後就不用另外做飯。

然而螺才洗了一半，季知節跟江無漾就返家了。

季暉洗得有些累，直起身子一看道：「他們這麼快就回來了？」

方才陸陸續續有人來家裡買吃食，都被江有清擋了回去。季暉知道季知節是心疼他才會如此，可若因為自己被人針對就不做這生意，或是生意因此受到影響，他實在過意不去，頓時丟下刷子迅速朝他們跑過去。

江有清也很擔心，只是比季暉沈得住氣。

「阿姊，你們怎麼這麼快就回來了？」季暉的聲音大老遠就傳了過來。「是不是遇上了什麼事？」

季暉見季知節跟江無漾兩人正在說話，面色如常，不像遇上了什麼事情，可他心中不免打鼓，朝推車上一看，倒是什麼都沒留下。

見這小子一副操心的模樣，季知節敲了敲他的腦袋道：「又開始胡思亂想了？」

季暉嘴硬，不肯承認。「哪有，是瞧你們才剛出攤就回來，好奇而已。」

季知節自然不相信，但她也不打算多說什麼，只道：「是因為東西被人全包走了，沒得賣了就回來。」

「全被買走了？」季暉驚訝地張大了嘴。

見狀，季知節看了他一眼，道：「你想吃？」

季暉連忙搖頭，背著季知節偷偷吐了舌頭。他是有這個想法，要是賣不完，他還能吃一點——這是怕江有清煮的東西不好吃。

進了院子，剛將推車清洗好，就有人上門了。

「季娘子今日不出攤嗎，怎的這個時辰還在家裡？」是一位經常來買吃食的婦人，瞧見季知節在，很是驚訝。

「姊姊來得不巧，東西都賣完了。」

「這麼快？」

「今日有新吃食，大夥兒都圖新鮮，賣得快了些。」

「有新吃食？平日都見妳留一些在家中賣，今日怎麼沒有？」婦人甚感可惜地說道。她兒子平常飯吃得少，自從吃了季知節做的菜之後，飯量大了起來，她才經常來季知節這裡買些吃的回去。

季知節笑著說道：「外面不夠賣，就都拿出去了，省得讓人來來回回跑，姊姊以後要是想買，可以去看看。」

此話一出，倒是讓婦人愣住了——這話裡透露出一股趕人的意思。不過她臉上仍是帶著笑，道：「季娘子做的吃食好吃，生意果真好得很。」

季知節順著她的話道：「是還不錯，以後我暫時不打算單獨在村裡賣吃的，煩勞姊姊遇上其他人時說一聲，要是想吃的話，就到村口那裡去買。」

這話聽起來客氣，卻有些怪異。

婦人臉色尷尬，心想是不是自己哪裡得罪季知節了，可平日季知節對誰都是一副和善的樣子，不知道怎麼會這樣。

季暉在旁邊捏了一把冷汗，生怕兩人會吵起來。他明白阿姊是為了他才會如此，這婦人的孩子，也是欺負自己的一員。

江無漾跟江有清同意季知節的做法，別人都欺負到自己頭上了，沒道理還要拿熱臉貼冷屁股，西平村的生意不做也罷，反正吃虧的不會是他們。

婦人悻悻然地轉過身，沒走多遠，便見牛妮滿臉怒氣地提著牛大壯的衣領朝季家而來，嘴裡還罵著。「你這東西怎的老是不學好，還學會了欺負人的本事！」

很少見牛妮這般生氣，又見牛大壯哭得厲害，小臉上滿是淚水，婦人忍不住問道：「大壯這是犯了什麼錯，讓妳這樣罵他？」

這一問，牛妮更是氣到不行，道：「今日下午他回來時衣服濕答答的，我隨口問說是怎麼回事，他支支吾吾地不肯說，我多問了幾句，他才老實交代今日跟村裡的幾個孩子一起欺負了季娘子的弟弟。」

婦人心頭一震。

又聽牛妮繼續道：「咱們家本就承了季娘子的情，他還欺負人家，我這才押著他來給季娘子道歉。」

說著，牛妮抓著牛大壯繼續往前走，接著她像是想起了什麼，轉頭朝那婦人道：「聽大壯說，你們家大猛也有份。」

這下婦人終於明白季知節剛剛那番話的意思了。

剛送走那婦人，季知節等人就聽見外頭一陣聲響，過沒多久，便瞧見了牛妮的身影，還有在她身旁縮成一團的牛大壯。

季暉附在季知節耳邊小聲地說了句。「大壯其實沒欺負我，還幫我。」

聞言，季知節點了點頭，對情況有了初步的了解。

眼看時辰差不多，江有清先進去廚房做飯。

別看牛妮來時氣勢十足，到了季家門口，看到季知節人就在裡面，頓時不好意思進門。

還是季知節先對她道：「有什麼事進來說吧。」

牛妮臉不禁一紅，把牛大壯往他們面前一推道：「也是這小子不幹好事，學別人欺負人，今日他推季暉落水，我特地帶他過來向你們道歉。」

平日牛大壯只敢在家裡撒潑，哪裡遇過這種場面，頓時被嚇著了，「哇」的一聲哭了起來。

「我、也是被、被威脅的……我不、不想欺負、他的……」牛大壯哭著說起話來，斷斷續續的，講不清楚。

「不怪他，他們說要是大壯不跟著一起動手，就要連他一起打，他也是沒辦法，最後還是他把我從水裡扶起來的。」季暉替牛大壯把話說完。

牛妮不相信。「是這樣嗎？」

只見牛大壯淚眼婆娑地點了點頭。

牛妮瞪了他一眼道：「我在家裡問過，你為什麼不說？」

「我不敢說。」牛大壯說得小聲。這是他第一次欺負人，有些膽怯。

季知節笑著為他解圍。「既然是誤會，解釋清楚就成，別為難大壯了，妳這架勢，的確容易嚇到人。」

牛妮嘆道：「也是沒辦法，妳不知道我這個當姑姑的生怕教不好他，愧對我哥哥的在天之靈。」

說著，牛妮不好意思地抹起了眼淚。

嘴上說著不怨，但心裡仍舊不平，這麼大一個姪兒交給她一個女人家來管，不管養得好不好，總會有人說閒話。她都這個年紀了，還沒人上門提親，以後再想嫁人就更難了，現在只能想著將這個姪兒拉拔長大，等自己老了，好有人送終。

知道牛妮的難處，季知節不好說什麼，自己能幫的都幫了，只是在養孩子這方面，還得靠他們自己。

「我瞧大壯是個乖孩子，以後少跟那些人來往就是。」

「西平村就這麼點大，不可能不來往，咱們就是沒本事，要是能讓大壯上學唸書，至少還有機會出人頭地。」

只是牛妮知道這個機會小得很，村裡能讀書的人原本就少，更別說他們現在生活拮据，根本拿不出錢送孩子上學堂。

「妮兒、大壯？」

幾人正在說話，一道呼喊聲就有些遲疑地從不遠處傳來。

牛大壯一聽見這聲音，立刻躲在牛妮背後，死活不肯出來。

那人正是牛大郎。他去城內幫季知節買了幾樣東西，順道趕著牛車過來，沒想到會看見女兒跟孫子兩個人在這裡。

要是今天的事情被爺爺知道，少不得一頓打，牛大壯害怕得很。

「大爺回來了？」季知節笑著跟牛大郎打招呼。

牛大郎先拿出一樣東西——一把香，江無漾一看就知道是自己要用的助眠香。

接著他又陸續搬了兩張桌子下來，大小正是季知節要的。

一張放在季暉的屋子裡方便他看書跟寫字，一張則是給她自己用。

第二十三章 出手闊綽

牛大郎將用剩的銅板還給季知節，照例附上一張清單。

等忙完了，他才問牛妮發生了什麼事。這時候她應當在家做飯才是，怎麼會帶著大壯到這裡來，除非是大壯出了狀況。

牛妮正想開口跟父親說明，季暉馬上朝牛大壯喊了一聲。「這桌子太重了，大壯你快過來幫我！」

聽季暉這麼說，牛大壯立刻跑開了。

牛大郎一得知事情經過，就氣得想將牛大壯從屋子裡抓出來打一頓，可季暉卻頂著門不讓他進去。

季知節拉著牛大郎勸道：「您瞧暉哥兒還向著大壯呢，都已經知道是誤會了，何必為難孩子？」

確定牛大郎不會闖進屋裡教訓人之後，牛大壯望著季暉的書跟紙筆，欣羨地說道：「這些都是你的？」

「是啊，我表嫂說要教我讀書，阿姊就買了這些回來。」

「真羨慕你能讀書，不像我，只能養一輩子的雞了。」牛大壯一臉的惋惜。

「你也想讀書嗎？」季暉問道。

牛大壯點頭道：「我爹以前讀過書，家裡也有書跟紙筆，只是他還沒來得及教我就走了。現在那些書放在那裡，我卻一個字都不認識，以後我拿過來送你吧，也許你用得上。」

見外頭的人漸漸說起其他事情，季暉將門打開，朝季知節喊道：「阿姊，妳過來一下。」

待季知節進了屋子，季暉就將門給關上，小聲地問道：「阿姊，大壯說他想讀書，能讓表嫂一起教他嗎？我也想有個伴。」

「你想讀書？」季知節詫異地問牛大壯。

牛大壯猶豫了一會兒之後，點了點頭。

「讓表嫂教是可以，只是得先問過他爺爺跟姑姑的意思。」

季知節帶著兩個孩子朝院子走去。「大爺，我表嫂是世家出來的閨秀，識得些字，最近她要教暉哥兒習字，大壯說他也想學，您看方便嗎？正好讓暉哥兒有個伴。」

教人不難，只是筆墨紙硯貴而已。

牛大郎跟牛妮都怔住了。牛大壯想讀書自然好，只是家裡能供應的東西不多。

「你真想學？」牛大郎問道。

牛大壯點了點頭，說話時帶著一股哭腔。「想，爺爺、姑姑，我真的想讀書，我用爹留下來的那些東西就好了，不用買新的。」

季知節疑惑問：「他爹？」

牛大郎說起自己那能讀書卻早逝的兒子，眼眶都紅了，感慨道：「他爹曾讀過一些書，留了些東西在家裡，只是剩下不多，怕是用不了多久。」

見牛大壯一臉失落，牛妮心中不忍，對季知節道：「娘子的表嫂真的願意教他嗎？」

「自然願意。」季知節點頭。

牛妮便對牛大郎道：「咱們回去找找看哪些東西能用吧，既然他有這個意願，就讓他學，總不能讓他困在西平村一輩子。」

一家人臨走前對他們千恩萬謝，想到季知節出去擺攤的事，牛妮有些擔憂地說：「我瞧季娘子不打算繼續在村裡賣東西了，以後可是要少進些雞肉？」

「放心，照常要那個量，只是不供應村裡而已，外頭一樣賣得完。」季知節笑著說道。

牛大郎跟牛妮這才放下心來。

那婦人從季知節家裡離開以後，心中有些不高興。她名叫石笑，大夥兒都叫她笑娘，夫家姓朱，生了個兒子叫朱大猛。

朱大猛人如其名，長得高大壯實，年紀還小，身材看起來卻跟成年人差不了多少，總是仗著這點欺負村裡其他小孩。

石笑不是沒教小孩，也有人上門來告過狀，可她心疼孩子，沒怎麼打罵過他。

朱大猛今日吵著要吃炒河螺，讓母親出去買，他見石笑空著手回來，張嘴就問：「東西呢？」

石笑瞪了他一眼道：「一天到晚就知道吃吃吃，你都欺負到人家頭上了，人家還會賣吃的給我？」

朱大猛愣了一下，過了半晌才想起下午發生的事。他經常惹是生非，欺負人這種「小事」很快就忘得一乾二淨了。

他這才想起炒河螺就是季暉家做的，頓時在地上打起滾來，嚷著。「我不管、我不管，我就要吃螺肉！」

見身材高大的兒子躺在地上鬧起了脾氣，石笑不氣反笑，道：「想吃明日就跟我一起道歉去。」

朱大猛懷疑自己聽錯了，他怎麼可能跟人道歉？休想！他火速從地上坐起身來，一雙眼瞪得老大。「不吃就不吃。」

石笑拿兒子沒辦法，也就隨他去了。

今日這頓飯所有菜色都是江有清一個人做的，她懷著忐忑的心情等候評價。

雖說跟季知節做的還是有些差距，但比起最初，進步非常大。

江有清這才鬆了口氣，覺得做飯也是件讓人挺享受的事情。

見江有清兩道菜做得不錯，季知節決定再教她做蒸蛋，這樣她不在的時候，也能做點吃的給兩個孩子。

吃完飯，天還未完全暗下來，季知節今天沒做飯，就攬了洗碗的活做。

「這裡是季娘子的家嗎？」

外頭響起說話聲，江無漾從外頭進來道：「吳家那邊來人了。」

他進吳家時見過那人，有些印象。

季知節擦乾了手，走出廚房迎上前道：「是。」

這人是吳家的掌事，負責採買工作，大家都管他叫黎哥。他客氣道：「我家老夫人嚐了娘子的魚，說好吃，還想再買些回去嚐嚐，盧管家便讓我過來先跟娘子訂貨。」

「行，要多少？」

「三十條。」

季知節懷疑自己的耳朵有問題，再次確認道：「三十條？」

黎哥笑著說道：「盧管家跟我說的時候，我也是不信，反覆確認過後，是三十條沒錯。今日的魚老夫人留了一條，少爺跟幾位夫人各一條，家中其他人沒嚐過，既然老夫人還要再吃，想必味道不錯，便要多了些，好讓大家嚐嚐。」

季知節有些為難地說：「可有說什麼時候要？」

煮魚簡單，抓魚卻不容易，一口氣就要三十條大小差不多的，也不曉得什麼時候能抓到。

「明日晚飯前我會來拿。」說著，黎哥從袖子裡掏出準備好的銅錢交給季知節。

季知節一時半刻不敢接下這錢，只道：「小哥明日來的時候再給吧，魚是現抓的，可能會少幾條。」

黎哥笑著說道：「娘子先接著無妨，若數量不夠，到時再退一些就是。」

「也行。」季知節接下銅錢，問道：「還要什麼嗎？」

「雞肉大家今日都吃了，想吃點別的。我家少爺聽說娘子的炒河螺滋味不錯，要是明日有做的話，就全給我們留下吧，錢另外付。」

「那便辛苦小哥明日再來一趟。」

「不辛苦，這吃食總歸是有我一份。」

季知節將人送到門口，黎哥像是想起了什麼，說道：「盧管家叫我提醒娘子一句，若是明日的吃食沒什麼問題，等老爺回來，娘子便可上門試菜了。」

為了這筆單子，江無漾提著漁網就要出門，季知節怕魚太多，他一個人忙不過來，打算跟他一同前往，季暉瞧見以後，非要跟著一起。反正需要的東西多，多一個人，能做的事情也多一些。

三個人拿著傢伙出了門，沿途樹木枝葉茂密、雜草叢生。兩人跟著江無漾走了一段路才抵達他說的位置，也是到了之後，才曉得江無漾說的「不會被人發現」是什麼意思。

看著河川兩旁的一座座墓碑，著實讓人心裡發怵。

江無漾熟練地撒網，將漁網固定在河岸兩邊的石頭上。這裡是河水的分支，水並不是很深，大約到他腰間。

過了一會兒，就見江無漾重新下水，順著網子摸索幾下，隨即抓到大魚。

季知節連忙拿著一個大桶走過去，江無漾搖了搖頭，指著岸邊另一截漁網，將魚放在裡面。季知節這才發現這漁網自帶儲存空間，等抓齊了魚，再一起收上來就是。

天色漸漸陰暗，此處的氣息越發陰森，季暉不禁覺得頭皮發麻。

半會兒工夫，江無漾已經裝了十幾條差不多大小的魚，按照他這個速度，三十條不成問題。

見季暉很害怕，季知節就叫他回去幫江無漾拿一身乾淨的衣物來，不然穿著身濕衣服可不舒服。

季暉火速答應，轉頭就跑。

眼下沒什麼事情做，季知節就盯著江無漾抓魚。

繼續摸索了一陣子之後，江無漾就再沒發現合適的魚，從水裡走了出來。嶺南夏季天氣熱，就算衣服濕，倒也不覺得冷。

季知節坐在石頭上，不知什麼時候生了火，瞧見江無漾離開河裡，趕緊招招手喚他過去。「快過來坐下，這裡暖和些。」

見自己一身濕，江無漾想了一下，還是走了過去，只是坐得離季知節遠了點。

有了火，再看向周圍的場景，倒也不覺得怕了，季知節不禁感嘆道：「再來點燒烤就完美了。」

燒烤？江無漾不明白這是什麼，說道：「烤魚應當也可以。」

季知節雙眸一亮。對啊，這裡要抓魚還不方便嗎？她立即起身去找兩根長長的樹枝。

出門的時候季知節帶了一點食鹽，莫名感覺用得上，想不到真的沒白費。

等季知節回來的時候，江無漾已經抓了兩條魚，一人一條。

他抓的魚是小魚，容易熟，鱗片跟內臟處理乾淨了，唯一可惜的就是這種魚小刺多。

在廚房裡面煮吃的，誰都比不過季知節，然而到了野外，她倒不如江無漾熟練。

江無漾將魚插在樹枝上，往地上固定。

季知節試了許多次，都不能將魚朝火那邊傾斜，江無漾拿起她那根樹枝輕鬆一插，就成功了。

等魚烤熟的期間，江無漾又下了水，季知節算了算，再十條，明日的魚就齊了。

朝火堆裡添了些乾柴，火勢頓時轉大，烤魚的香味很快就出來了，魚油時不時往外冒。

兩人之間一直無話，季知節忽然輕笑一聲道：「在這樣的環境下吃烤魚，實在特別。」

不知道這烤魚的香味會不會將誰的老祖宗給勾過來。

江無漾問道：「妳不怕嗎？」

季知節當然害怕，只是自己都穿了過來，這件事本身更加怪異且說不清，這麼一想，便不覺得有什麼大不了了。

她道：「我確實怕，但也沒那麼害怕。」

江無漾沒說話，眼神有些意味不明。

接下來又是一陣沈默，只能聽見柴火燃燒的聲音與魚身滋滋冒油的響動。等到魚皮稍微發硬，季知節就撒了些鹽上去，再用小火慢烤，入味後就能吃了。

等江無漾湊齊魚的數量，季暉剛好回來了。

他一走近就聞到濃濃的香味，步伐不禁快了些，看著他們兩人正在火邊烤東西，繃著臉道：「你們吃東西竟然不等我！」

季知節一愣，她還真的將季暉給忘了。

只見季暉氣鼓鼓地坐在一旁，看著眼前已經熟透的魚——只有兩條，顯然沒他的份。

「好了好了，」季知節將自己的魚遞給他。「別生氣了，我的給你吃。」

季暉也不客氣，拿過魚就吃了起來，吃的時候還有點生悶氣。

忽然間，一條修長的手臂拿著一根樹枝移到季知節眼前，魚香陣陣撲鼻。

季知節詫異道：「給我？」

「我不喜歡吃這個。」江無漾說道，隨即起身朝水裡而去。

季知節嚐了他烤的魚一口——他做起這個來，手藝倒是可以。魚的小刺多，吃起來不方便，季知節吃得很慢。

天色已黑，季知節就著微微的火光，遠遠看著江無漾的身影在水裡摸索。一旁的季暉兩三下便吃完了手上的魚，吃完了以後仍不盡興，對季知節說道：「阿姊，這個好吃，妳也賣這個吧。」

季知節瞪了他一眼，道：「你又不抓魚，再多做幾樣，你想累死誰？」

一聽她不願意，季暉就小聲道：「不做就不做嘛。」

瞧著他皺巴巴的小臉，季知節不忍心地說道：「家裡要是有剩下的魚，有空就烤給你吃。」

季暉臉上頓時笑開了花。

等季知節吃完了手裡的魚，江無漾才從水裡起來，趁他去換衣服的空檔，季知節就去河裡打桶水打算滅火——要是不慎起了山火，那可不得了。

看了漁網裡的魚一眼，江無漾實在捕了不少，估計有四十條。

這裡的魚看來還挺多的，然而總不能讓江無漾過度勞累，畢竟夜裡下水挺危險的。江有清跟季暉還能幫忙摸螺，捕魚就只能靠他，早上他要教季暉習武，下午跟著自己去賣東西，晚上抓魚，根本沒時間休息。

待江無漾換好衣服走過來，季知節就提著一桶水將火熄滅，確認完全沒火苗了才離開。

三個人提著滿滿幾桶魚返家，水缸放不下，另外找了幾個桶子來裝。水燒好了，隨時都能漱洗，季知節怕江無漾著涼，先讓他去洗，她則是回屋算帳。

今日的雞整隻賣出去的多，價格也就便宜些，除去成本，剩下一百八十四文。扣掉買東西花的錢，她手邊還有五百二十七文。在村裡掙錢，速度還是慢了些。

有了桌子，寫起字來方便不少，季知節將銅錢全放在床頭的抽屜裡，打算等哪天去了城內再上錢莊。

她忽然想起江無漾說的話。等華京那些盯著他們看的人走了以後，就能搬去城內了，在那之前，若是讓人瞧見他們過得太好，那就是新帝的眼中釘、肉中刺。

第二日，季知節本人沒出攤，她做好了吃食，讓江有清跟著江無漾一道出門，她則在家煮吳家要的魚。

江無漾已經跟著她出去擺了幾天攤，認識那些顧客，帶著江有清，只是因為需要幫手。

昨夜捕來的魚，季知節只打算做吳家要的二十條，其他的留著明天再做，等洗乾淨三十條魚，也差不多到時辰了。

魚要分成三鍋做，等候的工夫，她就去院了裡幫季暉洗螺，等魚煮好，螺剛好也洗完，再用清水洗一遍，就能下鍋。

吳家有老夫人，年紀大了吃不得辣，季知節這批炒河螺並未放辣椒，還多放了些生薑去腥味，用大火收汁後就能出鍋了。

「聞這味道，就知道季娘子又在做好吃的。」

石笑的聲音在廚房門口響起，季知節轉頭看去，只見她的臉色頗不自然，估計已經知道昨日發生的事情。

原本朱大猛誇下海口說不吃炒河螺了，石笑就不打算來季家，然而一覺醒來，朱大猛又在家裡撒潑，吵著要吃，她只好忝著臉再度上門。出門前她叫朱大猛來道歉，誰知他倔脾氣上來，說什麼都不肯。

第二十四章 人心難測

季知節瞧向外頭，見時辰差不多了，邊舀起魚邊道：「姊姊這時候來是……」

「想來找娘子買點炒河螺。」石笑一陣尬笑。

季知節頓時正色道：「昨日我同姊姊說得很明白，暫時不打算在村裡賣了，姊姊要買的話，就去村口那裡瞧瞧吧。」

石笑愣住了。都說伸手不打笑臉人，她沒想到季知節會將話說得這麼絕。

其實石笑去村口瞧過，今日賣的吃食裡根本沒有炒河螺，回到村子裡又聞著螺香，才不得已上了門。

看著鍋裡的炒河螺，石笑厚著臉皮道：「我家大猛鬧得厲害，吵著非吃螺肉不可，季娘子既然已經做了，何不賣我一點？」

一提起朱大猛，季知節心裡更是不痛快。「姊姊別為難我，這炒河螺是別人事先訂的，我這兩日不打算再做，姊姊去村口買其他的吧。」

都到了這個分上，季知節還要趕人去村口買，石笑的表情頗為難堪，說話的語氣也重了些。「季娘子這話說的，顧客已經到了家裡，豈有將人趕走的道理，娘子如今是賺了錢，便不想再做村裡的生意了嗎？」

季知節冷笑了一聲道：「這錢倒是不賺也罷，人家都欺負到頭上了，何必維持表面上的客氣？我也是看在這些天的情面上才讓妳三分，不然早帶著人上妳家去了。」

石笑一愣，沒想到這件事會被拿到明面上來講。

兩人的聲音大了些，正在屋裡休息的人都出來查看是什麼情況，季暉一瞧見石笑，立刻往廚房衝過來，將季知節護在身後，生怕她被欺負一樣。

石笑一看，季暉俊秀的臉上還帶著傷，順著脖子看去，還有一處傷口結了痂，嘴裡的話頓時憋在心裡。

難怪季知節會生氣，要是換成自己，她早就在村裡鬧遍了。

不過，欺負季暉的可不只她兒子，石笑沈聲道：「季娘子何必只針對咱們家，這不是大夥兒都有份的事嗎？」

鄭秋瞧石笑一副蹬鼻子上臉的態度，脾氣就上來了，指著她的臉罵道：「我長這麼大還沒見過這麼不講理的，欺負了人還要人家賣吃食給妳，真當自己是回事，什麼東西！我告訴妳，這件事沒完！」

石笑被氣得差點說不話來。「你、你、你們——」

「季娘子。」

院子外的聲音打斷了石笑的話，季知節轉頭一瞧，是昨日那小哥來拿菜了。

石笑認識這個人，那是武東村吳家的黎哥。

黎哥帶著兩個小廝一道過來，不僅拉了馬車，甚至自行準備乾淨的餐具，方便等一下將吃食給帶回去。

「小哥來了。」季知節將他們的餐具拿進廚房，裝好以後讓小廝端了出去。

見炒河螺直接上了吳家的車，石笑咬牙走過去，朝黎哥道：「黎掌事，我家孩子想吃炒河螺，能否分我一些，我可以付錢給您。」

黎哥沒想到會有這麼一齣，他先是看了石笑一眼，又看了看季知節，道：「嫂子莫要為難我，我也是為主人家拿的，嫂子若想要，另外找季娘子買吧。」

說完，他問季知節。「季娘子看看，這炒河螺要多少錢？」

算了算，炒河螺大約十二份，季知節說道：「一共三十六文。」

黎哥結了錢，正準備上車，接著又轉身回來對季知節道：「我家老爺已經回府，還請季娘子準備一番，明日便可上門試菜了。」

送走了黎哥以後，季知節不打算理會石笑，石笑只能悻悻然地離開。

到了快吃飯的時候，季知節又進了廚房，難得她在家，就想做些好吃的。這兩日大家都辛苦，她便打算多煮點肉。

她請牛大郎幫買了里脊肉跟豬尾，打算做豬尾煲，再做孩子喜歡吃的糖醋里脊，接著炒青菜、煮蛋花湯，然後單獨給江晞做道肉羹。

季知節泡了點花生，準備跟豬尾一起煲。

牛大郎選的豬尾不錯，把多餘的肥肉切下來，留到明天還能炒菜。

先將豬尾焯水，用薑、蔥去腥，因為豬尾味道重，季知節還倒了些酒進去。

等候去腥的工夫，將里脊肉切成手指大小醃製一會兒。煮飯的時候將肉羹給蒸上，瘦肉剁成肉泥，一起入鍋。

豬尾焯水再用清水洗淨，跟蔥、薑、蒜爆炒，放入一點點冰糖調色，之後再加入溫水，跟花生一起燜煮後，加點香料。

季知節心想，要是有豆腐乳就更好了，加上一點味道更香。

她調節好了火候，不用一直在廚房裡看著，就跟江晚玩了一會兒。

李歡差不多做完了季暉的衣衫，正跟他在院子裡試衣服。

她跟鄭秋兩個人做衣服的速度不是很快，不過其他人的不急，等季暉的做完，就做江無漾的。

過沒多久，院子裡便聞到一股香味，江晚窩在季知節懷裡，吸了吸鼻子，奶聲奶氣地問道：「表姑在做什麼好吃的？」

這味道跟以前的都不一樣。

「豬尾巴。」

江晚懵懂地點了點頭，反正她能吃到就行。

至於周圍聞到這個香味的人家，都不禁嫌棄地看了自家桌上的飯菜一眼。

直到豔霞滿天，江無漾跟江有清才返家，瞧江有清一臉高興，就知道今日成果不錯。她一路小跑著回來，留江無漾一個人推車。

江有清好奇道：「今晚是不是有好吃的啊，老遠就聞見這個味道，真香。」

季知節問道：「今日感覺怎麼樣？」

江有清坐在她旁邊的位置上道：「出攤竟然是這種感覺，看見人家在外面照顧自家生意，怪激動的。」

季知節低笑兩聲道：「那明日妳自己一個人去試試。」

江無漾正從外頭推車進來，就聽見江有清詫異地說道：「我一個人？你們要去哪？」

「吳家叫人過來傳話，讓我明日去試菜。」季知節怕一個人忙不過來，想要江無漾跟她一塊兒去。

江有清只好點頭道：「那好吧。」

季知節繼續道：「等一下我讓暉哥兒去跟大爺說一聲，明日不做雞肉，妳自己煮些魚跟螺拿去賣吧。」

「我自己做？」江有清更驚訝了。

季知節點頭道：「妳要相信自己的手藝，賺到的錢都是妳的。」

江有清還沈浸在季知節的話裡沒反應過來，問身邊的江無漾。「六哥，我不是在作夢吧？」

將推車放好，江無漾轉身走進廚房之前說道：「不是。」

他總覺得季知節這是在為了以後的事打算。她想離開了。

進入廚房，香味更加明顯，季知節打開蓋子，將香料包從裡面拿出來，用砂鍋裝好。用蛋清、澱粉、麵粉與里脊肉攪拌均勻，油熱到六到七成時，將里脊肉放入油鍋裡炸成金黃色，另外用一個小碗，放入白糖、鹽、醬油、醋，加上少量地瓜粉調成醬汁。

炸過東西的油盛出來裝好，鍋裡留下少量的油，將蔥、薑、蒜炒香，再將調好的醬汁倒下去，等汁水變得濃稠以後，倒入炸好的里脊肉，等到醬汁裹滿肉，就能出鍋了。

這道糖醋里脊小孩子都喜歡，季暉聞著味道走到廚房外，趁著將菜端出去的工夫，偷偷嚐了一口——酸甜的滋味直擊味蕾。

季暉忍不住又拿了一塊，見江晚可憐兮兮地看著自己，他的目光在肉跟江晚之間來回打轉，最後腳一跺，將手裡的肉分了一些給江晚。

再想拿時，就被廚房裡的季知節看見了。「你再吃，等會兒可就沒有了。」

季暉這才縮回了手，在心裡告訴自己，再忍忍就能吃了。

炒青菜與蛋花湯容易做，沒多久，季知節跟江無漾就端著料理從廚房出來。

江有清已經打好飯，等著他們兩人一起吃。

大夥兒正吃得開心時，院門外忽然傳來了一道聲音。

「季娘子，妳這又是在做什麼吃食啊，聞著這味，其他東西都吃不下去了。」

一瞧是梁惠娘，季知節便打開院門，問道：「這時候惠娘子怎麼來了？」

梁惠娘嘆道：「還不是我那婆母，聞見味道，便想著讓我過來找你們要些吃食。」

經過上次那件事，林美香就沒再怎麼為難她了，只是在季知節這邊買吃食的次數減少了些。

「我也不白拿妳的，今日婆母給了些銅錢，我自己也還剩了些。」說著，梁惠娘將手中的銅錢拿了出來。

季知節的表情有些為難。賣給梁惠娘不是不行，只是今日做的量不多，要是賣了，家裡就不夠吃了。

「這些吃食原是打算自家吃的，怕是不夠賣。」

梁惠娘看出她的無奈，只好說道：「好吧，等妳哪日做多了再叫我過來買些回去。」

見梁惠娘正打算走，季知節出聲叫住她。「等等，妳這樣空手回去，林大娘不會為難妳嗎？」

梁惠娘笑了笑，說道：「左右不過是幾句話，不礙事。」

季知節思索了一下，道：「還是給姊姊帶些回去吧。」說著，她拿起梁惠娘手中的碗，每樣菜都分了一點，但是量沒太多。

她擔心梁惠娘要是什麼都沒拿，會被林大娘苛待。

梁惠娘將銅板給了季知節，怕她不收，又道：「妳今日不收這錢，我怕日後婆母天天都要我來討。」

季知節一看是七文錢，說道：「七文錢太多了。」

「沒事，我瞧妳給的肉挺多的，值這些錢。」

梁惠娘臨走時，回頭看了季知節一眼，忍不住對她說：「我聽說妹妹跟村子裡的人鬧了矛盾，關係可別太僵，大家鄉里鄉親的，總歸要碰面。」

季知節點點頭道：「多謝姊姊為我擔心。」

梁惠娘嘆了口氣道：「我明白妳不會跟我們一樣一直待在西平村，早晚會離開，我只是怕妳暗地受人欺負罷了。」

「我曉得。」

分了些吃食出去，季暉明顯不太高興，但都已經給了出去，他只能悶著頭吃剩下的菜。

季知節將他的表情看在眼裡。「晚點阿姊給你烤魚吃。」

聽見這話，季暉才勉為其難地應了一聲。

豬尾久煮不爛，很是入味，吃到嘴裡相當Q彈；燜得久了，花生也軟糯，入口粉粉的，融進了豬尾的油脂香。

江晚最喜歡酸甜的糖醋里脊，連著飯一起吃了好幾塊，難得沒跟江晞搶平常愛吃的肉羹。

這兩個孩子都圓潤了些，身上總算長了肉，模樣瞧著很可愛。

雖說菜不夠吃，但大家都吃得盡興，又喝了湯，算是夠了。

不過季暉還惦記著季知節說的話，吃完了飯就嚷著要吃烤魚，季知節只好去做。

「這孩子一天天的怎麼跟餓死鬼一樣。」鄭秋這話聽起來雖然像是責怪，但神情頗為愛憐。

「能吃是福，暉哥兒還小，吃得多才長得高。」賀媛說道。

「也是。」鄭秋應道。

如今這兩人的關係雖遠不如從前親厚，但比起季知節剛來的時候好得多，沒事也能說上幾句話了。

好在廚房裡常備著魚，扣掉明日要拿去賣的，還有八、九條。

季知節將那些魚全拿了出來，既然要做，那就讓大家都順道嚐嚐，昨晚只撒了點鹽，季暉就說好吃，現在調味料齊全，還不得多吃幾條？

另一邊，季暉隨江無漾找到了幾根差不多長的樹枝，在院子裡生起火來，季知節將處理好的魚拿出去給江無漾烤，轉身又進去清理其他魚。

見他烤魚的手法俐落，江有清不禁詫異道：「六哥什麼時候學會這些了？」

江無漾將樹枝插進魚肚子裡，又固定在地上，道：「早年間就會了。」

聽他說起這個，賀媛就紅了眼眶，抹了抹眼角的淚，轉身進了屋。江有清嘆了口氣道：「我又惹母親傷感了。」

季知節遣了季暉去牛大郎家裡，告訴他們明日先不用供應雞，後日再送。

江無漾用小火慢烤，一次烤不完就多分幾次。

季暉回來的時候帶著牛大壯，兩個孩子一路飛奔而來。看見在噴油的烤魚，牛大壯的眼睛都直了。

來的路上，季暉一直跟他說著這烤魚有多好吃，他聽得都快流口水了，果然一靠近，濃郁的香味就撲到臉上。

牛大壯坐在季暉旁邊，看著季知節在魚上面撒了好幾種香料，味道越來越香。

「季姊姊，妳這撒的什麼呀，真香。」牛大壯問道。他要記下來，讓姑姑做給他吃。

「鹽、孜然、胡椒粉，要是有五香粉就更好了。」季知節說道。

牛大壯越聽越失落。這些香料太貴了，他們家買不起。

第一批烤完，季知節就先將烤魚遞給季暉跟牛大壯，兩個孩子各咬了一口，季知節還來不及說一句「小心燙」，就見他們兩個燙得齜牙咧嘴。

江晚眼巴巴地望著，等著季知節給她一些，誰知季知節捏了捏她的小臉蛋道：「這個妳吃不了，以後有妳能吃的再給妳。」

聽見自己不能吃，江晚的眼睛頓時蓄滿了淚水。

給了江有清跟李歡各一條，季知節打算再烤第二批，去了廚房之後，江無漾已經將魚給串好了。

他們倆分工明確，江無漾負責串魚跟烤，季知節負責撒調味料。

第二次的火大了些，烤的速度快，烤好了之後又各給季暉跟牛大壯一條。季知節剛吃過飯，還不餓，就跟江無漾分了一條魚，賀媛與鄭秋都不吃，最後剩下兩條魚。

季暉吃不了這麼多，怕自己撐著了，決定將其中一隻給牛大壯。

牛大壯得了兩條魚也不吃，他朝季知節道謝，飛快地朝家裡奔去。他已經吃過兩條了，知道是什麼滋味，剩下的魚他要拿給爺爺跟姑姑吃。

夜色迷濛，牛大壯腳程飛快，沒留意到前方的人影，發現時腳步停不下來，側著身子也躲避不及，最後將那人撞倒在地。

「唉唷喂……」地上的人吃痛。

牛大壯連忙道歉。「對不起、對不起。」

「你這臭小子沒長眼啊，走路不會看路嗎？」地上的人咒罵著。「還不快點將我扶起來?!」

牛大壯正打算將人扶起來，可想到兩隻手上各拿著一條魚，若用一隻手拿，怕是會掉下去，便停下了動作，喃喃道：「我的手不大方便，煩勞您自己起來吧。」說完就一溜煙地跑掉了。

「小兔崽子！」林美香罵道。罵著罵著，臀部傳來疼痛，她不禁哀嚎道：「唉唷、唉唷、唉唷……」

看著牛大壯遠去的背影，林美香想起他手上似乎拿著兩條魚。目光轉到不遠處的山坡上，院子裡燈火明亮。林美香眼睛一瞇，又是季娘子家……

第二十五章　危機四伏

隔天，簡單地吃過午飯，季知節就跟江無漾出發去吳家，臨走時她交代江有清，要是有人問，就說明日會再多擺些吃食出來。

到吳家時剛過午時，季知節想先去瞧瞧食材，看看有沒有缺什麼。

兩人敲了敲側門，開門的是黎哥，瞧他們兩人來得這麼早，驚訝的同時，也覺得季知節很重視這次試菜。

這是季知節第一次進入吳家，不禁有些好奇，四處打量起來。

吳家的布景頗為精緻，院子裡涼亭、湖水、花園應有盡有，但是最吸引季知節的，便是院子邊上種的幾棵荔枝跟龍眼樹。

荔枝紅通通的，比起山裡那些好看多了，果子也大一些，想來味道不錯。

黎哥見她目光緊盯樹上的果子，笑了一聲道：「老夫人平日喜歡吃幾顆，便在家裡種了些，季娘子若是喜歡，等會兒帶點回去吧。」

季知節一聽，趕忙道謝。「那就多謝黎掌事了。」

黎哥帶著他們去找盧建修，盧建修正忙著籌備宴會，跟季知節打過招呼後，就讓黎哥帶他們去廚房。

吳家的廚房不止一處。吳老爺膝下有兩子，住在一起，但是只有逢年過節才會聚在一起吃飯，平時都是各吃各的。

這回吳老爺要趁老夫人做壽時宴客，季知節要做的菜色得多一些。除了宴會料理，還要給各院單獨做一、兩道菜。老夫人吃得清淡些，大房喜歡吃海鮮，二房的三少夫人最近懷有身孕，口味喜酸辣。

季知節聽著黎哥說明，默默在心裡記下。

「宴會料理可有什麼標準？幾人用餐？需要幾種冷菜跟熱菜？」季知節問得專業。

倒不是吳家的廚子手藝不精，只是他們做的料理就是那幾樣，盧管家看中季知節獨特的手藝，強烈推薦，她才獲得這個機會。

黎哥想了一下，道：「倒是沒什麼要求，季娘子自行斟酌便是，用餐人數約有八人。」

季知節一聽，心裡有了打算。

到了廚房，已有三、四人在那裡等候，表明要是季娘子忙不過來，他們可以搭把手。

季知節點了點頭。

她檢視起食材，除了常見的雞、鴨、魚、豬，還有鵝，更有蝦、鱸魚、鮑魚、黃鱔跟牛肉，以及幾樣常見的水果。

季知節迅速在心裡敲定菜色，準備了起來。她一道菜打算分兩邊送，這樣客人跟吳家人都吃得到，也省事些。

老夫人喜歡吃清淡的，就做清蒸鱸魚；大房喜歡吃海鮮，就做白灼蝦；二房吃酸辣，那就來道酸辣排骨，再來道雞湯跟紅燒獅子頭，各院的菜色就足夠了。

至於宴會料理，要在這個基礎上多加幾道菜。

見廚房裡有工具，季知節略一思索，決定一道脆皮燒鵝。

她不敢將重點料理交給吳家廚房裡的人，只讓他們幫忙簡單處理一下魚、雞跟鵝，其他都是自己跟江無漾經手。

季知節向江無漾說明排骨要怎麼挑，還有鮑魚要怎樣清理才會乾淨等事宜。

那些廚子原以為季知節是個鄉下丫頭，沒見過這些食材，沒想到她竟然瞭若指掌。

季知節要了一根釘子，處理起了黃鱔。

她想做青椒炒黃鱔絲，得剔除骨頭才方便吃。將釘子固定在砧板上，拿起黃鱔朝釘子上一劃，鱔肚瞬間被劃開，輕鬆取出骨頭。這些黃鱔的個頭不算大，她迅速處理了七、八條。

季知節將蝦清洗乾淨，掐著蝦背去掉蝦線。剛進來的張大廚瞧見她這嫻熟的模樣，不免有些心驚。這種法子連他都不會，若是讓她掌了廚，會不會頂掉自己的位置？

張大廚有了打算，他朝正在處理雞肉的人走過去，附在那人耳邊說了幾句。

廖安表情恐慌，朝廚房裡慌亂張望，見沒人注意到自己之後，小聲地對張大廚道：「這不好吧，要是被人發現，趕出府事小，鬧出人命就糟了。」

張大廚一副胸有成竹的模樣，說道：「放心，不會有事，出了事我擔，你只要按我說的去做即可。」

廖安還想說點什麼，就見江無漾拿著處理好的食材經過他們身邊，兩人立刻噤了聲。

等廖安跟張大廚若無其事地整理起食材，江無漾這才打量起他們來。

等處理好所有食材，差不多到了申時。

季知節先燉雞湯，等水開了之後，用小火慢燉，雞肉才會軟爛入味。

接著她做起了脆皮燒鵝。去掉內臟跟雜質，將鵝肝拿出來後，發現鵝肝挺肥美的，用來香煎正合適，只是量不太多，就給三個院子分一分。

將鵝肝單獨放在一旁，再把鵝肚子裡沖洗乾淨後瀝乾水分，在鵝的表皮與內部均勻地塗抹鹽、麥芽糖、五香粉等調味料進行醃製。

依次醃製好鮑魚跟排骨後，再簡單處理一下魚跟蝦，這兩樣都要清蒸，放到最後再上屜蒸就行。

季知節做起了獅子頭，將干貝跟蝦仁剁碎，與醃製好的豬肉泥攪拌均勻，肉餡揉搓成球狀，再裹上打好的蛋液。等到油溫合適，將獅子頭放入鍋中，用中小火煎至兩面金黃，然後拿出來備用。

鵝還要再醃製一會兒，季知節看著這些大菜，不免覺得有些油膩。

她詢問張大廚是否有冰，得知有以後，便叫來黎哥，想讓他尋人摘些荔枝來做冰飲。

黎哥應了聲，立刻遣人去摘荔枝，結果摘的量比季知節要的多很多，只見小廝道：「黎掌事說季娘子辛苦，便多叫人摘了些。」

這位黎哥還是真替自己著想。季知節留了些待會兒要用的量，讓廚子剝好，等一下她可以直接用，又分了些給廚房其他人，剩下的就由她跟江無漾吃。

季知節吃了幾顆荔枝，味道清甜，肉又厚實，比在山裡吃的好多了。

江無漾不怎麼喜歡吃甜的，吃了兩顆以後就不吃了，其餘的都被季知節解決。

吃完荔枝以後，鵝已經醃製完成，烤爐預熱，將鵝放在烤盤上，皮朝上，用竹籤在鵝皮上扎孔，這樣能讓多餘的脂肪流出來。

烤鵝大約要半個時辰，季知節讓江無漾盯緊火候，火不能太大也不能小，要保持均衡。

排骨焯水去腥後瀝乾備用，待鍋中油溫合適時，放入蔥、薑、蒜跟乾辣椒炒出香味。倒入排骨翻炒均勻，充分讓排骨與香料接觸，再加入醬油、醋、糖跟胡椒粉。酸菜是浸泡過的，直接加入鍋中，一時之間，整個廚房都是酸酸辣辣的味道。

加入溫水後蓋上蓋子，燜煮十幾分鐘，酸辣排骨就能出鍋了。

荔枝已經全部剝好，輕輕地壓幾下，將果肉與果核分離，果汁一流出來，荔枝的甘甜味更重，加入溫水，放進少許薄荷葉，足足泡了兩壺出來。

季知節叫來張大廚，讓他幫忙把其中一壺茶放入冰窖，這樣吃飯的時候拿出來正好是涼的。

張大廚朝廖安使眼色，廖安就跟在張大廚後面一起離開了。江無漾確認火候沒問題以後，就偷偷跟在他們兩人背後。

張大廚將那壺茶交給廖安，再給他一個白色藥包，讓他趁人不注意時全倒進壺裡。

「這裡頭是什麼東西？」廖安連說話的聲音都在顫抖。他第一次做這種事，難免有些害怕。

「巴豆粉而已，要不了人命。」張大廚交代完事情，打了個哈欠，就找地方偷閒去了。

張大廚沒親自動手，這樣即便東窗事發，他也能將自己摘乾淨。

吳家的下人多，廖安不敢輕易下手，心想轉了個彎就是冰窖，裡面沒人，在那裡做最合適。

「廖安，你手裡拿的是什麼東西？」

眼看就要到冰窖了，忽然有一名女子叫住了廖安。

廖安一回頭，見是老夫人身邊的丫鬟銀葉，頓時嚇得雙腿發抖。「姑奶奶，妳這突然出聲，可嚇死我了！」

銀葉瞪了他一眼道：「大白天的有什麼能嚇死人的，還是你做了什麼虧心事？」

廖安的後背全是冷汗。「我哪有這個膽子啊……」

「將茶壺放下，我瞧瞧裡頭是什麼好東西，讓你這麼寶貝。」銀葉讓廖安把茶壺放在院裡的桌子上，打開一看，是荔枝茶。

老夫人愛吃荔枝，卻未飲過荔枝茶，銀葉隨手將蓋子蓋回去，問道：「這就是來試菜的那位娘子做的？」

廖安連忙躬身回道：「是，她做的吃食挺新奇，看樣子應當好喝。」

銀葉點頭道：「我去告訴老夫人一聲，這茶老夫人應該會喜歡，你莫耽誤工夫，快些將茶壺送入冰窖吧。」

聽到自己終於能走了，廖安不禁鬆了口氣，忙將東西送進去，又迅速地將手裡的粉末一股腦兒地倒入茶壺中。

一出了冰窖，廖安就頭也不回地火速返回廚房。

在他離開之後，有道身影拿著一個一模一樣的茶壺，進了冰窖。

江無漾將廖安放入的茶壺從冰窖內換了出來，交給在外頭等候的人。

銀葉打開一看，就見上面果然漂浮著白色的粉末。

「多謝姑娘幫忙。」江無漾謝道。

銀葉笑著說道：「該是我謝你才是，家裡竟然有這般心思歹毒的人，幸虧發現得及時，不然等真的出了問題，可就晚了。不過……」

「你怎麼知道我會幫你？」銀葉好奇地問道。

江無漾答道：「前兩日進府時見過姑娘帶人摘荔枝，想來應該是老夫人身邊的人。」

銀葉低聲一笑道：「還挺聰明。」

白天季暉跟江有清沒事做，就去河裡摸了些螺，數量不太大，只能做五、六份。最近村子裡的人開始學著自己炒河螺來吃，摸的人多，螺也就少了。

江有清打算做些炒河螺跟紅燒魚一起拿去賣，她一個人沒信心，才找季暉陪同。回到家，季暉在院子裡洗螺，江有清則處理魚。季知節教過她該怎麼做，如今她做起來也算得心應手，只是速度稍微慢一些。

好不容易等魚全都處理完，江有清出了廚房一看，季暉不知道什麼時候跑沒影了。她拿那小子沒辦法，只好自己洗螺，還好剩得不多。

又過了幾遍清水，螺就可以下鍋，炒河螺她做過比較多次，速度也就快一點。

等將東西擺上推車的時候，季暉從外頭回來了，身邊還跟著牛大壯。

見江有清都打點好了，季暉怪不好意思的，撓著頭道：「我跟大壯陪妳一塊兒去。」

他原本打算將螺全都洗乾淨的，只是見著牛大壯，就忍不住跟他跑出去，玩了一會兒才回來，沒想到江有清竟然將東西都準備好了。

江有清沒好氣地回道：「那我真是謝謝你了。」

季暉紅著臉，用力地推起車來。

三個人抵達村口，等了一小會兒才有人過來，客人見到又是昨日的小娘子，便問江有清。「怎麼今日還是這位娘子，季娘子去哪裡了？」

「季娘子去吳家試菜，明天就會回來了。」江有清笑著回答。

「吳家？莫不是季娘子以後打算去吳家做工？」客人不免感到可惜。季娘子去了吳家以後，就吃不到這麼美味的吃食了。

「過段時日是吳家老夫人大壽，季娘子要是選上了就會去忙兩日，忙完了會繼續回來賣吃食。」江有清解釋道。

原來是這樣。客人問完以後選了條紅燒魚，季暉有模有樣地替他打包。

他在家裡跟著江有清賣過吃食，做這些不成問題，牛大壯看著他的模樣，覺得新奇得很。「你會？」

季暉手上的動作不停，點點頭道：「是啊，會一些。」

牛大壯扔掉手上的石頭，拍了拍灰。「你教教我，我一起做。」

季暉推開他的手道：「你這手髒著呢，去洗洗我再教你。」

季知節在食物衛生方面管得嚴苛，凡是要接觸食材或料理的，必須先洗過手才可以，不然等吃出毛病就晚了。

炒河螺賣的時間久了，倒不如紅燒魚好賣，魚的肉多，味道也好，又只比螺貴個兩文錢，自然受青睞。

很快的，推車上的吃食只剩下兩份炒河螺跟一條紅燒魚。

雖然東西不多，但都是江有清獨自完成的，眼看吃食慢慢賣掉，心裡別提有多高興了。

周圍的人陸續流動，此時有兩個高大的人走上前來，其中一個說道：「這螺有什麼好吃的。」

說話的人，正是這附近的無賴余山，旁邊是他的小弟何四。

何四看了推車上的東西一眼，道：「他們都說這好吃，我也沒吃過。」

見江有清一個女人獨自帶著兩個孩子擺攤，何四便道：「給我們裝上。」

季暉見這兩人不是什麼好人，正想說他們不賣，江有清卻將東西都打包好了。

兩個人拿著油紙包就打算離開，季暉立刻叫住他們。「你們還沒給錢！」

何四好笑地看著他，猖狂道：「爺爺我長這麼大，吃東西可沒給過錢。」

說完就不再搭理季暉，兩人朝樹下一個瘦弱的人走去。

季暉埋怨江有清。「他們瞧著就不好惹，怎麼還將炒河螺給他們？」

江有清嘆了一口氣。她怎麼可能看不出來，只是他們一瞧就是來吃白食的，她應付不來，還不如將人打發走。「兩份炒河螺而已，人沒事最重要。」

牛大壯看那兩個人圍住樹下那個瘦弱的人，何四還對他勾肩搭背，三個人一起去往小溪邊去。牛大壯正好要洗手，便偷偷地跟在他們身後。

樹影參差，剛好遮擋住牛大壯的身體，他躲在樹幹後面，看著那兩人大快朵頤起來。

「別說，這娘子的手藝還挺不錯的。」余山邊吃邊嘆道。

何四立刻狗腿道：「老大要是喜歡，咱們以後就常來。」

他們兩個人自顧自地吃，完全沒分給那個瘦弱的人。等到炒河螺還剩下一點時，余山就朝瘦弱的人招了招手，要他過去。

那人嚇得一哆嗦，渾身顫抖地朝余山走去。

何四手裡拿著一塊石頭，掂了兩下，覺得重量剛好，接著笑得一陣古怪，拿著石頭就朝那人臉上直接拍了過去。

牛大壯差點驚呼出聲，他立刻捂住自己的嘴。

那人嗚咽兩聲，捂著嘴說不出話來，鮮血從他的指縫中流了出來。

何四不耐煩地將他的手撥開，只見那人滿嘴都是血。

牛大壯害怕極了，只覺得那人會死，小小的臉蛋上頓時失了血色。

余山用力掰開那人的嘴，就見他嘴裡被敲掉了一顆牙。

滿意地點點頭，余山拿起那顆牙，往剩下的炒河螺當中一扔，對何四道：「走。」

何四應聲，拉著那人一同朝推車而去。

牛大壯好一會兒才回過神來，想去報信的時候，才發現他們已經離自己很近了，他不敢動彈，生怕被發現。

直到他們走到推車那裡，牛大壯才從樹幹後面出來。

——未完，待續，請看文創風1275《異世娘子廚師魂》下

菱昭著

朝朝暮暮，
相知相伴

8/6
出版

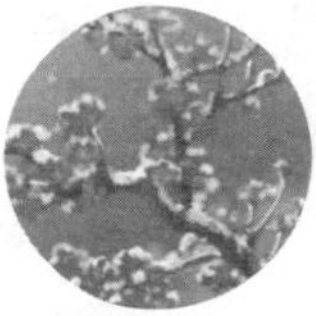

不可能吧？老天爺良心發現了，居然這麼眷顧她嗎？
她重生已經很不可思議了，沒想到連未婚夫也重生了！
原來上輩子他也沒能善終，跟她死在了同一天，
這下可好，有人能一起商量，她不用孤軍奮戰了，
何況她還得知了一個驚世秘密，這回他們的活路更大了吧？

文創風 1280-1282《姑娘這回要使壞》全三冊

身為姑蘇首富唯一的女兒，青梅竹馬的未婚夫裴行昭更是江南首富獨子，
沈雲商本以為自己應該享受榮華富貴，一輩子無憂無慮到老的，
萬萬沒想到，她紅顏薄命，只活到二十歲就香消玉殞，且是被人毒死的！
只因他們招惹來了二皇子那表面仁善、內心狠毒的煞星，
對方以權勢及彼此的家族性命相逼，硬生生威脅他們小倆口退婚，
小竹馬被迫娶了二皇子的親妹妹，成了人人稱羨的駙馬爺，
而她則嫁給了二皇子的摯友，讓京城許多女子心碎嫉妒，
兩樁婚姻，四個被拆散的人都不幸福，唯一開心的只有荷包滿滿的二皇子，
可她至死都沒能明白，二皇子死死拿捏住她，究竟是想從她這裡得到什麼？
她猜是出嫁前母親鄭重傳承給她的半月玉珮，難道……那玉珮有何秘密？
無論如何，幸運重生的她決定了，這回她要盡情使壞，為自己搏一條活路！
這一次不管二皇子怎麼威脅逼迫、使盡下三濫的手段，她都堅決不退婚，
裴行昭生是她的人，死是她的鬼，誰想要他，就得從她的屍體上踏過去，
何況她吃慣了獨食，誰想從她手裡搶，她就是死也要咬下對方一塊肉！
當然，她心裡清楚，胳膊擰不過大腿，所以得找個能讓二皇子忌憚的人！

途圖 著

揮灑自如敘情高手

8/13 出版

吃下她親手做的料理，就會洩露內心的秘密……
老天爺就是這麼不公平，不僅讓她重活一世，還成了超能力者，
她可得好好發揮這個優點，撫慰人心、收穫幸福人生！

文創風 1283-1285《禾處覓飯香》全三冊

江南，蘇心禾穿越而來，成為當地一位名廚的寶貝獨生女；
京城，李承允自北疆隨大軍歸家，繼續當他的平南侯府世子。
看似八竿子打不著的兩人，卻因一樁娃娃親走到了一起。
前世身為小有名氣的美食部落客，蘇心禾的廚藝不在話下，
加上生得貌若天仙，怎麼看都是被人疼寵的命，
誰知從侯府的下人到城裡的路人全說她家挾恩逼娶，
活像她玷污了他們心中的帥氣大明星——李承允似的。
罷了，在她看來，這表面圓滿、實則破碎不堪的平南侯府，
比她這個在單親家庭長大的小姑娘更需要救贖，
就讓她揮動料理魔法棒，滋潤每個人乾枯的心靈……

同場加映 ●●●●●●●●●●●●●●●● **7冊折扣後再減200元**

文創風 1220-1223《小虎妻智求多福》全四冊

穿成大靖朝將門千金，寧晚晴卻發現原主去世的案情不單純，
為了讓東宮成為家人的靠山，她決定嫁給草包太子趙霄恆，
孰料備嫁時又起風波，前世身為律師的她連上山燒香都能遇到案件，
她當場戳穿神棍騙局，再搬出太子的名號，將犯人送官嚴辦！
這些大快人心的事全傳到趙霄恆耳裡，他挑著眉問她一句——
「還沒入東宮就學會拉孤墊背，以後豈不是要日日為妳善後？」
趙霄恆不呆耶！她幫百姓主持公道，他替她撐腰豈不是剛剛好～～

莫顏著

穿到古代衝事業，
女子也能闖出一片天

8/20
出版

虞巧巧最看不慣欺男霸女的惡人，
尤其這些惡人錢還很多，只要一掏出銀子，有罪都能變無罪，
她的刺客生意專門教訓這種人，懲奸除惡順便賺銀子，一舉兩得！

文創風 1286-1287《娘子出任務》全二冊

虞巧巧身為特勤小組的探員，敢拚敢衝，是國家重點栽培的人才，
她彷彿可以看見前途一片美好，卻因為一次穿越，全部化為泡影！
如果穿成個官府捕快，至少離她的本職沒有太遠，她可以在古代繼續衝事業，
可她穿成了平凡人家的姑娘，每天刺繡做女工，不憋死才怪！
好唄！既來之則安之，那自己「創業」總行了吧？
她靠著俐落的身手和大剌剌的性格，網羅了一票手下，
創立「刺客公司」，專接懲凶罰惡的案子，
管他是紈袴子弟還是市井流氓，只要對方夠壞，你付的銀子夠多，她就接！
於是她有了兩個身分，平時是乖巧的姑娘虞巧巧，
私底下則是刺客公司的頭頭「黑爺」，不論好人壞人聽到這威名都嚇得發抖，
唯有一人例外——笑面虎于飛，他是衙門捕快中的佼佼者，
破了不少大案，也建了不少奇功，
這男人似乎把「黑爺」列為頭號追捕對象，讓她的每個任務都變得棘手起來……

同場加映

文創風 1210-1211《國師的愛徒》全二冊

司徒青染身分高貴，乃大靖的國師，受世人膜拜景仰。
他氣度如仙，威儀冷傲，連皇帝也要敬他三分。
他法力高強，妖魔避他如神，唯獨一個女妖例外……
桃曉燕出身商戶，家裡富得流油，
從現代帶來的經商天分，讓她輕易贏得下一任家主位置！
街頭巷尾無不知曉她能幹，可這樣的她，卻被勞什子國師當成了妖 ?!

2024 暑假書展

姊妹淘Chill一夏

狗屋端出回饋好禮，邀妳共度今夏饗宴

第一波 書迷分享會

抽獎辦法 活動期間內，請至 f 狗屋天地 回覆貼文，回答完整者可參加抽獎。

得獎公佈 9/6(五)於 f 狗屋天地 公佈得獎名單

獎項 5 名《娘子出任務》全二冊

第二波 購書享禮遇

抽獎辦法 活動期間內，只要在官網購書並成功付款，系統會發e-mail給您，並附上抽獎專用之流水編號，買一本就送一組，買十本就能抽十次，不須拆單，買越多中獎機率越大。

得獎公佈 9/11(三)於狗屋官網公佈得獎名單

獎項
10名 紅利金 200元
3 名 文創風 1288-1290《今朝有錢今朝賺》全三冊

暑假書展 購書注意事項：

(1)請於訂購後**三日內**完成付款，最後訂購於2024/8/25前完成付款才算有效訂單喔！
(2)購書滿千元(含)以上免郵資。未滿千元部分：
郵資65元(2本以下郵資50元)／超商取貨70元(限7本以內)／宅配100元。
(3)特賣書籍因出書時間較久，雖經擦拭、整理，仍有褪色或整飾痕跡，故難免不如新書亮麗。
除缺頁、倒裝外無法換書，因實在無書可換，但一定會優先提供書況較良好的書給大家。
若有個人原因需要換書，需自付來回郵資。
(4)各書籍庫存不一，若遇缺書情形可選擇換書或退款。
(5)歡迎海外讀者參與(郵資另計)，請上網訂購或是mail至love小姐信箱
(love@doghouse.com.tw)詢問相關訊息。

狗屋有權修改優惠活動的實施權益及辦法。

2024年7月出版

小公爺別慌張

文創風 1271～1273

明知是性命攸關之事，可自己卻漠然置之，
她一心只求安穩平靜的日子，不料卻釀成大禍，
不僅自己幾次三番陷入險境，
從小伴著自己長大的丫鬟也為了救她而死，
既如此，她決定不再逃避，要一一揪出幕後黑手！

我本無意入江南，奈何江南入我心／寄蠶月

穿成古代孤兒，竟連姓氏都無，只知名字叫允棠，母親留下不少遺產給她，
自己承了人家的身，卻沒有原身的記憶，哪還有心思去管什麼身世來歷？
本打算這輩子過好自個兒的小日子便好，偏偏有人不讓她順心如意，
隔壁開錢莊的勢利眼婦人帶著媒婆上門替家中兒子求娶她，
但這人根本侵門踏戶，說出來的話句句貶抑，她一時氣憤就懟了回去，
甚至，她還掰出亡母生前就幫她與魏國公的兒子訂了親的謊話威嚇對方！
小公爺這號人物她也是聽別家小娘子說的，據說家世驚人、相貌俊朗，
反正，天高皇帝遠的，那不認識的小公爺可不會跳出來自清，不怕不怕！
萬萬沒想到，剛上汴京要祭拜亡母的她就撞上一名男子，一碗湯水灑了對方一身，
由路人的驚呼中，她得知這位好看的受害者是個小公爺……不會這麼巧吧？
喔喔，原來這位是蕭小公爺啊，那沒事了，這「蕭」可是國姓呢，
先前她在揚州時，曾聽說書人提起過魏國公三次勤王救駕的故事，
所以說，她很確定魏國公家的小公爺是姓「沈」才對，
還好還好，有驚無險，只要不是她編排的那個未婚夫就行……
咦？不料這個蕭卿塵竟然就是魏國公的兒子，人稱小公爺是也?!

LOVE
流浪貓狗介紹所

為流浪貓狗加油 和貓寶貝 狗寶貝
廝守終生(一定要終生喔！)的幸福機會

對人來說，貓寶貝狗寶貝只是生活的一部分，但妳（你）對牠們來說，卻是生活的全部，領養前請一定要考慮清楚——

▲ 美好的黑帥兄弟——小景和小新

性　　別：男生
品　　種：米克斯
年　　紀：5個月
個　　性：小景親人親貓；小新親貓，對人稍微害羞
健康狀況：已施打兩劑預防針，
　　　　　貓愛滋、貓白血、毛冠狀病毒檢測皆陰性
目前住所：新北市永和區

本期資料來源：Ezojze ZackEs HuangWu個人臉書 https://www.facebook.com/ezojze.huangwu.94

『小景和小新』的故事：

一如往常在TNR（誘捕、絕育、放回原地）抓紮母貓的時候，發現有兩隻小幼崽躲在廟的柱子後面，怯生生看著我們。牠們肚子餓得發慌，卻不敢出來吃東西，看起來瘦巴巴、楚楚可憐，這就是我們與小景、小新的初相遇。

剛開始，貓的本能讓牠們害怕人類，但是在家裡成貓的帶動之下，牠們和人類的互動有極大的進步。小景（賓士哥哥）長相老成，個性溫和穩定，時常自在地在屋子裡走來走去觀察所有事物，對其他成貓尊重、不挑釁；小新（黑貓弟弟）則是吃貨，個性好惡鮮明，不喜歡的東西會表達抗議，之前看到人會飛速遁走，但最近已經開始給摸了。

兩兄弟每天努力學習社會化，尤其去過三、四次送養會之後，對人類的信任度大幅增加。您想要一次收服兩隻萌寶嗎？上臉書私訊或加Line ID：enzoesther，叩叩Esther先幫您鑑定家中的防護措施，讓美好緣分永駐您家！

認養資格：

1. 認養人須以硬網格、高抗拉力網或粗尼龍繩網做防護。
   各式紗窗皆無法阻擋貓咪爪子抓破，即便綠色塑膠園藝網在日曬之下會脆化，也不是理想的防護材料。
2. 須同意簽認養寵物切結書。
3. 須同意送養人日後之追蹤家訪，對待小景和小新不離不棄。

來信請說明：

a. 個人基本資料：姓名、性別、年齡、家庭狀況、職業與經濟來源等。
b. 想認養小景和小新的理由。
c. 過去養寵物的經驗，及簡介一下您的飼養環境。
d. 若未來有結婚、懷孕、出國或搬家等計劃，將如何安置小景和小新？

風 文創

1274

異世娘子廚師魂 上

國家圖書館出版品預行編目資料

異世娘子廚師魂 / 顧非著. --
初版. -- 臺北市 : 狗屋出版社有限公司, 2024.07
冊 ; 公分. --（文創風 ; 1274-1275）
ISBN 978-986-509-537-6（上冊 : 平裝）. --

857.7　　113007934

著作者　顧非
編輯　連宓均
校對　陳依伶
發行所　狗屋出版社有限公司
地址　台北市104中山區龍江路71巷15號1樓
電話　02-2776-5889～0
發行字號　局版台業字845號
法律顧問　蕭雄淋律師
總經銷　知遠文化事業有限公司
電話　02-2664-8800
初版　2024年7月
國際書碼　ISBN-13　978-986-509-537-6

本著作物由北京晉江原創網絡科技有限公司授權出版

定價290元

狗屋劃撥帳號：19001626

網址：love.doghouse.com.tw　E-mail：love@doghouse.com.tw